SCIPIO

Adolf Hitler – Der totale Frieden

Eine diabolische Politsatire

von Eric Zonfeld

1. Auflage
Januar 2013

Vertrieb:
HJB Verlag & Shop KG
Schützenstr. 24
78315 Radolfzell
Deutschland
Tel.: 0 77 32 – 94 55 30
Fax: 0 77 32 – 94 55 315
www.hjb-shop.de
hjb@bernt.de

Umschlaggestaltung: Perry Bockman
Titelbild: Nick (Russia)
Lektorat: Ronald M. Hahn
Korrekturen: Meyer & Co.
Printed in EU

Ein Buch aus dem Label SCIPIO

ISBN 978-3-937355-81-8

Besuchen Sie unsere homepage www.scipio-verlag.de

Kapitelverzeichnis Seite

Kapitel 1
Der Rückkehrer

Nur ein sehr aufmerksamer Beobachter hätte das feine Summen der Maschinen in dem fünfzig Quadratmeter großen Raum wahrgenommen. Und dies auch erst dann, wenn er seine Sinne zuvor auf die Grabesstille eingestimmt hätte, die den grauen Betonwänden innewohnte.

Das diffuse unangenehm gelbliche Licht genügte kaum, die fünf Sarkophagen ähnelnden Gebilde zu erhellen. Eine dünne Staubschicht bedeckte sie und vermittelte einen Eindruck von Vergangenem, Vergessenem und Unberührbarem. Von jedem der nebeneinander stehenden Relikte aus einer früheren Zeit führten mehrere Schläuche zu Dutzenden von Schaltkästen, Maschinen und Tanks mit unbestimmbarem Inhalt. An mehreren Apparaturen funkelten und blinkten in regelmäßigen Abständen kleine Lämpchen; rote, gelbe, grüne und braune – vor allem braune.

Wäre er mißtrauisch gewesen, hätte er nun versucht, den Inhalt der fünf stählernen Kästen zu ergründen. Er würde einen Blick auf ihre obere Abdeckung geworfen haben, die eine weitere Erkenntnis aber ebenso blaugrau stählern verwehrt hätte.

Hätte er gewußt, daß sich in jedem einzelnen Gebilde ein Mensch befand, wäre ihm sicher der Gedanke gekommen, es mit einem obskuren Fund zu tun zu haben, mit einem ausgeklügelten Versteck für fünf Tote, die nicht gefunden werden wollten; womöglich, weil deren Vorgeschichte das Auffinden zu einer delikaten Angelegenheit machen würde.

Aber es gab diesen imaginären Beobachter nicht, es gab lediglich fünf metallische Gräber, die so außergewöhnlich wirkten, daß in ihnen etwas Außergewöhnliches ruhen mußte. Oder vielmehr: fünf außergewöhnliche Menschen.

Hätte es einen Beobachter all dessen gegeben, dürfte ihm an dieser Stelle zumindest verraten werden, fünf Zeitschläfer zu sehen, die schon deswegen den Status des Besonderen für sich beanspruchen konnten.

Als wirklich außergewöhnlich aber durften zwei dieser Zeitschläfer bezeichnet werden.

Frankfurt/Main, 3. Juni 2014

Stille. Endlose, zähe Stille. Dann Erkenntnis. – Konnte Stille wahrgenommen werden, setzte dies bewußtes Denken voraus. Bewußtes Denken ohne Lebendigkeit war unmöglich.

Ich bin wieder da! dachte der sechsundfünfzigjährige Mann, der doch um Jahrzehnte älter war. Er wußte, es würde mehrere Stunden dauern, bis seine Körperreaktionen auf ein noch für wenige Tage etwas eingeschränktes Normalmaß hochgefahren und die Lebenserhaltungssysteme gänzlich ausgeschaltet waren.

Geduld war noch nie meine Stärke. – Ha, ich bin schon wieder ganz der, der ich vor dreißig Jahren war. Das, was andere Menschen als Größenwahn und Selbstverliebtheit bezeichnet hätten, empfand der Mann als mentale Stärke. Zumindest täuschte er sich nicht darin, wieder der gewesen zu sein, der er einst war …

Die Stunden vergingen. Der Mann gab sich einem erholsamen Wachschlaf hin. Zischend öffnete sich der Deckel des stählernen Grabes. Gedämpftes Licht stach ihm in die Augen, die sich erst wieder an Helligkeit gewöhnen mußten.

»Ach, großer Gott, der Klumpfuß ist auch noch an mir dran«, jammerte es in rheinischem Dialekt von rechts. Einer der anderen Zeitreisenden war ebenfalls erwacht.

Blitzartig wurde dem Sechsundfünfzigjährigen klar, daß er nicht als Erster erwacht war. Ärger machte sich in ihm breit. Er richtete sich ruckartig auf. »Ah, mein Rücken«, waren seine ersten Worte. Er gab sich nur kurz dem ziehenden Schmerz hin und drehte, schon etwas vorsichtiger, den Kopf nach rechts. Ein vertrautes Gesicht strahlte ihn an.

»Mein Führer, Gott sei gesegnet. Sie sind unversehrt. Welch inbrünstige Freude mein Herz durchströmt.«

Selbst einem einfältigen Beobachter wäre spätestens zu diesem Zeitpunkt gedämmert, um wen es sich bei der Hauptperson dieser Szene handelte. Adolf Hitler sagte: »Lieber Dr. Goebbels, auch ich bin sehr erfreut, Sie wieder an meiner Seite zu wissen. – Gewaltige Aufgaben liegen vor uns.«

Ein schmaler kleiner Mann mit Klumpfuß schwang sich aus seinem Zeitgrab. Bevor Hitler sich über diesen neuerlichen Vorfall des Vordrängens ärgern konnte, sah er, daß Goebbels sich nun doch an seiner Schlafstätte abstützen mußte, was die aufkommende Mißgunst wieder verwischte. Ächzend werkelte Hitler sich hoch und kraxelte irgendwie aus dem Sarg. Dann standen sich die beiden gegenüber, jeder auf wackligen Beinen und mit einer Hand an sein jeweiliges Stahlgebilde angelehnt. Sie kannten sich bereits über zwanzig Jahre. In dem Blick, den sie sich zuwarfen, lag

Verstehen, Erkenntnis, Erinnerung, aber auch Spannung auf das neue Abenteuer, das nun folgen würde.

»Heil, mein Führer. Es wird Zeit, daß Ihr Genie die Welt neu erstrahlen läßt«, sagte Dr. Goebbels und hob den rechten Arm zum vertrauten Gruße.

»Geben Sie mir die Hand, mein treuer Kampfgefährte. Nachdem selbst der treueste der Treuen, mein Heinrich, mich verlassen hat, sind Sie mir geblieben. Die Vorsehung wird wissen, warum ich nicht schon früher erkannte, daß Ihnen, lieber Dr. Goebbels, der allererste Platz an meiner Seite gebührt. – Heil, mein unverzagter Weggefährte.«

Die beiden Vertrauten schüttelten sich voller Ergriffenheit die Hand. Aus dem Hintergrund des Raumes wurde ein Räuspern hörbar. Hitler und Goebbels wandten sich den drei weiteren Zeitschläfern zu, die bereits nebeneinander Aufstellung genommen hatten.

»Heil, mein Führer«, schallte es aus drei Kehlen. Jeder der Männer war um die einsfünfundachtzig groß und in einen schwarzen Turnanzug gekleidet. Auf ihrer Brust prangte übergroß die doppelte Sigrune.

Meier, Schmidt und Weizsäcker waren bereit zu neuen Taten.

»Gut, gut, Männer.« Hitler ging schlurfenden Schrittes die kurze Ehrenformation entlang, klopfte einem der Männer auf die Brust, faßte den anderen am Arm und sagte zum dritten: »SS-Hauptsturmführer Weizsäcker, Sie haben das Kommando über ihre Männer. Sie erholen sich jetzt, wie von den Wissenschaftlern empfohlen, noch vier Stunden. Dann sichten Sie die Oberfläche, zunächst aber nur Sie alleine. Sie kehren innerhalb von fünfzehn Stunden zurück und berichten uns von der Außenwelt. Kleiden Sie sich unauffällig, also ganz zivil, und nehmen Sie genügend Gold mit, das Sie, gegen welche Währung auch immer, eintauschen können. Und denken Sie daran, unbedingt Anschauungsmaterial von der Welt da draußen mitzubringen.«

»Jawohl, mein Führer.«

***

Theodor Morell, sein Leibarzt, hatte ihm versichert, er werde schon wenige Stunden nach dem Erwachen wieder im Vollbesitz seiner früheren körperlichen Kräfte sein. Seine geistigen Kräfte hatte Morell nie in Frage gestellt. Hitler stellte zufrieden fest, daß das Versprechen des Arztes zutraf.

Er überdachte, wie es dazu gekommen war, in einem Bunker in der Zukunft zu erwachen. *Wieder ein Bunker, immer wieder ein Bunker. – Das muß sich ändern.*

SS-Obergruppenführer und General der Waffen-SS Hans Kammler hatte im Rahmen der von ihm geleiteten Geheimwaffenentwicklungen die Entdeckung einer Forschergruppe, den Alterungsprozeß durch schockartiges Einfrieren zur Stagnation zu bringen, ernsthaft weiterverfolgen lassen. Natürlich war Kammler bewußt gewesen, daß diese neuen Erkenntnisse zwar revolutionär, aber nicht im eigentlichen Sinne als Geheimwaffe einsetzbar waren. Zum Zeitpunkt der wissenschaftlichen Entdeckung, Ende 1944, hielt Kammler die weiteren Forschungen der damit befaßten Arbeitsgruppe zunächst vor jedermann geheim. Ihm war von Reichsführer-SS, Heinrich Himmler, befohlen worden, die weitere Arbeit an allen Forschungsprojekten einzustellen, die nicht innerhalb kürzester Zeit frontverwendungsfähig waren.

Am 3. April 1945 konnte Kammler Hitler im Berliner Führerbunker das *Projekt Glocke* vorstellen: die an mehreren KZ-Insassen erprobte und für zuverlässig erachtete Chance, sich ›für eine gewisse Zeit zurückzuziehen‹, wie Kammler sich ausdrückte. Der General war sogar so gewieft, intern Gerüchte über die *Wunderwaffe Glocke* zu streuen, die dem Projekt eine militärische Variante gaben. Sollte nach dem absehbaren völligen Zusammenbruch des Deutschen Reiches von den Alliierten etwas über das *Projekt Zeitschläfer* in Erfahrung gebracht werden, würden die Sieger in einer völlig falschen Richtung suchen.

Hitler nickte unmerklich, als er sich der letzten Wochen seines Wachzustandes im April 1945 erinnerte. *Kammler war ein guter Mann. Hätte ich nur mehr Männer seines Kalibers zur Verfügung gehabt ... Was wohl aus ihm geworden ist?*

Bevor sich so etwas wie Trauer in seine Gedankengänge einschleichen konnte, erinnerte er sich lieber seiner eigenen Genialität, was ihn zufrieden schmunzeln ließ. Sein Plan war genial und perfide, aber auch vorsichtig genug, den Erfolg mit großer Wahrscheinlichkeit zu gewährleisten.

Die ganze Geschichte war etwas vertrackt und nicht frei von okkultem Hintergrund. Der Reichsführer-SS, Heinrich Himmler, stets allen okkulten – böswillige Mitglieder der Partei und der SS behaupteten gar: offenkundig verrückten – ›Erkenntnissen‹ gegenüber aufgeschlossen, hatte einen sehr begabten Mitarbeiter für sich und die besondere Bestimmung der SS gewonnen: Karl Maria Wiligut. Innerhalb kurzer Zeit stieg Wiligut zum okkulten Berater des Reichsführers-SS auf. Noch im Jahr 1939, dem Jahr, in dem er die SS wieder verlassen mußte, als von ihm bekannt wurde, in psychiatrischer Behandlung gewesen zu sein, legte Wiligut dem Reichsführer-SS eine Ausarbeitung vor, die bemerkenswerte Parallelen zwischen Napoleon Bonaparte und Adolf Hitler offenbarte – sofern man glauben mochte, den Studien des ›erleuchteten‹ Wiligut einen *Wert* beimessen zu müssen. Himmler *glaubte* gern, und Hitler noch viel mehr. Es ging in der speziellen Wiligut-Studie – wie auch in vielen anderen – um magische Zahlen und um nicht weniger als die ›zwingende historische Unausweichlichkeit des schlußendlichen totalen Sieges‹. Daran zu glauben, fiel weder Himmler noch Hitler schwer.

Zwischen der Geburt beider Feldherren, die sich beide für die größten der Geschichte hielten, was jedoch wohl nur auf Bonaparte zutraf (Hitler war in diesem Punkt leicht anderer Meinung), lagen 129 Jahre. Die Zeitspanne zwischen dem Ausbruch der Französischen Revolution und der deutschen 1918er Revolution betrug 129 Jahre. Das napoleonische Kaiserreich wurde 1804 gegründet, das Reich Hitlers 1933: 129 Jahre Differenz. Napoleons Einzug in Wien erfolgte 1809, Hitler holte ›seine Heimat‹ 1938 zurück in das Deutsche Reich: 129 Jahre. Der eine startete seinen Rußlandfeldzug 1812, der andere 1941: 129 Jahre.

Beide Eroberer waren 29 Jahre alt, als die Revolution in ihrem jeweiligen Lande ausbrach; beide waren 44 Jahre alt, als sie ihre absolute Herrschaft antraten; beide waren 52 Jahre alt, als sie ihren Feldzug gegen Rußland begannen; und beide begannen ihren Angriff auf Rußland an einem 22. Juni. Bereits im Jahre 1941 war Hitler sich dieser pikanten Parallele zu Napoleon bewußt gewesen.

Himmler, zu dem Zeitpunkt noch ›der treue Heinrich‹, hatte Hitler in der Absicht, ihn durch die Prophezeiung eines ›späteren Sieges‹ aufzumuntern, davon überzeugt, daß es eine unglaubliche Vielzahl von Gemeinsamkeiten zwischen den beiden ›Führern‹ gab – die esoterisch zu ergründen wohl nur einem besonderen okkulten Geist jenseitiger Sphären möglich war.

Napoleon war im Jahr 1840, knapp 20 Jahre nach seinem Tod auf der Insel St. Helena und 25 Jahre nach seiner letzten Abdankung im Jahr 1815, freudig und auch reumütig von der französischen Regierung zurück nach Frankreich und in den Invalidendom Paris überführt worden.

Als im April 1945 auch dem sicherlich erfolgreichsten Gefreiten der Weltgeschichte, Adolf Hitler, so langsam dämmerte, daß er seinen großen Krieg verlieren könnte, als SS-General Kammler ihm von der erfolgreich erprobten Zeitschläfer-Technik berichtete, als der Reichsführer-SS ihm das sechs Jahre zuvor von Wiligut erstellte *Dossier Parallelen N/H* vorlegte, zögerte Hitler nicht, sein ganzes Genie auszuspielen.

Hitler ging davon aus, daß fünfundzwanzig Jahre nach dem Zusammenbruch des Dritten Reiches das deutsche Volk seinen Führer wieder herbeisehnen würde. Teuflisch genial war, eine ›Sicherheitsreserve‹ von fünf Jahren hinzu zu addieren. Adolf Hitler wollte im Jahr 1975 erneut antreten! Und da war er nun, im Jahr 1975 – so glaubte jedenfalls Hitler.

***

Die Zeitspanne, die bis zur Rückkehr Weizsäckers verging, plagte den unruhigen Geist Adolf Hitlers, aber solange keine Informationen über die Außenwelt vorlagen, war jeder planerische Gedanke sinnlos. Also überließ er sich seinen letzten Erinnerungen an die Geschehnisse aus dem Jahr 1945, die für ihn – verständlicherweise – nur wenige Stunden und Tage zurücklagen.

Wie viele gute deutsche Männer und Frauen haben wir zurücklassen müssen, viele davon tot? Die Frau von Dr. Goebbels, die liebe Magda, die an mir mehr als nur asexuell interessiert war, ihre goldigen Kinder und meine geliebte Eva ... alle tot.

Aber was hilft mein Mitleid? Es mußte sein! Wenn Dr. Goebbels und ich schon Doppelgänger einsetzten, so mußten zusätzlich zu diesen toten Duplikaten unbedingt auch Personen als tot identifiziert werden können, die dem echten Hitler und Goebbels tatsächlich sehr nahestanden. Das vereinfacht die Beweisführung der Leichenbeschauer und bestätigt sie in ihren zwangsläufig falschen Annahmen. Nur so konnten wir uns frei *machen, ja quasi* frei vom Leben unter Toten.

Hitler gab sich kurz seiner eigenen Formulierung hin, ließ sie bei geschlossenen Augen auf der Zunge zergehen.

Ja, so mußte es sein. Die wahrhaft Großen kommen immer wieder zurück in die Welt der Lebendigen, die wirklichen Giganten der Menschheit sind unsterblich.

Hitler fühlte sich gleich besser; seine Traurigkeit, gespeist von seiner manischen Depression, wich einer selig machenden Melancholie, mit der eigenen Person als Mittelpunkt des Universums.

Ihm fiel eine Strophe eines alten Kampfliedes ein, das er so gern gehört hatte: *Einst kommt der Tag der Rache ...* Er begann mit dem Fuß zu dem imaginären Rhythmus zu wippen. *Jedenfalls ist eines absolut klar: Meine Rückkehr in die Welt wird meiner Bedeutung in der Vergangenheit entsprechen. – Was wird die Welt sagen? Was werden die Schreiberlinge*

– *nationalsozialistische, bolschewistische* (ihn fröstelte plötzlich), *plutokratische* (das Frösteln verflog, konnte man doch sicher mit Kapitalisten verhandeln, brachte er mit seiner Person ja ein immenses ›Kapital‹ ein) – *zu meiner Wiederkunft schreiben?* Furcht gepaart mit Jähzorn brandete durch seinen Körper, und er schrie laut auf: »Ein Titan betritt erneut die Welt, geschickt von einem gnädigen wie grausamen Gott der Rache!«

Dr. Goebbels und die beiden SS-Männer eilten herbei; auf dem Gesicht von Goebbels zeigte sich panische Furcht.

Adolf dachte: *Ja, ja, mein lieber Doktor ... Ohne den Führer bist auch du nur ein Wurm, so wie alle anderen.*

»Mein Führer«, sagte Goebbels mit zittriger Stimme, »ist Ihnen unwohl?«

»Nein, liebe Kameraden, es ist alles in Ordnung, ich ... Ich hatte nur eine ... eine Vision.«

Goebbels nickte verstehend. »Ach so.« Und er dachte: *Hoffentlich hält der Führer lange genug durch, bis wir wieder an der Macht sind – oder ich mich reingewaschen habe. Egal was passiert, einen Propagandaminister kann man sicher überall und in jedem Regime gebrauchen. – Aber ist dem wirklich so? Was ist, wenn die Bolschewisten das deutsche Volk ausgerottet haben, so wie ich es den Volksgenossen immer versprochen habe, wenn sie den Anschein machten, in ihrem Kampfesmute nachzulassen? Werden diese asiatischen Horden uns zerstückeln oder in einem Panoptikum ausstellen? Und was, wenn das internationale Judentum den Krieg gewonnen hat, die Welt jüdisch-amerikanisch geworden ist? Wo ich, und auch der Führer, uns doch immer sehr kritisch zu den Juden geäußert haben? Ich meine, der Führer sicher vehement die Juden ablehnend, gar verurteilend; ich hinge-*

gen eher kritisch-zurückhaltend. Bin ich als Intellektueller doch schon immer eher ein Mann der leisen, der sanften Töne gewesen.

Überhaupt, der Führer hat die falschen Leute an seiner Seite gehabt, immer waren Göring und Himmler, vor allem dieser widerliche Himmler mit seinem Rassenwahn, und erst der Streicher, der Dorfdepp, in seinem Fahrwasser. Sie haben ihm willfährig alles nachgeplappert, ganz so, als könnten sie nicht selbst denken, diese ganze, eitle Mischpoke. Mich hingegen, der ich vielleicht sein treuester Anhänger war, hat er immer fern gehalten aus dem direkten Kreis der Macht. Jetzt aber hat er nur noch mich.

Aber ich darf auch nicht undankbar sein, schließlich hat der Führer mich *auf seine letzte lange Reise mitgenommen. Vielleicht habe ich bislang die Weitsicht in der Planung des Führers selbst noch nicht erkannt; hat er mich sich aufgehoben, bewahrt für die letzte Runde in dem großen Spiel?*

Wo war denn der Möchtegern-Germane Himmler in den letzten Tagen unseres glorreichen Reiches? Mit dem Feind zu paktieren hat er versucht, der Narr. Als ob die Alliierten den Herrn über die KL[1] als ihren Verhandlungspartner hätten ansehen können. Dieser unsägliche Trottel. Goebbels machte sich bewußt, daß er lediglich dachte, nichts laut aussprach, also durfte er ungeniert die Fakten beleuchten. *Wir anderen haben Himmler schön die Drecksarbeit machen lassen, um für den Fall, daß das große Spiel ungünstig endet, ihm und der SS jedes tote Jüdlein in die schwarzgelackten Stiefel schieben zu können, die seine O-Beine vergeblich zu umschmiegen versuchten.*

---

[1] Die Nazis nannten die Konzentrationslager nicht KZ sondern KL

Er lachte glucksend in sich hinein.

Joseph, nein, nein, jetzt nicht gehässig werden.

Erneut überkam Goebbels Belustigung bei der Vorstellung Himmlers, des Sündenbocks, und er schüttelte sich lautlos im Rhythmus des inneren Gelächters. Bevor sich die erheiterte Stimmung in ihm festsetzen konnte, mußte er wieder an die gegenwärtige Lage denken. Sein Gesicht wurde ernst.

Ach, Teufel noch mal, was jetzt da draußen ist – es macht mir Angst und Bange, wenn ich ehrlich bin … jedenfalls wird es Zeit, mal wieder ein Bad zu nehmen, und unsere Not-Toilette ist auch nicht so angenehm …

So vergingen die Stunden, in denen sich die beiden führenden nationalsozialistischen Größen und die zwei bei ihnen verbliebenen Leibwächter in Grübeleien übten: Ein Wechselbad kraß widersprüchlicher Hoffnungen und Ängste führte bei Hitler und bei Goebbels zu auffälligen Stimmungsschwankungen. Erstaunlich war allerdings, daß Hitler sich wenige Stunden nach Weizsäckers Abmarsch wieder ganz gefangen zu haben schien.

In der dreizehnten Stunde nach dem Aufbruch Weizsäckers sagte er zu Goebbels: »Es ist gleichgültig, welches weitere Schicksal die Vorsehung für uns auserkoren hat; wir beide, mein lieber Weggefährte, haben Geschichte geschrieben, wir haben sie *gemacht*, gestaltet in einer Größenordnung, die uns auf ewig in das Pantheon der Götter des Krieges und der Vernichtung erhebt. Sollte uns dort draußen Unbill drohen, werde ich all dem Geschmeiß um mich herum sagen, was die Welt, die die Niederlage des Nationalsozialismus zuließ, von mir zu hören verdient hat. Ich werde der Welt zurufen: Schaut alle her, ich bin immer noch der alte, und ich bereue nichts. Und wenn ich jemals in diese weibische

Verhaltensweise verfallen sollte, *doch* etwas zu bereuen, dann kann dies nur sein, nicht noch mehr der alten verrotteten Welt mit in den Untergang gerissen zu haben.

Dennoch: Mein Wille und meine Kraft und Herrlichkeit haben der Welt einen Krieg geschenkt, den die Historiker in tausend Jahren noch in den Geschichtsbüchern als *das* einzigartige Beispiel der größten Kraftanstrengung der Weltgeschichte bemühen werden.«

Die Ausführungen des sich offenbar wieder ›auf der alten Höhe‹ befindlichen Führers gefielen Dr. Goebbels irgendwie nicht so ganz. »Ja ja, – na ja«, sagte er. »Unser Kundschafter muß jeden Moment zurückkehren. Die Spannung zerreißt mich fast, keine Kenntnis von den Geschehnissen über uns zu haben.«

Verständnisvoll wie ein Großvater, der sein fünfjähriges Enkelkind mustert, sah Hitler auf Goebbels herab. »Keine Sorge, die Weizsäckers sind ein altes arisches Geschlecht. Unser Mann ist zuverlässig und wie seine Kameraden vom SD[2] ausgebildet worden. Und bedenken Sie, wir sind hier in einem verborgenen Nebenkeller eines geheimen und nach außen hin harmlosen Hauses des SD in Frankfurt am Main. Unser Mann mußte erst die getarnte Verbindungstüre zum eigentlichen Keller freimachen, von der anderen Seite wieder hinreichend sichern, dann aus dem Keller heraus und in eine neue Welt hinein, und dabei muß er vorsichtig sein, sichten, analysieren und verarbeiten.« Hitler war in Gedanken ganz bei dem Spähtrupp-Unternehmen seines Leibwächters. »Besonders schwierig wird es für ihn sein, all diese vielfältigen neuen Sinneseindrücke in das erforderli-

---

[2] SD: Sicherheitsdienst (Geheimdienst) der SS (Schutzstaffel)

che Raster einzuarbeiten, nach dem er entscheidet, welches Material er mitbringt, um uns einen optimalen Überblick über die heutige Welt zu verschaffen …« Er geriet ein wenig ins Träumen. »Wie sie wohl aussehen mag, die neue Welt – ohne mich?« sagte er. Er gab sich einen Ruck. »Und dann noch der Rückweg … Dann benötigen wir auch zügig einen anderen«, er blickte sich um, wollte eigentlich ›Bunker‹ sagen, »… Unterschlupf, was erst recht schwierig sein wird, sollten wir uns in Feindesland befinden …«

In dem Augenblick hörten sie die typischen dumpfen Geräusche, mit denen sich das äußere Schleusenschott im Hauptkeller öffnete. Die vier Bunkermänner traten vor die innere Schleusentür ihres getarnten Nebenkellers, die sich kurz danach öffnete. Ein sichtlich erschöpfter Weizsäcker betrat das Refugium.

»Auftrag ausgeführt, mein Führer.« Den deutschen Gruß entbot er nicht, da er beide Hände benötigte, einen schweren Karton mit allerlei Inhalt zu tragen.

Frankfurt/Main, 4. Juni 2014

»Setzen Sie sich erst mal hin, junger Mann. Dann berichten Sie uns chronologisch von Ihren Erlebnissen, insbesondere Ihren allerersten Eindrücken, auch und insbesondere Details – und *wo* in der Geschichte wir angekommen sind.«

Weizsäcker stellte den Karton auf den einzigen Tisch des Raumes, holte tief Luft und berichtet dann, umringt von den vier anderen Zeitschläfern. »Der Weg aus dem Bunker heraus war unproblematisch, die äußere Schleusentür konnte ich planmäßig wieder vor ungebetenen Blicken tarnen. Vom Keller gelangte ich in den Flur der ersten Etage, es war niemand zu sehen, ich hörte lediglich gedämpften Straßenlärm. Ich verließ das Haus. Es war, wie ich etwas später an einer öffentlichen Uhr ersehen konnte, um 11.00 Uhr vormittags. Sofort erblickte ich eine Menge ... nun, modern aussehender Autos, darunter auch einige asiatische, wahrscheinlich japanische Typenbezeichnungen.« Hitler fragte sich im stillen, in welcher Verbindung die Japaner heute zum Deutschen Reich standen, daß Deutsche ihre Autos fuhren. »Aber ich sah auch Autos der Marken BMW, Mercedes und VW. Dann fielen mir Passanten in ziemlich bunter Kleidung auf. An mir ging ein großer Weißer nordischer Abstammung vorbei. Er trug seine Haare lang und verfilzt, so wie Negerlocken, auf seinem Pullover war groß der Sowjetstern abgebildet. Ich musterte ihn – verständlicherweise! – empört, was ihn wohl ermunterte, mich frech zu fragen: ›Ey, was guckst du so doof, Bourgeois?‹ Ich wollte ihn eigentlich auf der Stelle erschießen ...«

Hitler fiel ihm erregt ins Wort: »Liquidieren, jawohl, einfach sofort liquidieren!«

»Aber dann entschloß ich mich, lieber vorsichtig zu sein. Eine erfolgversprechende Ausführung meines Auftrages verlangt, auf keinen Fall Aufmerksamkeit zu erregen.«

Hitler winkte entschuldigend ab, was Weizsäcker erleichterte.

»Eine Frau drückte mir ein Flugblatt der ›Bewegung Pro-Resoz‹ in die Hand, die wohl alle Verbrecher möglichst sofort nach der Tat wieder in die Gesellschaft ... äh ... integrieren will ... Solcherart Aktivisten sind mir mehrfach in den kommenden Stunden über den Weg gelaufen.« Weizsäcker griff in den Karton und zog zwischen zwei Büchern ein zusammengefaltetes Flugblatt heraus, entfaltete es eilig und überreichte es Hitler, der sofort ungeduldig danach griff und nach dem ersten Überfliegen murmelte: »Diese Leute müssen ebenfalls sofort liquidiert werden … *Allmächtiger*, wo bin ich nur hineingeraten.«

Weizsäcker wartete darauf, von seinem Führer wieder das Wort erteilt zu bekommen, aber der stierte nur auf den Boden. Der Leibwächter beschloß, seinen Bericht fortzusetzen. Er sagte: »Dann besah ich mir das Haus, in dessen Nebenkeller wir uns jetzt befinden, von außen; es beherbergt mehrere Wohneinheiten und – eine Geschäftsstelle der VVN …«

Hitler fragte: »Was ist das für ein neumodisches Zeug?«

Weizsäcker schluckte angesichts der delikaten Enthüllungen, die er noch zu berichten hatte, und das auch noch dem Führer persönlich, von Angesicht zu Angesicht. »Das ist die Abkürzung für ›Vereinigung der Verfolgten des Naziregimes‹, mein Führer.«

»Welche Verfolgten?« fragte Hitler mißtrauisch, wie er war.

»Äh … na ja, die Juden, die Demokraten, die Kommunisten, mein Führer …«

Hitler hob den Kopf ein wenig, reckte das Kinn nach vorn, blickte nach oben, ganz so als ob er an der Bunkerdecke irgend etwas suchte, vielleicht eine Ausrede, dann sagte er: »Ach so. Na gut, weiter.«

»Endgültig mißtrauisch wurde ich beim Anblick des Nebengebäudes, in dem eine ›Marx-Engels-Buchhandlung‹ residiert, daneben ist eine Pizzeria, in der Italiener Speisen anbieten.«

Hitler tappte gebeugt ein paar Schritte, setzte sich auf den nächstbesten Stuhl und schüttelte ungläubig den Kopf. »Bolschewistische Propaganda, Spaghetti-Fresser, die das deutsche Volk mit Nahrung versorgen, das zudem mit asiatischen Autos herumgondelt – welche Zustände in meiner geliebten Heimat herrschen, kaum daß man mal ein paar Jahre nicht selbst für Ordnung sorgen kann. Unglaublich. – In welchem Jahr sind wir nun gestrandet, Hauptsturmführer?«

Weizsäcker schluckte hörbar. »2014, mein Führer.«

Ruckartig stand Hitler auf und griff sich mit beiden Händen an die Brust. Sein Gesicht sah aus, als habe ihn der Schlag getroffen. Goebbels und Schmidt halfen ihm auf seinen Stuhl zurück.

»Beruhigen Sie sich, mein Führer, das kommt alles wieder ins Lot, das schaffen wir schon«, sagte Dr. Goebbels, und er wollte hinzusetzen ›So wie immer‹, überlegte es sich dann aber nach einer blitzartigen Bewertung ihrer momentanen Situation und seiner letzten Eindrücke des Jahres 1945 doch anders.

Weizsäcker setzte seinen Bericht fort, er schilderte das ›internationale‹ Aussehen vieler Bewohner der Stadt, erwähnte Internetcafés, gemischtrassige Pärchen, ein ganzes Stadtviertel, das sich der Prostitution verschrieben zu haben schien, und – auch wenn es ihm schwerfiel – vergaß er nicht seinen entsetzten Kameraden auch dies zu sagen: »Überall sah ich viele teilnahmslose Deutsche, die all diese schrecklichen Zustände offenbar nicht stören.« Weizsäcker gab noch einen groben Überblick über den Verlauf der Geschichte seit 1945, wie wir sie kennen.

Als er seine kurze historische Revue beendet hatte, zeigte der Kundschafter vor, was er sonst noch in seinem Karton mitgebracht hatte: Zeitungen, Magazine und mehrere Geschichtsbücher über den Zweiten Weltkrieg und die deutsche Nachkriegsgeschichte.

Wie beiläufig warf Hitler auf die eine oder andere Titelseite einen Blick, ohne wirklich wahrzunehmen, was er dort sah; er hatte genug gehört. Seine Gesichtshaut wechselte von fahlweiß zu rot, seine Lippen bebten. Er preßte hervor: »Verrat! Überall Verrat an meiner *Person*. Nicht nur das Militär hat mich damals verraten, auch das deutsche Volk verrät anscheinend seine Führung und die unwiderruflich von mir eingeführte nationalsozialistische Lebensweise auf das Schändlichste! Wir müssen mit aller Härte diese Revolte niederschlagen! – Weizsäcker: Welche SS-Verbände sind in unserer Nähe stationiert?«

Weizsäcker schluckte und sah hilfesuchend zu Dr. Goebbels, der sich soeben auf einen Stuhl neben den des Führers setzte und dann in einer kameradschaftlichen Geste mit seiner Hand Hitlers Oberarm drückte, ganz so wie es Leidensgenossen geziemte.

Weizsäcker sagte: »Mein Führer, wir haben keine SS-Verbände mehr zur Verfügung, wir haben 1945 eine totale Niederlage erlitten.« Seine stramme Haltung entspannte sich übergangslos, als würde er erst jetzt die Bedeutung dessen verstehen, was er gesagt hatte. Er wirkte sehr niedergeschlagen, als er mehr zu sich selbst sprechend fortfuhr. »Und was das Schlimmste ist: Entgegen all unserer berechtigten Hoffnungen und den Versprechungen der okkulten Berater unserer Bewegung – hat der Nationalsozialismus sich *keinen* Weg zurück in die Herzen der Menschen und« – sein rechter Zeigefinger fuhr nach oben, penetrant belehrend – »an die Schalthebel der Macht erobert.«

Hitler saß zusammengesunken auf seinem Stuhl, sein Kopf hing nach unten. Ohne aufzusehen sagte er tonlos: »Hauptsturmführer Weizsäcker, Sie sind der Einsatzleiter. – Wie geht es jetzt weiter? Was machen wir jetzt, gefangen inmitten von Bolschewisten, Rasseschändern und US-Imperialisten?«

»Mein Führer, ich habe die Lage innerhalb der ersten Stunden nüchtern analysiert und dann eine Vorentscheidung getroffen: Mein Auftrag ist es, uns alle aus diesem Bunker, in dem wir nicht lange leben können, herauszuschaffen.« Er holte tief Luft und fuhr mit gefestigter Stimme fort. »Ich habe Kontakt zur Frankfurter Unterwelt aufgenommen. Ein gewisser Dimitri Koslowski ist dort eine führende Größe, er wird uns mit der erforderlichen Logistik ausstatten: einem geräumigen Sechssitzer-PKW mit verdunkelten Scheiben, einer Wohnung, Bargeld und so weiter; auch falsche Ausweise und dergleichen aufwendiger herzustellende Dinge wird er uns liefern können, meine Goldstücke haben eine deutliche Sprache gesprochen … Mein Führer: Wir werden in rund zwei Stunden abgeholt, genau um 04.00 Uhr in der Nacht.«

Hitler nickte unmerklich. »Gut gemacht, mein treuer Soldat. – Dimitri, Dimitri … ein etwas ungewöhnlicher Name für einen deutschen Volksgenossen.«

»Er ist Russe, mein Führer.«

Hitler sagte nichts mehr.

***

Nacheinander durchschritten die fünf Männer mit eingezogenem Kopf das nur einen Meter fünfzig hohe innere Schleusentor des Bunkers, dann das einen halben Meter dahinter liegende äußere. Schmidt blieb kurz zurück, um die Außenkanten des zur Tarnung in Kellerfarbe präparierten Schotts mit einem speziellen Stift zu bestreichen, bis die Fugen bei oberflächlicher Betrachtung nicht mehr zu sehen waren.

Vor dem Haus wartete ein Van, dessen Fahrer der sich nähernden Truppe neugierig entgegensah. Hitler trug eine schwarze Sonnenbrille mit großen Gläsern, was ihn in den nächtlichen Schatten der Häuser noch verwegener aussehen ließ, als seine Pläne es waren. Sein schmuckloser grauer Mantel fiel nicht weiter auf; statt seiner Feldmütze trug er einen Hut, der tief ins Gesicht gezogen war. Wahrscheinlich entging deshalb dem Fahrer, der, wie sein fürchterlicher Dialekt schnell verriet, Russe war, die einzigartige Tatsache, den leibhaftigen Adolf Hitler kutschieren zu dürfen. Möglicherweise wäre er von sich aus nie – auch nicht unter Hinzuziehung einer beträchtlichen Menge Wodkas – auch nur ansatzweise auf die Idee gekommen, ihm könne dergleichen zu seinen Lebzeiten, und dann auch noch im Jahr 2014, passieren.

Die fünf Passagiere, alle in Zivilkleidung des Jahres 1945, die aber nicht weiter auffiel, nahmen auf den beiden hinteren Sitzreihen Platz. Der Fahrer, der sich als ›Igor‹ vorgestellt hatte, startete den Motor und kutschierte die Kameraden unauffällig durch die Stadt.

Eher verstohlen als neugierig schaute Hitler, der sich einen Fensterplatz gesichert hatte, auf die an ihm vorbeiziehenden Häuserreihen. Er erblickte mehrere Betrunkene, die auf dem Bürgersteig ungewissen Zielen entgegen taumelten. »Zustände sind das … Ein paar Wochen an der Front würden diesem Gesindel gut tun«, zischte er dem neben ihm sitzenden Goebbels zu.

Goebbels räusperte sich leise, aber bestimmt, und führte seinen Zeigefinger zum Mund. Hitler brummte etwas in sein Oberlippenbärtchen. Selbst Goebbels fiel nun auf, wie lustig *der Führer* eigentlich in seiner unpassenden Tarnung aussah.

Nach zehnminütiger Fahrt hielt das Fahrzeug vor einem riesigen Wohnblock an. Igor übergab Weizsäcker die Fahrzeugschlüssel und führte die Gruppe ins Haus. Am Fahrstuhl angelangt organisierte Weizsäcker, daß zuerst er und Schmidt mit Igor in den vierzehnten Stock, Appartement 1403, fuhren, um sich von der Unbedenklichkeit der Lage zu überzeugen. Widerspruchslos akzeptierte Igor.

Es war Hitler klar, daß Weizsäcker versuchte, die Person des Führers jedem direkten Kontakt zu Igor, der länger als wenige Sekunden andauerte, zu entziehen. So unwahrscheinlich es auch war, daß Igor begriff, *wen* er hier geleitete, so professionell war dennoch Weizsäckers Verhalten, das fand auch Hitler: »Ich werde Weizsäcker zum SS-Sturmbannführer befördern, ein sehr guter Mann ist das«, sagte er zu Goebbels und Meier.

Goebbels antwortete: »Mhm.«

Als der Aufzug sich wieder dem Erdgeschoß näherte, postierten Hitler und Goebbels sich so, daß Igor nicht viel von ihnen sehen konnte. Igor nickte bloß kurz und verließ das Haus.

Als die drei Männer im vierzehnten Stock angelangten und ihr neues Quartier betraten, sahen sie noch, wie Weizsäcker ein paar rote Damenstrümpfe in eine Plastiktüte steckte. Als Meier die Wohnungstür wieder hinter Hitler und Goebbels geschlossen hatte, sagte Weizsäcker: »Mein Führer, bitte nehmen Sie noch kurz im Wohnzimmer Platz, wir sichten die Wohnung noch nach … unangebrachten Gegenständen.«

Hitler und Goebbels nahmen auf einem bequemen rechtwinkligen Sofa im Wohnzimmer Platz, an das sich ein offener kleiner Küchenbereich anschloß. Meier blieb bei ihnen, denn die drei SD-Männer waren schließlich darauf gedrillt, den Führer nie allein zu lassen.

Hitler fiel ein äußerst großzügiger Barbereich an einer Wand des Zimmers auf; mindestens hundert verschiedene alkoholische Marken und Varianten strahlten ihm entgegen. »Welchem Zweck mag diese Wohnung bisher gedient haben? Der Spirituosenladen in diesem Wohnzimmer ist mir etwas suspekt.«

Auch Goebbels sah sich nun noch genauer um. Sein Adlerauge, welches wesentlich leistungsfähiger als sein Klumpfuß war, erspähte eine Peitsche, die zwei Meter von seinem Führer entfernt an der Wand hing. Er schluckte. Als wenige Augenblicke später Meier sich den beiden zuwandte, fixierte Goebbels ihn und machte ihn augenzwinkernd auf den für ein normales gutbürgerlich deutsches (geschweige denn nationalsozialistisches) Wohnzimmer sehr merkwürdigen Gegenstand aufmerksam. Meier begriff, was zu tun war. Goebbels redete ablenkend auf Hitler ein, während Meier in einem günstigen Augenblick das Corpus Delicti entfernte – und vor Hitler hinter dem Rücken verbarg.

Weizsäcker und Schmidt traten hinzu und meldeten: »Wohnung bereit zur Übernahme, mein Führer. Darf ich Ihnen die anderen Räume zeigen?«

Das nächste Zimmer, das Hitler betrat, wurde von Weizsäcker ›das neue Büro des Führers‹ genannt. Hier stand auch ein PC.

Der dazugehörige Bildschirm begeisterte Hitler sofort. »Hier, mein Führer, können Sie im Internet alles in Erfahrung bringen, was Sie interessiert; eine ganz erstaunliche Erfindung.«

Adolf Hitler würde die nächsten Wochen überwiegend in diesem Raum verbringen, und dabei Gedanken entwickeln, die die Welt erneut den Atem anhalten ließen.

***

Hitler zog sich sieben Tage in sein neues Büro zurück; er verließ es nur, um in der Küche bescheidene Mahlzeiten zu sich zu nehmen und von früh morgens, fünf Uhr, bis zur Mittagszeit zu schlafen. Die übrige Zeit studierte er die Entwicklung der Welthistorie vom Mai 1945 bis ins Jahr 2014. In diesen sieben Tagen erfaßte er mit seiner überdurchschnittlichen Intelligenz und dem ihm nachgesagten photographischen Gedächtnis die bloßen Daten und Fakten; was ihm fehlte, war die emotionale Einbettung der Daten in den historischen Kontext; er *fühlte* Geschichte, so wie er sie bis 1945 erlebt und gestaltet hatte. Am siebten Tag diktierte er Weizsäcker sein neues altes Programm.

Kapitel 2
Der Führer

Frankfurt/Main, 11. Juni 2014

Seit ich als junger Mann und einfacher Soldat, noch ohne die Erfahrung, die mir nun zu eigen ist, meine bescheidenen Dienste für das Wohl des deutschen Volkes und Vaterlandes zur Verfügung stellte, dreht sich mein ganzes Wollen und Wirken ausschließlich darum, der großen Liebe und dem Respekt, den ich für das deutsche Volk empfinde, Ausdruck zu geben.

In einer Zeit großer Verwirrung hat mein geliebtes deutsches Volk sich angesichts einer *scheinbaren* militärischen Überlegenheit des äußeren Feindes in seinen innersten Glaubensgrundfesten erschüttern lassen. Ich könnte es mir nun leicht machen, das Volk als Ganzes dafür zu verdammen, aber das kann ich nicht.

Noch niemals zuvor ist auf dieser Erde einem Volk unter Einsatz raffiniertester und modernster Täuschungsmanöver derart perfekt *suggeriert* worden, der Krieg sei verloren. Noch niemals zuvor war das internationale Judentum derart stark und in der Lage, seine teuflischen Machenschaften in Realpolitik umzusetzen – und das auch noch in einem weltweiten Rahmen, der alle bisherigen und durchaus beachtlichen Leistungen dieser gefährlichen Rasse sprengt. Das deutsche Volk, in seiner Wurzel gutmütig, treu und zutiefst anständig, war mental nicht in der Lage, diesen unendlich heimtückischen Betrug durchschauen zu können.

Sind auch die deutsche Anständigkeit und Treue, neben der deutschen Schaffenskraft im allgemeinen, der Grund für die Überlegenheit unseres arischen Kernvolkes gegenüber den anderen, primitiveren Rassen, so zeigte sich erneut, daß diese positiven Eigenschaften es äußerst schwer haben, sich der Verschlagenheit des Juden zu erwehren. Ich selbst werde daher nur darin bestätigt, gut daran getan zu haben, meine Volksgenossen immer und immer wieder vor dieser jüdischen Pest gewarnt zu haben.

Als Führer des deutschen Volkes und des Großdeutschen Reiches komme ich dennoch nicht umhin, auch selbstkritisch zu sein. Also will ich nicht unbarmherzig über das Volk richten, sondern über mich selbst, so wie es sich für einen wahren Führer geziemt. Und ich gestehe, nicht entschieden genug gegen das Judentum gekämpft zu haben. Ich hätte bereits unmittelbar nach der nationalsozialistischen Machtergreifung im Januar 1933 großmaßstäblich mit Massenliquidierungen beginnen sollen, um den jüdischen Bazillus und damit die Grundlage der bolschewistischen, demokratisch-korrupten und christlich-humanistisch-inkompetenten Irrlehren unverzüglich aus dem deutschen Leben zu tilgen. Zu diesem Zwecke hätte ich dem Drängen des Reichsführers-SS schneller nachgeben sollen, eine bewaffnete SS-Verfügungstruppe aufzustellen und *ausschließlich* mit dieser wichtigen Aufgabe zu betrauen. Dadurch wären wir schneller vorangekommen, der deutsche Volkskörper wäre geeinter und als Ganzes in diesen Krieg hineingegangen wie in einen Gottesdienst.

Der Umstand, daß ich in größerem Rahmen ab 1940/41 die Aufstellung gepanzerter Divisionen der Waffen-SS zuließ, die somit in Konkurrenz zum bisher einzigen Waffenträger des Staates, der Wehrmacht, trat, war wahrscheinlich mit ein Grund für die Wehrmachtführung, mich zu schneiden. Die Führung der Wehrmacht hat mich getäuscht, verraten, schlecht oder falsch informiert; immer wieder bin ich von den Generälen hintergangen worden. Das ging soweit, mir Armeen, von deren – zumindest damaliger – Existenz ich heute, 2014, immer noch fest überzeugt bin, plump und verschlagen, wie die Generals-Clique war, einfach von der Generalstabskarte *hinweg zu reden*; schlagkräftige Großkampfverbände, die sehr wohl existierten, aber nicht mehr zum Einsatz kamen.

Diese Defätisten! Ich hätte sie allesamt erschießen lassen sollen, diese Bande von Ehrgeizlingen und Verrätern! – Aber hier spielte sicher auch pure Eifersucht eine Rolle, daß ich der Wehrmacht nicht die alleinige Kompetenz zugestand, das Volk militärisch und damit friedenspolitisch nach außen zu vertreten.

Ich gestehe also hier und heute vor dem Allmächtigen: Ich habe zu spät und nicht radikal genug mein Lebenswerk in die Tat umgesetzt. Aber, so wie allein die Tatsache meiner Existenz in diesem mir fernen Jahre 2014 belegt, ist es der Wille der Vorsehung, mich aus meinen Fehlern die Lehren ziehen zu lassen und mir eine zweite Chance zu geben, das einmal für unumstößlich richtig Befundene nun einer endgültigen Klärung zuzuführen.

Es ergehen folgende Führerbefehle:

1. Die NSDAP ist unverzüglich neu zu gründen.
2. Mit sofortiger Wirkung ernenne ich Dr. Josef Goebbels zu meinem Stellvertreter.

3. Deutscher ist nur, wer ein direkter Nachkomme von Personen ist, die am 9. Mai 1945 Staatsbürger des Deutschen Reiches waren. Nur diesen ist ein Paß auszustellen, der sie als Bürger des Reiches ausweist. Alle anderen Personen sind aus dem Reichsgebiet abzuschieben.
4. Die Wehrmacht ist neu aufzustellen. Es dürfen nur rudimentär Kader aus der Bundeswehr Verwendung finden, da diese Truppe mit modernen Irrlehren verseucht ist.
5. Der Krieg im Osten ist wieder aufzunehmen. Selbst wenn als Folge der ungünstigen Nachkriegsbedingungen unter der Siegerwillkür die Geburtenrate des deutschen Volkes zu einem Absinken der rein arischen Bevölkerung geführt hat, wird sich dies innerhalb einer halben Generation unter der neuen nationalsozialistischen Herrschaft wieder umkehren; wir brauchen also – so wie früher – dringend Siedlungsraum im Osten.
6. Die SS ist unverzüglich wieder neu aufzustellen. Ihre Stärke wird bis zum Jahr 2020 auf 500.000 Mann aufgestockt, da bis zu diesem Zeitpunkt eine große Anzahl SS-Männer benötigt wird, die erforderlichen großflächigen Abschiebeaktionen und politischen Säuberungen durchzuführen. Nach dem Jahr 2020 darf die Mannstärke der SS die Zahl 100.000 nicht übersteigen. Durch die Reduzierung auf ein Fünftel der ursprünglichen Stärke erhalten Volk und Partei eine absolut elitäre und unüberwindbare Truppe, die nur für innenpolitische Einsätze zu verwenden ist.
7. Alle Mitglieder der heutigen sogenannten demokratischen Parteien werden unverzüglich liquidiert. Die

ausführenden Organe dürfen sich, da wir uns in einer ungewöhnlichen Übergangszeit sich absolut feindselig gegenüberstehenden politischen Systeme befinden, ausdrücklich auch rassefremder Elemente sowie dubioser Subjekte aus dem kriminellen Milieu bedienen, um ihre Aufgabe zügig erledigen zu können.

8. Unter der Leitung von Dr. Goebbels ist ein Reichsaufklärungsministerium zu gründen, dessen alleinige Aufgabe es ist, den zwangsdemokratisierten Massen psychologische Hilfestellung bei ihrer Rückbesinnung auf Volk, Vaterland und Führer zu geben. Es ist zu erwarten, daß die sechzigjährige Umerziehung des Volkes – insbesondere in den Reihen gewisser bürgerlicher Schichten, die sich schon immer anfällig für modernistischen Unfug zeigten –, eine besondere Renitenz gegen den Führergedanken erzeugt hat; solches Gesindel ist sofort von der SS zu liquidieren.
9. Der ungewöhnliche Begriff ›Nachhaltigkeit‹, geboren in der Epoche nach meiner Herrschaft, gefüttert aus politischen wie ökonomischen Irrlehren, wird einer neuen Bedeutung zugeführt. Nachhaltig wollen wir unseren inneren Feinden zeigen, daß die neue alte Zeit wieder angebrochen ist: Alle notwendigen Liquidationen werden an Ort und Stelle vollzogen. Wir verstecken solche notwendigen Handlungen nicht mehr vor der Öffentlichkeit, sondern wir praktizieren sie sogar demonstrativ um zu zeigen, daß wir da sind und woher der Wind nun wieder weht.
10. Zur äußeren Sicherung unseres neuen Staates benötigen wir Vernichtungswaffen gewaltigen Potentials, die auf dem Boden der von uns zu übernehmenden BRD

nicht zur Verfügung stehen. Neuaufgestellte SS-Jagdverbände erhalten den Auftrag, in Feindesland entsprechende Beutezüge zu organisieren. Insbesondere interessieren alle verwendungsreifen biologischen, chemischen und atomaren Errungenschaften der modernen Wissenschaft. Das Reich kann außenpolitisch nur dann erfolgreich operieren, wenn es die völlige Handlungsfreiheit über eine ausreichende Menge geeigneter Massenvernichtungswaffen ausübt.

gez. Adolf Hitler, 11. Juni 2014

Goebbels hatte es sich auf dem sündig roten Sofa bequem gemacht; auf seinem Schoß lag eines der wie nach einem geheimen Plan in der ganzen Wohnung verteilten samtig grünen quadratischen Kuschelkissen – die der kleine Doktor insgeheim dem lasziven Geschmack eines weiblichen Wesens zuordnete. Wie sie wohl aussah, diese gewiß interessante und die Phantasien eines Mannes anregende Person, die vorher hier gewohnt hatte?

Nun, dachte er, *mein erlesener Verzehr an weiblichen Wesen ist ja hinlänglich in der Partei und sogar darüber hinaus bekannt gewesen*. Er erinnerte sich an die häßlichen Szenen aus dem Jahr 1936, an Magda's wüste Vorhaltungen, weil er gewagt hatte, sich mit seiner aktuellen Eroberung, der Schauspielerin Lída Baarová, öffentlich zu zeigen. *Das Jahr, in dem sie doch selbst ein Verhältnis mit diesem Lüdecke anfing und später dann auch noch mit meinem eigenen Sekretär, diesem verfluchten Hanke. Ich hätte mich vielleicht doch von ihr scheiden lassen sollen.* Hitler jedoch, in allen Fragen als Führer letzte und oberste Instanz, verbot eine Scheidung seines Propagandaministers, der anderswo Mutterkreuze verteilte, aber die eigene Ehefrau und sechs Kinder verlassen wollte. »Unmöglich, ein solches Anliegen. Ich verbiete Ihnen kategorisch die Scheidung«, hatte er lautstark befohlen. *Womöglich hat die Sentimentalität, zu der er manchmal neigt, bei seiner Entscheidung eine besondere Rolle gespielt; er war ja Trauzeuge bei unserer Hochzeit; wie er sich an diesem Tage freute ... geradezu ausgelassen fröhlich war er. Ach ja, die alten Zeiten ...*

Die Gedanken des kleinen Doktors kehrten zum eigentlich Wichtigen zurück: *Ich hege die Vermutung, mich hier in einem dieser unanständigen Sündenpfuhle zu befinden, die der Nationalsozialismus verdammt hat – zu recht, will ich gerade heute in diesem Sodomslande BRD meinen. – Natürlich animiert allein die Vorstellung einer gewissen verdorbenen Szenerie und der schlüpfrigen Exzesse, die an diesem Ort stattfanden, meine für erotische Impulse empfänglichen Sinne aufs Höchste, wohl wahr, wohl wahr.* Und irgendwie war es ihm nicht ganz geheuer, als er in diesem Moment bemerkte, erstmalig seit dem Wiedererwachen eine Erektion zu spüren. *Wie dieses sicher herrlich verkommene Luder wohl ausgesehen haben mag, an dem sich hier die Männerwelt vergnügte? Sie muß wohl arg rot geschminkte Lippen und Makeup getragen haben, hochhackige Schuhe und Strumpfbänder – die merkwürdigerweise in dieser neuen Zeit bereits wieder aus der Mode gekommen zu sein scheinen. Liegt dies vielleicht daran, daß die deutschen Frauen sich zu holden Maiden entwickelt haben? Ganz so, wie die offizielle NSDAP-Parteilinie die deutsche Frau der Zukunft propagierte? Ach, Unsinn, Männer ändern sich doch nicht, sie wollen ein williges Geschöpf fürs Vergnügen haben; und Frauen bleiben auch Frauen, sie wetteifern darin, den nachhaltigsten erotischen Eindruck bei den Männern zu machen. Sicher ist die offizielle politische Linie in Frauenfragen, die die heutige Regierung so gerne im Munde führt, auch nur verlogene Propaganda – schließlich konnten sie ja lange genug von mir lernen.*

Der Meister der Propaganda lächelte zufrieden verträumt in sich hinein, als Hitler nichtsahnend das Zimmer betrat und ihm einige Papiere, beschrieben mit wichtigen strategischen Führergedanken, hinhielt. Goebbels fühlte sich gestört, ließ sich aber nichts anmerken.

»Dr. Goebbels, hier, lesen Sie das bitte. Ich will Ihre Meinung zu meinen ersten Anordnungen hören.«

Goebbels seufzte unterdrückt und strich ein letztes Mal zärtlich über das Kissen, das wohl schon bei so mancher wollüstigen Tat zugegen gewesen war. Bevor er gedanklich erneut in unsittliche Tiefen vorstieß, die eine Verstärkung seiner Erektion hätten bewirken können, nahm er hastig mehrere Manuskriptseiten aus des Führers Hand entgegen. Er las den Text einmal schnell durch, ein zweites Mal langsam, und machte dabei mit einem Stift an mehreren Stellen Anmerkungen und Korrekturvorschläge. Hitler schlurfte selbstgefällig nickend zurück in sein Büro.

Goebbels las den Text ein drittes Mal, und nun glich er, der ebenfalls die letzten Tage eifrig mit dem Studium der neueren Geschichte zugebracht hatte, den Inhalt erstmals mit der Gesellschaftsform der BRD ab, mit den politischen Debatten in diesem Land, den Klimaängsten, der Angst vor Arbeitslosigkeit, der Sorge um den bevorstehenden USA/Iran-Krieg, der panischen Angst vor Fleischverzehr, vor

Übergewicht, plötzlichem Kindstod und Kindesentführung, der Hingabe zu surrealistischen Filmen, Rapper-Songs, der hemmungslosen Geilheit auf Superstarshows und ihre eloquenten Protagonisten – und ihm wurde klar, daß es so nicht ging.

Der Führer ist wieder ganz der alte, wohl wahr, aber er mißachtet dabei den obersten Grundsatz jeder erfolgreichen Propaganda: sich die Zeitgeistzustände nutzbar zu machen, sie mit teuflischer Anbiederung zu umschmiegen ebenso wie prägnante und offenkundige Mißstände des fixierten Feindbildes gnadenlos und gern weit unterhalb der Gürtellinie zu attackieren. So weit so gut; das Problem ist lediglich, daß diese ganze Zeit unser Feindbild ist und wir keine Aussicht auf Verbündete haben. – Wie bringe ich das bloß dem Führer bei?

Frankfurt/Main, 14. Juni 2014

In den folgenden zwei Tagen schien es so, als ob Hitler seine Mitstreiter meiden würde. Er verließ kaum das Büro und wirkte in sich versunken und auffallend grüblerisch. Goebbels war zunächst darüber verwirrt, dann aber auch erleichtert. Er wußte, es würde ihm schwer fallen, Hitler von einem einmal gefaßten Entschluß wieder abzubringen. Besonders, wenn er Entscheidungen nach ›besonderen Eingebungen der Vorsehung‹ traf, und seine jüngsten Führerbefehle klangen dem kleinen Doktor sehr nach ›Vorsehung‹, wollte man das Wort ›Größenwahn‹ und den leichten Vorwurf der ›Verkennung der Realität‹ vermeiden. Und Goebbels wollte solche Begriffe und Argumente *un-*

bedingt vermeiden; in den letzten Monaten des Jahres 1945 hatte der Führer zunehmend an Tobsuchtsanfällen gelitten; d.h. gelitten hatten seine Mitarbeiter und die Führung des Reiches. Goebbels, der dem Führer gerade in der Endzeit des Dritten Reiches fast täglich sehr nahe gewesen war, kannte dessen Stimmungsschwankungen, die sich zumeist durch Anzeichen seelischer Zurückgezogenheit, einer besonders grüblerischen Stimmung und anderer Symptome für das Vorliegen einer manischen Depression ankündigten.

Goebbels Plan war einfach: *Ich muß einen günstigen Moment abwarten, um die Forderungen des Führers … herunterzuschrauben. Die Anspannungen der letzten Kriegsmonate waren zu groß für seine empfindsame Seele, so daß er auch jetzt, in dieser völlig veränderten Situation, noch glaubt, durch Härte und Beharrlichkeit und unverzagten Mut den Endsieg unserer Idee verwirklichen zu können.*

Ich weiß allerdings, daß es dieses Mal nicht so geht, wie es sich der Führer denkt. Wir sind Gestrandete einer anderen Zeit, ja, es ist nicht zu vermessen zu behaupten, einer anderen Welt. Und wir müssen erst die Instrumente erkennen, sie uns erarbeiten, die dieser Zeit gemäß eingesetzt werden können und müssen. Das braucht eine Weile. Und ich spüre, auch der Führer hat in den letzten Tagen erkannt, daß wir in unserer speziellen Situation andere Lösungen brauchen als 1945.

Am dritten Tag, nachdem Goebbels die Führerbefehle gelesen hatte, sprach Hitler ihn an. »Nun, Dr. Goebbels, wie ist Ihre Meinung zu meinen neuen Befehlen für das Reich und die Bewegung?«

Goebbels druckste herum; besonders irritierte ihn, daß Hitler wieder einen klaren und wachen Ausdruck in den Augen hatte, von Depression keine Spur mehr.

»Mein Führer, insbesondere die ersten Worte, die Sie an die Volksgenossen der Gegenwart richten, müssen wohl überdacht sein. So richtig programmatisch jede einzelne Ihrer Anweisungen auch ist, und die Befehle des Führers nicht in Frage zu stellen sind, so glaube ich doch, uns noch etwas mehr Zeit zubilligen zu wollen, unsere praktischen Taten noch optimaler an die ... Gegebenheiten anzupassen. Ich meine ...« Der Mut verließ ihn, alle Zuversicht, auch der letzte Rest vermeintlich noch vorhandenen Glaubens an so etwas wie eine ›Zukunft‹, brach plötzlich in sich zusammen. Goebbels ließ sich auf die rote Wohnzimmercouch sinken, zog mit einer Hand mechanisch seinen Klumpfuß heran und vergrub das Gesicht in seinen Händen. Ein Schluchzen war zu hören, dann ein tiefes Durchatmen.

Er strich sich mit beiden Händen über die Schläfen, glättete seine Haare und sagte: »Mein Führer, es geht so nicht. Wir sind verloren, wenn wir solche Anordnungen bekanntgeben. Ich befürchte, wir sind verloren, auch wenn wir keine Befehle erteilen – einfach, weil *wir* es sind, die sich wieder vor der deutschen Geschichte zurückmelden. – Ich meine, wir sollten ...« Zur Vermeidung des Wortes ›kapitulieren‹ suchte er kurz nach einem weniger verfänglich klingenden, bevor er fortfuhr: »... umdisponieren, mein Führer.«

Furchtsam sah er Hitler an, und er sah in dunkelblaue, aber stählern schimmernde Augen, um die Augenwinkel und die Lippen erkannte er die altvertrauten Züge, die ihm und vielen anderen Parteigenossen in der Vergangenheit immer signalisiert hatten: ›Ha, jetzt räumen wir mal richtig auf!‹

Goebbels wurde bewußt, sich wieder wie ein Süchtiger in diesem Gesicht, in diesem personifizierten Antlitz der auch von ihm so maßlos begehrten Macht zu verlieren, alle

Hoffnung, alle Angst, alle Eigenverantwortung für das große Gelingen oder katastrophale Scheitern wieder an diesen einen Mann abzugeben, so wie ein ganzes Volk es über zwölf Jahre hinweg getan hatte.

Der Führer sagte: »Sehr richtig erkannt, Dr. Goebbels, wir ändern den Plan. – Besorgen Sie mir einen jungen, hungrigen, ja, einen gierigen Journalisten.«

Goebbels lauschte elektrisiert wie in den Jahren zuvor den Worten des Führers, und dieser hatte einen teuflisch genialen Plan ausgeheckt.

Frankfurt/Main, 15. Juni 2014

Tobias Wissmann ließ den Kugelschreiber lustlos auf den Schreibtisch fallen. Er landete auf einem Wirrwarr verstreut und dennoch ineinander verschobener Papierstapel und Notizblätter. Die bei anderen Gelegenheiten immer wieder von Erfolgen gekrönte wilde Internetsuche des Achtundzwanzigjährigen hatte seit Tagen zu keinem Funken der Erleuchtung geführt. Ihm fehlte ein zugkräftiges Thema.

Die Resozialisierungsdebatte ›Jeder gehört in die Gesellschaft‹ nahm überaus breiten Raum in der allgemeinen Berichterstattung und in der Aufmerksamkeit der Medienkonsumenten ein. Seit Monaten schon, genauer gesagt seit Verabschiedung des entsprechenden Gesetzes zur wahlweisen richterlich angeordneten drastischen Straferleichterung wurde das Thema forciert und zunehmend emotionalisiert. In der Bevölkerung war die Meinung ziemlich genau fifty-fifty verteilt, ob Straftäter, die ihre Schuld eingestanden hatten und denen unterstellt werden durfte (manche meinten: mußte), daß sie echte Reue zeigten, nicht bereits nach Verbüßung einer Einzehntelstrafe wieder auf freien Fuß kommen sollten, um sich wieder in die Gesellschaft einzugliedern. Besondere Beachtung hatte der Fall des Sexualstraftäters Walter S. gefunden: Herr S. hatte vor 25 Jahren mehrere schwere Sexualdelikte begangen, die erst vor kurzem eindeutig seiner Person zugeordnet werden konnten. Walter S. behauptete, seit dieser lange zurückliegenden Zeit keinerlei Straftaten mehr begangen zu haben; selbst die Staatsanwaltschaft schloß nicht aus, daß der in Untersuchungshaft einsitzende S. die Wahrheit sagte. Auch beteuerte S. nachhaltig, seine früheren Taten aufrichtig zu bereuen, was ihm dreiundsiebzig Prozent der Bevölkerung glaubten. In den nächsten Tagen würde der Prozeß gegen S. beginnen, für den keine lange Verhandlungsdauer angesetzt wurde, da S. sich in allen Punkten schuldig bekannte. Er forderte aber, insbesondere wegen der langen Zeitspanne, die seit seinen Taten verstrichen war, ein solches Zehntel-Urteil zu erhalten, damit ihm – nach Anrechnung der Untersuchungshaft – am Tag der Urteilsverkündung die Freiheit winkte.

Wissmann suchte ein Thema, an das er sich hängen konnte. Welcher Möchtegern-Promi auf Grund eines eigentlich irrelevanten sogenannten Fehltrittes, einer unbedachten Äußerung oder in Verbindung mit irgendwelchen gerade aktuellen Themen vielleicht pressemäßig zu etwas ›Beachtenswertem‹ hätte aufgebauscht werden können. Und um das Maß vollzumachen, lief es mit seiner neuen Freundin Anna, einem neunzehnjährigen Amateur-Model, auch nicht sooo gut.

Er seufzte.

Blöder Mist. Schon seit Tagen keine Inspiration.

Wissmann täuschte vor, tief in Unterlagen versunken zu sein, als er aus dem Augenwinkel sah, daß der Chefredakteur des Nachrichtenmagazins WAHRHEIT HEUTE das Büro betrat, das er, ein lumpiger Redakteur, sich mit drei Kollegen teilte. *Redakteur auf Probe*, verbesserte er sich. *Der Kerl schaut schon mißmutig in meine Richtung, weil ich ihm die letzten Tage nichts geboten habe. Und dabei hat er sogar recht.*

»Herr Wissmann, wie sieht's aus? Keine schöne Story aus Ihren Spezialgebieten? Welche sind das noch mal?« Keller war mit leicht süffisantem Lächeln, das keines war, vor Wissmanns Schreibtisch stehengeblieben. »*Aufgespritzte Lippen oder doch nur zu viel Makeup? – Schwanger, aber man sieht es noch nicht, oder doch nur zu viel Kuchen reingestopft?* – Hm?«

Gereizt antwortete Wissmann: »Nein, ganz so simpel liegen die Dinge nicht. *Zuviel Makeup und doch nicht schwanger* wäre das heikle Thema, nach dem ich gerade eine passende prominente Person aus dem unendlichen Pool der Kandidaten herausfiltere, Chef.«

Es war die Flucht nach vorn – die er nur ein oder zweimal antreten konnte; danach war ohne echtes Ergebnis sicher Schluß. Job weg. Traum geplatzt. *Na ja, konnte ich etwa ernsthaft mit einem neuen Watergate-Skandal rechnen?* dachte er, mehr um sich von einem etwaig zu erwartenden Blitzgewitter abzulenken und seine gegenüber Keller nur vorgetäuschte Selbstsicherheit perfekter aufrechterhalten zu können.

Keller grinste nur. »Ich halte was von Ihnen, das wissen Sie, schließlich habe ich Ihnen diese Chance gegeben. Also, zeigen Sie was. Egal was, irgendwas. Ist gerade tote

Hose überall.« Er ließ seine falschen Zähne sehen, die zu mustergültig in seinem Mund aufgereiht standen, um natürlich zu sein. »Selbst bei Boris …« Er lachte über seinen Gassenkalauer.

Wissmann grinste aus vorgetäuschter Sympathie mit. »Chef, vertrauen Sie mir. Ich bringe wieder was Verwertbares.«

Keller schwieg ein paar Sekunden lang, trippelte mit den Daumen auf dem Stapel Papiere, den er in Händen hielt, und sagte leiser: »Ich weiß, mein Junge, ich weiß. Das wird schon.«

Die Ermunterung, die mehr wie ein Befehl klang, kam entsprechend bei Wissmann an. »Alles klar, Chef.«

Keller wandte sich ab und widmete seine Aufmerksamkeit einem von Wissmanns Kollegen.

Scheiße. Erzwingen nutzt heute offenbar nix. Ich mach mich vom Acker. Als er in seine Jacke schlüpfte, rief er Keller kurz zu: »Hab' da was in der Peilung. Bis morgen, Chef.«

Den Blick, den Keller ihm womöglich zuwarf, wollte er gar nicht sehen, so schnell verdrückte er sich aus dem Büro.

Wissmann verließ das Frankfurter Bürohaus, in dem WAHRHEIT HEUTE neben einigen anderen Unternehmen ein Zweigbüro betrieb, wechselte fünfzig Meter weiter, als die Ampel auf Grün geschaltet hatte, die Straßenseite und steuerte das Café an, in dem er vor einem Jahr tatsächlich noch von Watergate-Journalismus geträumt hatte.

Er setzte sich an seinen Stammplatz und nickte der Bedienung zu, die längst wußte, daß er ein ausgesprochener Fan von Latte macchiato war. Den Mann mit ausgesprochener Kurzhaarfrisur, der wenige Sekunden nach ihm das Café betreten hatte, nahm er erst wahr, als der sich zu ihm an den kleinen Tisch setzte.

Tiefblaue Augen sahen ihn wie erwartungsvoll aus einem zwar jungen, aber irgendwie stählern wirkenden Gesicht an. Wissmann wunderte sich über sich selbst, als er, nach Worten ringend, etwas unsicher hervorbrachte: »Äh, kann ich was für Sie tun? Kennen wir uns?«

»Sie sind Tobias Wissmann und Redakteur bei WAHRHEIT HEUTE?« fragte der blonde Hüne.

Wissmann spürte, daß sich in ihm *die* Art Witterung einstellte, die er stets dann empfand, wenn er mitten in einer echten Story steckte. Er antwortete gedehnt: »Jaaa ... Und?«

»Hören Sie gut zu. Was ich zu sagen habe, sage ich nur einmal. Und ich gebe Ihnen dann, ebenfalls nur einmal, die Chance, die Pressegeschichte Ihres Lebens an Land zu ziehen. Haben Sie mich verstanden?«

Wissmann nickte. Sein Gegenüber sah auch nicht so aus als würde er sich einen billigen Witz erlauben. Überhaupt sah der blonde Mann nicht so aus, als ob er einen ausgeprägten Sinn für Humor hätte. Dem Redakteur wurde leicht unbehaglich zumute. »Ich verstehe Sie sehr gut ...«

»Das, was ich Ihnen zu sagen habe, hört sich zunächst sehr unglaubwürdig an, aber ich kann Ihnen für alles Beweise präsentieren.«

»Sprechen Sie«, sagte Wissmann und versuchte eine Gönnermiene aufzusetzen.

Nach einer Viertelstunde des Zuhörens zog er lediglich zwei Möglichkeiten in Betracht: Entweder war sein Gegenüber ein gemeingefährlicher Irrer, der eine ernste Gefahr für ihn werden konnte, wenn er sich auf sein Angebot einließ – *oder aber* Watergate hatte ab sofort die Bedeutung eines Traumes, dem ein pubertärer vierzehnjähriger Schülerzeitungsredakteur anhing, über den der zukünftige weltbekannte Erfolgsjournalist Tobias Wissmann nur müde schmunzeln konnte.

So extrem unwahrscheinlich die Richtigkeit der Aussagen dieses angeblichen ›SS-Sturmbannführers‹ auch war, es bestand doch die Chance auf eine Story, die die Welt verändern konnte. Und etwas nüchterner betrachtet, würde dieser Verrückte vielleicht hinreichend ›Beweise‹ vorzeigen, die eine kleine öffentlichkeitswirksame Welle in der Presse auslösen konnten – wenn auch nur in bescheidenem Umfang und nur von sehr kurzer Dauer. Oder aber, so kam Wissmann in den Sinn, er würde die Verrücktheiten dieses Mannes – und je mehr er darüber nachdachte, so kam er zu dem Schluß, daß es sich um nichts anderes als einen Wahnsinnigen handelte – gar nicht veröffentlichen, sondern die *Idee* an sich in einem utopisch-phantastischen Roman verwursten. *Ja, genau. Das ist es. Sowas läßt sich bestimmt gut verkaufen. ›Der Führer ist wieder da!‹ – Also gut, verdammt.* Er sagte zu dem angeblichen SS-Sturmbannführer: »Einverstanden. Wie geht es jetzt weiter«?

***

Mein Gott, und wenn dieser Kerl nun doch gefährlicher ist als gedacht? Wissmann spürte den Schweiß und die Hitze unter dem Schal, den ihm Weizsäcker um die Augen gebunden hatte. Er spürte, daß er am ganzen Körper schwitzte. Gewisse Schaukelbewegungen und Stöße, die von den Stoßdämpfern ins Fahrzeuginnere übertragen wurden, verrieten ihm, in einem Van zu sitzen.

Vor wenigen Minuten war er von dem Verrückten in ein Parkhaus geführt worden. Bevor er hätte erkennen können, mit welchem Fahrzeug die Beförderung erfolgen würde, hatte sein Informant ihm – absprachegemäß – den Schal über die Augen gebunden. *Mein Gott. Was, wenn eine Kamera den Vorgang aufgezeichnet hat? Vielleicht läuft jetzt schon eine Fahndung wegen Entführung … Nein, der Nazi-Spinner ist nicht dumm; verrückt ja, aber nicht dumm. Er wird im toten Winkel einer Kamera geparkt haben.* Und erneut beschlich ihn das Gefühl von Angst. *Hoffentlich bereue ich das alles nicht.*

Der Wagen kam zum Stehen, der Motor wurde ausgeschaltet. Wissmann schluckte. Der angebliche SS-Offizier drückte Wissmann etwas in die Hand.

»Wir sind da. Sie schließen jetzt die Augen, ich nehme Ihnen den Schal ab, und Sie setzen sofort die Sonnenbrille auf, die ich Ihnen gegeben habe. Die Innenseiten der Gläser sind abgedeckt, Sie können nichts erkennen. Ich führe Sie am Arm wie einen Blinden. Machen Sie in Ihrem eigenen Interesse keinen Fehler, Mann.«

»Schon klar«, murmelte Wissmann und ließ sich am Arm aus dem Auto führen. Er hörte verhaltenen Straßenlärm. Nach wenigen Metern wurde eine Haustür geöffnet. Zehn Minuten später saß er, mit Brille, aber noch immer fast blind, in einer Wohnung in einem Zimmer mit *dem* Mann, an dessen Wiedergeburt der Nazi-Spinner glaubte. *Oh Gott. Ich werde gleich so tun müssen, als wenn ich Hitler in einer Standuhr oder sowas wiedererkenne … aber die Verrücktheiten dieses Weizsäcker sind womöglich genialer, als ich sie mir ausdenken könnte – für mein Buchprojekt.*

»Nehmen Sie bitte die Brille ab, junger Mann«, sagte eine Stimme. Sie klang wie die von Bruno Ganz in dem Film *Der Untergang.* Wissmann befolgte die Anweisung. Die vor ihm stehende Erscheinung ließ ihn jeden Gedanken an den Nazi-Spinner, sein potentielles Romanprojekt und an alles andere vergessen. *Diese* Story verschlug ihm buchstäblich den Atem.

***

Wissmann war wie betäubt, dennoch arbeitete sein Gehirn weiter, auf rein logischer Basis – was nicht zuletzt bedeutete: unter kaufmännischen Gesichtspunkten.

Nach einem gut einstündigen Monolog mit anschließendem Frage-und-Antwort-Spiel stellte der Mann, der so aussah, gestikulierte und sprach wie Adolf Hitler, Wissmann die wichtigste Frage, die ihm je gestellt worden war. »Mehr kann ich jetzt nicht für Sie tun. Alles weitere erfolgt zu gegebener Zeit. Wollen Sie mein Kontaktmann zu den Medien und der Regierung sein? Alle Erträge, die Sie aus Ihrer Tätigkeit erzielen, teilen Sie hälftig mit uns.«

Wissmann sah, daß seine rechte Hand ihm eine von Weizsäcker hingehaltene DVD entgegennahm und hörte sich sagen: »Jawohl, Herr Hitler, ich nehme Ihr Angebot an.«

Mit einem Blick eines Menschen, der genau weiß, welche Antwort er erhält, trat Hitler zu Wissmann, reichte ihm die Hand und sagte in einem Tonfall, der bewies, wie felsenfest er von der Richtigkeit seiner Worte überzeugt war: »Junger Mann, Sie dürfen ›Mein Führer‹ zu mir sagen.«

Weizsäcker gab Wissmann weitere Instruktionen: »Wir vereinbaren jetzt drei ›tote Briefkästen‹, in denen Sie nach unserer telefonischen Anweisung weitere Nachrichten oder Aufzeichnungen abholen werden.« Danach hielt er dem ›jungen Mann‹ wieder die abgedunkelte Sonnenbrille hin, diesmal mit einem Ausdruck des Bedauerns – fast so wie ›unter Freunden‹.

Wissmann stöhnte zum x-ten Male an diesem für ihn so denkwürdigen Tag.

***

Daheim in seiner Wohnung rotierten Wissmanns Gedanken noch immer. So unglaublich sich die ganze Geschichte um Hitler darstellte – erst recht jetzt, da er der Person, die sich Adolf Hitler nannte, nicht mehr gegenüberstand –, so sehr war Wissmann von der Echtheit der Zeitreisenden und ihrer Schilderungen überzeugt. Den letzten Rest an Zweifel hatte ihm kurz vor Verlassen des Hitlerschen Domizils die kurze, zufällige Begegnung mit Dr. Goebbels genommen.

Ja, mein Gott, er war es, ganz eindeutig. Es ist alles echt. Also doch noch ein Watergate, ein Mega-Watergate … Nur, wie sollte er jetzt weiter vorgehen? Wissmann schenkte sich einen Whisky ein, ausnahmsweise pur, was ihm durch das Vorliegen ›besonderer Umstände‹ gerechtfertigt schien, um die weitere Behandlung der Angelegenheit nüchtern betrachten zu können. Jetzt, nachdem eine Vorentscheidung gefallen war, gab es eigentlich nur zwei Optionen.

Option eins würde ihn am nächsten Tag zu Chefredakteur Keller führen. Er würde ihm einen langatmigen Vortrag halten, der mit den Worten begann: ›Lieber Chef, ich bin da ganz zufällig in etwas Unglaubliches hineingeraten. Sie werden es nicht glauben, aber Adolf Hitler lebt. Und Dr. Joseph Goebbels auch. Ich habe beide in einer Wohnung in Frankfurt gesprochen. Sie haben in einer Art Schlaftank siebzig Jahre zugebracht und sind jetzt wieder aufgewacht.

Beide stehen auch für Interviews zur Verfügung. Und zum Beweis habe ich eine Videobotschaft des Fü … ich meine, Hitlers mitgebracht.‹

Wittmann überdachte die imaginäre Szene kurz und fand sie recht lustig und abenteuerlich sowie völlig verrückt. Und genau dafür würde Keller ihn halten: für verrückt. Aber er war nicht verrückt. *Vielleicht kann man diese Story überhaupt nur dann für echt halten, wenn man erlebt und gesehen hat, was mir widerfahren ist. Also jetzt zu Option zwei:*

Ich stelle das Video unter meinem Account bei YouTube ein, knüpfe gleichzeitig Kontakt zur Bundesregierung, die, wenn schon nicht mich, dann zumindest die Implikationen, die aus der Veröffentlichung des Videos entstehen werden, ernst nehmen wird. Ich kann exklusiv an TV-Sender und – ja genau! – andere *Medien, große und zahlungskräftige Zeitschriften und Magazine, die Geschichte um Hitlers Rückkehr vermarkten.*

In beiden Fällen würde man ihn im ersten Augenblick für verrückt halten, aber schließlich konnte er Beweise, leibhaftige Beweise vorzeigen. *Kann ich das wirklich? Verdammt, ich weiß nicht, wo genau Hitler sich versteckt. Ich bin abhängig davon, daß er den weiteren Kontakt zu mir sucht. – Aber warum sollte er sich plötzlich nicht mehr rühren? Und wenn alles doch nur eine grandiose Täuschung ist, dann … Unfug! Wer sollte so eine Geschichte derart ernsthaft und aufwendig aufziehen, nur um den kleinen Zeilenschinder Wissmann reinzulegen? Niemand!*

Für Wissmann war der Fall klar: Hier ging es einzig darum, mit welcher Variante er das meiste Geld aus der Geschichte herausholen konnte, und das war ohne Zweifel mit Option zwei am weitaus besten möglich.

Option drei, den Stoff als Grundlage für einen Science Fiction-Roman zu verwenden, kam ihm gar nicht mehr in den Sinn.

Wissmann schaltete seinen Computer ein, legte die Video-DVD ein und rief seinen YouTube-Account auf.

Bonn, 15. Juni 2014

Therese Silkmann haßte ihren Vornamen; er klang altdeutsch, bieder und konservativ, irgendwie überholt und einfach zu *deutsch*lastig; dabei war sie doch eine moderne Frau, wobei lediglich die Geschlechtszuordnung von Bedeutung war, nicht die Nationalität. Diese und viele andere endgültig richtige Ansichten hatte man sie in Schule und Gesellschaft gelehrt; Frau sein war wichtig, gut sein war ebenso wichtig; wer beide Kriterien vereint aufzubieten hatte, war unschlagbar.

Therese war bereits sehr frühzeitig zur Resoz-Bewegung gestoßen, nämlich dann, als bereits jede zweite ihrer Freundinnen davon berichtet hatte, wie ›einfach nur gut‹ der Resozialisierungsgedanke war. Sie fand vor sich selbst kein Argument mehr, sich *nicht* im Sinne der Resoz zu betätigen. Bei der Entscheidung half ihr die Gewissheit, sich – zumindest in den Augen ihrer Freundinnen, das aber ganz sicher! – allein durch die bloße Absicht, *Gutes* tun zu *wollen*, in so etwas wie eine überirdisch erhabene Wesenheit zu verwandeln.

Therese verfügte über einen leicht unterdurchschnittlichen Intelligenzquotienten von 98, wie er in gutbürgerlichen Kreisen häufig vorkommen soll, was sie aber nicht daran hinderte, ihre Meinung zu allem und Gott und der Welt und überhaupt lautstark kundzutun, natürlich ganz im Sinne der Verwirklichung einer besseren Welt.

Glücklicherweise blieb Therese die Erkenntnis erspart, daß viele gesellschaftliche Abläufe erst ab einem wesentlich höheren IQ erfaßt werden konnten. Der dezente Hinweis darauf, daß beispielsweise zwei Drittel der Physiker Einsteins Relativitätstheorie nicht verstehen können[3] ›weil sie nicht über den dafür erforderlichen IQ von um 130 verfügen, hätte Therese zu einer ernstlichen Unmutshaltung und der schnippischen Erwiderung bewegt, daß ›diese Intelligenz-Theorie‹ für sie persönlich und eine bessere Welt im allgemeinen überhaupt keine Bedeutung habe – und außerdem der IQ eher eine ›Ansichtssache‹ sei.

Therese war zwar nicht intelligent, aber clever genug, bereits in jungen Jahren erkannt zu haben, daß eher ein lautstark abgefeuerter Einwurf statt des dezent zurückgenommenen Hinweises darauf, verdammt noch mal, GUTES tun zu *wollen*, sie in jeder Diskussion zur Überlegenen machte. Eine möglichst einfach und naiv formulierte Absicht, die alle Zuhörer toll fanden – oder zumindest den Andersdenkenden keine andere Wahl ließ, sie zumindest *irgendwie gut* zu finden –, schlug jeden IQ (im wahrsten Sinne des Wortes). Nun, Therese hätte es nicht so formuliert, da sie die Bedeutung von Intelligenz im Grunde gar nicht verstand. Es wäre auch jeder Versuch sinnlos gewesen, ihr diese komplizierten Dinge zu erklären, so wie man beispielsweise einem Wahnsinnigen auf herkömmlichem Wege nicht verständlich machen kann,

---

[3] Anmerkung des Autors: Das ist eine Tatsache, keine Erfindung

daß er verrückt ist. Und so hatten fast alle Menschen, denen Therese auf ihrem nunmehr achtunddreißigjährigen Lebensweg begegnet war, tunlichst nichts unternommen, ihre Ansichten in Frage zu stellen – und um der Wahrheit die Ehre zu geben, waren viele ihrer Freunde eher Freundinnen, die, wie sie, von der unendlichen Sehnsucht getrieben waren, einfach nur *Gutes* zu tun.

Kapitel 3
Der Verführer

Youtube, 15. Juni 2014, abends

Seit ich als einfacher Soldat und junger Mann, ohne die Erfahrung, die mir nun zu eigen ist, meine bescheidenen Dienste für das Wohl des deutschen Volkes und Vaterlandes zur Verfügung stellte, dreht sich mein ganzes Wollen und Wirken ausschließlich darum, dem Respekt und der großen Liebe, die ich für das deutsche Volk empfinde, Ausdruck zu geben.

Und so ist es bis heute geblieben.

Im Jahre 1945 täuschte ich der Welt meinen Tod und den von Dr. Goebbels vor, jedoch haben wir alten Kämpfer in neu entwickelten geheimen Tiefschlafkammern die letzten siebzig Jahre überdauert und melden uns nunmehr zurück vor der Weltöffentlichkeit und der deutschen Geschichte, die jetzt eine ganz andere ist als noch zu Beginn unseres langen Schlafs.

Jeder verantwortungsvolle Politiker kann seine realpolitischen Schlußfolgerungen immer nur aus den Umständen *seiner* Zeit heraus treffen. Meine Zeit aber ist eine Epoche gewesen, die von völkischen und rassistischen Bestrebungen geprägt war, die aus der Zeit der Wende zum 20. Jahrhundert stammten und insbesondere hervorgingen aus deutsch-österreichischen Kreisen. Die vergangene Ära war auch eine Epoche der Nationen, des Wunsches nach volklicher Vereinheitlichung des Seins und nicht zuletzt der geopolitischen Einheit natürlich gewachsener Volksstämme. Dies traf nicht nur auf Deutschland und Österreich zu, sondern eigentlich auf die ganze damalige Welt. Insofern wählte ich damals nicht etwa einen deutschen Sonderweg, sondern war – wie andere Staatsmänner in Verantwortung ebenfalls – lediglich ein Werkzeug des Allmächtigen; Ausführender eines großen Plans, der hinter der gesamten Weltgeschichte gewoben zu sein scheint; ja, ich war der Erfüller einer Epoche, die sich selbst gewaltsam mit machtvollem, lautem Getöse erfüllen mußte, ganz so, als sei nun ihre Zeit gekommen – aber das war ein Irrtum!

In Wirklichkeit läutete die Epoche des Nationalismus und des aufkommenden Sozialismus das Ende dieses historischen Abschnitts ein, der sich noch einmal aufbäumen mußte, um dann um so tiefer zu fallen. Nur so, durch die radikale Verwirklichung einer Idee, erfährt diese Idee die entscheidende Prüfung, ob sie Bestand haben soll oder nicht.

Naive Gemüter mögen glauben, daß, was gefallen ist, geschichtsnotwendigerweise fallen mußte, aber dies ist ein Irrtum. Es ist vielmehr so, daß eine alle wesentlichen Geistesströmungen aufsaugende Idee, die zum *End-Zeitpunkt* all der Voraussetzungen, die diese Idee erst ermöglichten, verwirklicht wird, Gegenreaktionen der *nach*folgenden, stärkeren Ideen provoziert, die auch die letzten Reste eben dieser kurzzeitig triumphierenden Idee unerbittlich und zügig hinwegfegen. So grausam entscheidet und vollzieht sich Geschichte.

Die Idee des auf dem Gedanken der Überlegenheit der arischen Rasse aufgebauten völkischen Staates war bereits zum Zeitpunkt der Machtübernahme der NSDAP überholt, bereit, für immer und ewig unterzugehen. Nicht nur der Durchschnittsmensch erkennt diese Wechselwirkungen nicht immer sofort, auch einem von der Vorsehung ausgewählten Führer erschließen sich häufig nicht die Anzeichen des Niedergangs einer Idee, signalisieren diese Boten des Unheils doch den Anschein des Erfolges.

Und so hat der große Krieg alle irrigen völkischen, rassischen und nationalistischen Strömungen restlos von der Welt getilgt – abgesehen von wenigen ewig Unbelehrbaren, die nicht verstehen, wie die Vorsehung Geschichte gestaltet und dabei mit uns Menschen als Werkzeugen bloß spielt.

Heute erst verstehe ich den tiefen Sinn der Worte, die mir die Vorsehung am 3. Oktober 1941 bei der Volkskundgebung im Sportpalast in Berlin anläßlich der Eröffnung des neunten Kriegswinterhilfswerks eingab: ›*Erst die Nachwelt wird klar erkennen, daß am 22. Juni 1941 eine neue Zeitenwende begann.*‹

Mit dem Verständnis der heutigen Welt sehe ich meine damalige Rolle als Führer des deutschen Volkes und Reiches in einem wesentlichen Punkt immer noch genauso wie damals: *Ich war der Vollstrecker der Weltgeschichte.* Ich habe die Entstehung und schlußendliche dauerhafte Manifestierung der jetzigen Epoche, der Epoche der Demokratie und des antirassistischen Internationalismus, beschleunigt, ja, überhaupt erst ermöglicht, indem ich den Zeitenwechsel *brutal* herbeigeführt habe.

Diese tiefen Einsichten sind in mir in den letzten Tagen herangereift und lassen mich hoffen, daß der Allmächtige mir erneut einen Auftrag erteilt hat: den Auftrag zur Prüfung der neuen Zeit auf ihre Wahrhaftigkeit, auf daß sie Bestand haben möge – *oder eben nicht.*

Das Jahr 2014 ist in den deutschen Medien bestimmt von der Debatte um die Resozialisierung von Straftätern, von

Verbrechern und anderen ... Irregeleiteten, die ihre Fehler erkennen und dadurch die notwendige Voraussetzung zur Besserung und *richtigen* Lebensführung in sozialer Verantwortung erfüllen. Wie Umfragen belegen, halten 63 Prozent der Deutschen diese neue deutsche Politikmaxime für richtig.

Ich will nun nicht anführen, weit mehr als *diese* Voraussetzungen zur Resozialisierung zu erfüllen, könnten böswillige Zungen mir dies sonst als arrogant auslegen; ich muß aber darauf hinweisen, daß erneut die Möglichkeit besteht, als Vollstrecker der Geschichte in diese Welt eingetreten zu sein – *durch meine bloße Existenz.*

Und so erkläre ich: Deutsches Volk und Völker der Welt, hier stehe ich, ich kann nicht anders. Die Vorsehung macht ihre eigenen Pläne, in die sie die Sterblichen nicht einweiht. Ich bekenne mich schuldig, schuldig daran, aus den Umständen meiner Zeit heraus gehandelt, aber noch nicht die Tragweite des großen Plans des Allmächtigen erkannt zu haben. Und ich erbitte die Anwendung des neuen, des besseren oder einfach nur von der Geschichte für diese neue Epoche vorgesehenen Geistes auf meine Person. Ich erbitte hier und vor der deutschen Geschichte meine Resozialisierung; als Prüfstein dieser Zeit, als markanter Kulminationspunkt aller widerstrebenden politischen Grundströmungen, als ein Staatsmann, den die ganze Welt kennt, fordere ich diese Welt auf, mich als lebendes Zeugnis der Richtigkeit und Endgültigkeit der liberalen, christlichen, sozialen und demokratischen Ideale zu begreifen, gesandt von höheren Mächten.–

Ich habe den Journalisten Tobias Wissmann damit beauftragt, erste Kontakte herzustellen und meine Interessen gegenüber der deutschen Bundesregierung – in ihrer Eigenschaft als Rechtsnachfolgerin des Deutschen Reiches – wahrzunehmen; in dieser Zeit scheint ein Medienvertreter relevantere Ergebnisse herbeiführen zu können als dies in früherer Zeit etwa ein Rechtsanwalt vermochte.

Sie sehen also, ich lasse mich mit all meiner Kraft und tiefsten inneren Überzeugung ein auf das nächste und womöglich – aus Altersgründen – letzte und vielleicht größte Abenteuer meines Lebens.

Hiermit melde ich mich vor der deutschen Geschichte zurück. Ich bin bereit und angetreten, Ihrer neuen Zeit, verehrte Zuschauer, eine radikale Bestätigung der Legitimität der demokratisch-sozialen Idee abzuringen – und dies aufs engste verknüpft mit meinem persönlichen Schicksal.

Ich wünsche dieser Video-Nachricht weiteste Verbreitung und Ihnen einstweilen, wie man heute sagt, eine schöne Zeit.«

Das Video wurde innerhalb von 24 Stunden dreihundertvierzigtausendmal aufgerufen.

Frankfurt/Main, 16. Juni 2014

Weizsäcker, Schmidt und Meier saßen in der Küche um den kleinen Eßtisch versammelt. Natürlich hatten die drei SS-Männer die Videobotschaft des Führers gesehen; es war ihnen auch nicht entgangen, daß der Führer nun ganz anders klang als zu ›seinen Zeiten‹.

Weizsäcker schaute seine beiden Kameraden an; er erblickte betreten schweigende Mienen. Er erhob sich und ging zur Küchentür. Über den Flur hörte er, daß sich Hitler und Goebbels hinter der geschlossenen Wohnzimmertür berieten; den Inhalt des Gesprächs konnte er nicht verstehen. Er schloß die Tür, setzte sich wieder zu Schmidt und Meier und brach schließlich das Schweigen: »Also, Kameraden, wir sind ungestört. Der Führer und Dr. Goebbels sind in ein Gespräch vertieft. Ich erbitte von jedem seine Meinung zu der aktuellen ... Politik des Führers.«

Schmidt und Meier schauten sich an.

Weizsäcker wurde es unbehaglich zumute. »Kameraden, auf ein offenes Wort, egal wie es ausfällt. Wir müssen uns verständigen können, ich bitte euch ...«

Schmidt räusperte sich unbeholfen. »Also gut, es muß sein, da haben Sie recht, Sturmbannführer. Ich bin 1940 in die LAH eingetreten, weil ich an das Volk, die Rasse, das Reich und den Führer glaubte. Im Nachhinein frage ich mich, ob ich mich – es ist ja für uns erst fünf Jahre her – geirrt habe, aber ich komme zu dem Schluß, aus meiner Erziehung und meinem damaligen Erleben der deutschen Wirklichkeit – so wie sie ja tatsächlich für mich *real* war – keinen ›Fehler‹ begangen zu haben. Aber nun sitze ich hier und sehe mit staunenden Augen, was aus allem geworden ist. Das deutsche Volk spielt nicht mehr die weltgeschichtliche Rolle, die es spielen sollte, ja, es weist sie sogar von sich; und mehr als das, es verneint das Überlebensrecht der eigenen Art. Rassenschande, Verjudung in allen Lebensbereichen, Ablehnung von allem Nationalen, Vergottung einer Spaßgesellschaft, Dekadenz und Niedergang in allen sittlichen Bereichen; Freude darüber, daß das Reich den Krieg *verloren* hat ... Kameraden, es ist entsetzlich.«

Weizsäcker schluckte.

In Schmidts Augen zeigten sich Tränen, als er weitersprach. »Dieses Volk ist ein Scheißvolk, und es kann mich mal. Hätte ich alles früher gewußt, hätte ich mich sicher nicht für dieses unwürdige Schweinevolk in persönliche Gefahr begeben. Ihr wißt, ich war in Charkow, Prochorowka, in den Ardennen und am Plattensee dabei. Wenn ich an die Kameraden denke, die für *dieses Heute* gefallen sind, dann … Nein, ich mach' nicht mehr mit. Nicht nur das Volk hat sich verraten, jetzt verrät der Führer auch noch das letzte Bollwerk der nationalsozialistischen Idee – *sich selbst*. Er verleugnet sich und überschüttet alles, woran wir geglaubt haben, mit Schande. Nun, wenn ich die heutige Welt betrachte, wenn ich sie so sehe, wie sie ist, wenn ich mich weigere, mir etwas vorzumachen, dann gebührt diese Schande wohl diesem Volk – und diesem Führer. Kameraden, Sturmbannführer Weizsäcker, ich bitte darum, mir über Dimitri neue Papiere zu beschaffen. Ich will mich absetzen, ich will mit alledem nichts mehr zu tun haben, sondern mein Leben irgendwie und irgendwo neu einrichten.«

Eine Minute herrschte Schweigen, dann sagte Weizsäcker: »Ich akzeptiere Ihren Standpunkt, Schmidt, und werde mich für Sie bemühen, ohne etwas davon dem Führer«, – er bemerkte, daß es ihm schwer fiel, die Bezeichnung noch auszusprechen – »oder Dr. Goebbels mitzuteilen. Das ist eine Sache des Anstands, die wir unter Kameraden regeln, die in außergewöhnliche Umstände geraten sind. – Meier, jetzt sind Sie an der Reihe.«

Meier stand auf und bewegte sich mit kurzen Schritten durch die kleine Küche, die Hände auf dem Rücken gefaltet. »Ich sehe das etwas anders als Kamerad Schmidt. Wir haben uns damals geirrt, das ist meine Schlußfolgerung. Überlegt doch: Wenn das deutsche Volk wirklich ein den anderen überlegenes gewesen wäre, hätte es den Krieg gewonnen, und wenn nicht, hätte ein überlegenes Volk sicher nicht *diese* Realität erschaffen oder sich – mit welchen Methoden auch immer – aufzwingen lassen. Aber das *wirkliche* deutsche Volk verteidigt die gegenwärtigen Zustände sogar noch – und zwar gegen uns, wie wir als verlorene Überbleibsel einer vergangenen Ära hier zusammensitzen. Der Führer hat sich früher gern über die schwachen Plutokratien des Westens und die Primitivität der Bolschewisten lustig gemacht, und er hat als Strippenzieher hinter diesen beiden großen Feinden des Nationalsozialismus *den Juden* präsentiert. Und wie ist es gekommen? Seht euch den Kriegsverlauf an: Hitler und die Nazis haben dramatische Fehler gemacht in ihrer Selbstherrlichkeit und Arroganz; sie haben die Wertigkeit des deutschen Volkes derart verzerrt, daß dieses Volk den völlig größenwahnsinnigen Ansprüchen der Führung gar nicht gerecht werden konnte. Militärischer Dilettantismus, eine falsche Rassenlehre und das Verkennen der großen weltpolitischen Strömungen haben den Nationalsozialismus besiegt. Die sogenannten schwachen Demokratien des Westens haben sich wirtschaftlich als stärker erwiesen, selbst die bolschewistischen Untermenschen besiegten mit ihrem unglaublichen Opfermut die – das ist ohne Zweifel immer noch richtig – beste Armee des Zweiten Weltkrieges, unsere Wehrmacht. Und wenn wir schon dabei sind, ganz offen zu sprechen, dann sagt mir doch, was der Krieg gegen den angeblichen Strippenzieher der Weltgeschichte bewirkt hat? Ich meine damit die systematische Vernichtung der Juden, die uns überall und in großen Mengen besonders während des Ostfeldzuges in die Hände fielen. Ich sage es euch: das Gegenteil des Gewünschten. Auf dem Schlachtfeld ist die Überlegenheit des unbezwingbaren Ariers durch die angeblichen Untermenschen widerlegt worden, wirtschaftlich ist das Reich von den angeblich schwachen westlichen Demokratien in den Schatten gestellt worden, und nach der Vernichtung der Juden nehmen die überlebenden Juden unverändert ihren Platz in der Welt ein. Also: in allen drei Kernpunkten ist der Nationalsozialismus, so wie wir ihm frönten, durch seine Niederlage, die eine endgültige ist, widerlegt worden. Wir alle sind Illusionisten aufgesessen. Wenn auch aus etwas anderen Gründen als Schmidt will ich ebenso wie er aussteigen, neue Papiere haben und versuchen, mich vorurteilsfreier in mein zweites Leben zu stürzen. Ich will in dieser BRD leben, das ist jetzt mein Staat.«

Weizsäcker war über Meiers Ausführungen deutlich verblüffter als über die von Schmidt; Schmidts Frustration war ja noch verständlich, aber Meier schien sich zu einem Gegner der Idee entwickelt zu haben, deren elitäre Uniform er über Jahre getragen hatte. Er sagte: »Wie kommt dieser entschiedene Meinungsumschwung zustande, Meier? Wie können Sie aus echter Überzeugung heraus alle alten Ziele und Vorstellungen einfach über Bord werfen?«

Meier lächelte fein, aber mit einem bitteren Zug um die Mundwinkel. »Weil sie falsch waren, ganz einfach. – Weizsäcker, ich war nie der überzeugte Nationalsozialist. *Sie* sollten wissen, daß es in der SS die unterschiedlichsten Strömungen gibt ... gab. Ich war der pragmatischen Richtung zuzuordnen, was mich des Verdachts der Feigheit und des Verrats aussetzen könnte. Aber ich habe einen wichtigen dialektischen Verbündeten auf meiner Seite: die Vernunft, die Logik! Es tut mir leid, wenn sich unsere Wege hier trennen, aber für mich ist Schluß, hier und jetzt.«

Wieder schwiegen die drei Ex-Kameraden mehrere Minuten lang. Weizsäcker fühlte sich verpflichtet, auch seine Meinung kundzutun. »Ich werde für euch also umgehend neue Pässe besorgen, damit ihr euch schleunigst absetzen könnt. Ich selbst werde beim Führer bleiben, ich fühle mich ihm nach wie vor verpflichtet. Selbst wenn er nun neue Sichtweisen entwickelt, eine neue Strategie einschlägt, ganz egal. Hitler ist für mich der Mann, dem ich mein Leben verschworen habe. Ich könnte auch nicht so schnell wie ihr alles hinter mir lassen, ja wegwerfen. Ich bleibe also hier an der Seite des Führers.«

Es war alles gesagt, jedenfalls was die unterschiedliche Zukunft der drei Männer betraf.

Wenn Weizsäcker völlig ehrlich gewesen wäre, hätte er zugegeben, auch unbedingt das neue Abenteuer miterleben zu wollen, das mit dem öffentlichen Auftauchen Hitlers in dieser Zeit begonnen hatte. Und wenn er *richtig* ehrlich gewesen wäre, hätte er Schmidt und Meier gestanden, selbst nie irgendeine Überzeugung gehabt, sondern sich nur gern in der schicken schwarzen elitären Uniform den blondgelockten Mädels gezeigt zu haben.

Einen Tag später informierte Weizsäcker den Führer und Dr. Goebbels darüber, er habe als Leiter des Kommandos ein Absetzen von Schmidt und Meier in ›verdeckte Positionen‹ befohlen. Hitler winkte die Information gedankenversunken wortlos ab.

Zu dem Zeitpunkt war Hitlers Videobotschaft 984.366 mal abgerufen worden.

Berlin, 16. Juni 2014

Kay[4] Seiffert war in einem behüteten Elternhaus aufgewachsen, was nicht etwa bedeutete, daß seine Eltern (Vater: Lehrer an einer Waldorf-Schule, Mutter: in einem Frauenhaus praktizierende Sozialpädagogin) ihn über die Probleme der Welt im Unklaren gelassen hätten; jedes denkbare Unrecht, das man auch nur im entferntesten als solches bezeichnen konnte, war ihm von klein auf ins Hirn gedroschen worden; Kongo, Somalia, Afrika im allgemeinen, Waldsterben[5], schmelzendes Polareis, Diskriminierung von mindestens fünfhundert verschiedenen Personengruppen und vieles mehr. Demoralisierendes, entsetzliches, entmenschlichendes Unrecht, Unrecht, Unrecht.

Im Laufe der Jahre staute sich in dem heranwachsenden Kay ein Aggressionspotential an, ständig gespeist von dem von den Eltern auf ihn übertragenen Leid der Menschen, der Pflanzen, der Tiere. Und so wurde es zu Kays Leid, das, ihm selbst unbewußt, in ihm nach einem Ausgleich schrie, wollte seine Seele nicht verrückt werden.

Im Gegensatz zu den meisten Jugendlichen revoltierte Kay nicht gegen die grundsätzliche Doktrin in seinem Elternhaus, sondern gegen die Passivität, die unenergische Handlungsweise der Eltern. Er ging zu den Demos der ›guten Seite‹, die seine Eltern mieden, konnte es dort doch zu gewalttätigen Krawallen kommen. Er pöbelte

---

[4] spricht sich: Käij

[5] Von dieser speziellen Gefahr bzw. dem ›Unrecht gegenüber der Natur‹ nahmen die Eltern dann allerdings Abstand, als ihnen auffiel, wie viele eigentlich verelendete Bäume immer noch penetrant grün herumstanden.

vermeintliche Nazis an, um die seine Eltern einen Bogen machten, könnten die Nazis sich doch handgreiflich wehren. Überhaupt war alles, was auch nur im entferntesten mit Nazis in Verbindung gebracht werden konnte, ein rotes Tuch für ihn; das Ventil, seine Aggressionen auf alles Schlechte an eben diesen abzubauen. Gerecht, wohltätig, entschlossen und befreiend.

So kam der achtzehnjährige Kay an diesem Tag von einer seiner Aktionen nach Hause. Müde eilte er zu seinem Zimmer und warf die unverteilt gebliebenen Flugblätter, in denen zur Teilnahme an der in einer Woche stattfindenden Schüler-Demo gegen Rechts aufgerufen wurde, mißmutig auf die zerschlissene Jute-überzogene Couch und sich selbst gleich rücklings hinterher. Er war zwar nicht unzufrieden mit seinem auch an diesem Tage wieder zelebrierten Aktivismus gegen die seiner Meinung nach größte Gefahr, die der Bundesrepublik drohte, die Gefahr einer erneuten Machtübernahme der Nazis, aber mittlerweile fand er solche Aktionen eher öde.

Damals noch, vor etwas über einem halben Jahr, als er sich klopfenden Herzens und mit freudigem Schweiß auf der Stirn kurzfristig entschlossen hatte, bei der Gruppe ›Linke gegen Faschismus‹ aktiv mitzumischen, war Kays Welt noch eine andere gewesen: Nazis waren entweder klar erkennbar an ihrem Skin-mäßigen Aussehen und ihren Kurzhaarfrisuren, politisch klar definiert als alles, was rechts von der konservativ-reaktionären SPD stand, style-mäßig ins Auge fallend durch ihre Klamotten einer bestimmten Marke, deren Name bereits irgendwie unbotmäßig arisch klang.

Was war seitdem im Leben des achtzehnjährigen Gymnasiasten geschehen?

Die Nazi-Aufmärsche wurden weniger, nicht zuletzt, weil jeder ihrer öffentlichen Auftritte von einem antifaschistischen Aufmarsch begleitet wurde, an dem sich meistens locker die zehnfache Anzahl Personen beteiligte – und an die Rechten kam man dennoch nicht nah genug heran, um ihnen die Fresse zu polieren, weil die, nach Meinung von Kays besten linken Freunden, ebenfalls faschistische Polizei den hitleristischen Aufmarsch schützte.

Als Problem erwies sich auch, daß man *die Nazis* im Alltag oft nicht mehr zweifelsfrei erkennen konnte: Manche trugen die Haare nicht ganz so kurz geschoren wie früher die Jungnazis in der Hitlerjugend; manche andere, so etwa Abgeordnete der CDU oder gar der noch weiter rechtsstehenden CSU, trugen Anzüge oder bayrische Seppelhosen aus Leder – aber war deshalb jeder Anzugträger ein Nazi? Und waren die bajuwarischen Seppelhosen nicht einfach nur als irgendwie rückständig einzustufen, aber politisch als unbedenklich? Ganz kraß war das, was dem armen Kampfgefährten Gogo (seinen richtigen Namen kannte niemand, es hatte etwas mit ›verdeckter Arbeit zum Schutz vor rechter oder staatlicher Infiltration‹ zu tun) vor ein paar Wochen passiert war: Er hatte einen jungen Mann, der sehr offensichtlich Kleidung besagter nordischer Marke trug, attackiert, und als der sich wehrte gar kräftig nachgelangt. Jedenfalls lag dieser rechte Provokateur danach zehn Tage im Krankenhaus. – Nun, die Geschichte wäre nicht komplett erzählt, würde man verschweigen, daß es sich bei dem vermeintlichen Provokateur um einen amerikanischen Touristen handelte. Und um die Geschichte wirklich zu Ende zu erzählen, muß noch erwähnt werden, daß dieser Amerikaner erstens jüdischer Abstammung war, zweitens sich in seinem Blog als linksliberal bezeichnete und drittens vor einem Jahr ein Buch veröffentlicht hatte, in dem er sich, zurückhaltend formuliert, ausgesprochen kritisch gegen US-Nazis und Aktivitäten des Ku-Klux-Klan ausgesprochen hatte.

Gogo war seit diesem Vorfall untergetaucht. Irgendwie verständlich. Hatte er jetzt doch Schutz vor ›staatlicher Infiltration‹ nötig. Oder gar einer Anklage wegen schwerer Körperverletzung mit Tötungsabsicht.

Verdammte Scheiße, alles läuft nur noch lahm und irgendwie nicht richtig ab.

Kay wollte es den Nazis gern mal so richtig zeigen, wobei es nicht schaden würde, sähen seine Freunde von der Antifa dabei zu. Aber einen solch krassen Fehler wie Gogo wollte er auf keinen Fall machen. Einen Unschuldigen zu verletzen – und dann noch einen Juden.

Entsetzlich! Sowas darf mir nie passieren.

Er döste eine Stunde auf der Couch vor sich hin, rappelte sich dann auf, um die drei Meter zu seinem PC zu schlurfen und seinen Facebook-Account aufzurufen. Sofort fiel ihm die ungewöhnlich große Anzahl erhaltener Nachrichten auf, insgesamt zwölf. Er rief die Nachrichten auf und las die ersten drei. In jeder war ein Link zu einem Youtube-Video enthalten – in dem ein angeblicher Adolf Hitler eine *aktuelle* Ansprache verbreitete.

Eine Viertelstunde später hatte Kay das besagte Video gesehen. Er rief es ein zweites Mal auf und dann ein drittes Mal.

Heiliger Lenin! Kann das wahr sein?

Er klickte seine Gruppe ›Linke Revoluzzer‹ an. Im Gruppenchat unterhielten sich etliche seiner antifaschistischen Freunde – die einen irritiert, andere eher erschreckt oder gar entsetzt – über die unglaublich unverschämte Nazi-Provokation. Es wurden die ersten Stimmen laut, die nach Vergeltung für Auschwitz aufriefen, einzufordern bei ›diesem Hitler‹. Die allgemeine Argumentation war, es sei unerheblich, ob es sich bei dem Nazi-Provokateur um einen Fake oder den echten Hitler handelte. Nazi ist Nazi! Gewalt gegen Nazis – man war sich sicher, dies als quasi bewiesen und legitimiert annehmen zu dürfen – war gerechtfertigt, um künftige Nazi-Gewalt zu verhindern. Das war die Argumentation, und sie leuchtete Kay und seinen Freunden ein.

Kay war fasziniert von der Vorstellung eines Anschlages auf das Leben des womöglich *echten* Adolf Hitler.

Endlich ist eines dieser Nazi-Schweine greifbar, wir könnten ihn für alle seine Verbrechen gegen die Menschheit zur Verantwortung ziehen.

Es kamen erste Meinungen auf, an diesen Hitler, egal ob echt oder falsch, käme man wohl nicht heran. Er würde doch garantiert schon fieberhaft von den Sicherheitskräften der Republik gesucht werden. Keinem Diskutanten fiel auf, daß die Organe, über die man sich gerade unterhielt, im normalen Sprachgebrauch *Faschisten* und Bullenschweine hießen und man es nun plötzlich für möglich hielt, daß sie nach einem Faschisten fahndeten. Womöglich erkannte niemand in Kays antifaschistischen Kreisen diesen Widerspruch, da ›Faschismus‹ und ›rechts‹ psychologisch in den Schatten gestellt wurden vom Namen des Mannes, den man weltweit für das alles überragende Symbol dessen hielt, was man unter ›rechts‹ zusammenfassen konnte – oder verstehen wollte.

Adolf Hitler – das wäre eine Aktion, die den Einsatz des Lebens rechtfertigt.

Kay Seiffert beschloß, seinem Dasein eine dramatische Wendung zu geben.

Kapitel 4
Der Superstar

Berlin, 17. Juni 2014

Bundeskanzlerin Helene Leyden schaute gedankenverloren durch die raumhohen Fenster ihres Büros im siebenten Stock des Kanzleramtes und spielte verträumt mit ihrer dezenten mittellangen Perlenkette, der es aber trotzdem nicht gelang, von dem etwas zu langen Hals ihrer Trägerin abzulenken.[6] Das in Sichtweite gelegene Brandenburger Tor und das Reichstagsgebäude nahm Frau Leyden kaum wahr, denn sie hatte Probleme. Probleme, wie an jedem Tag, seit sie vor drei Jahren mit einer ziemlich knappen Mehrheit zur Kanzlerin gewählt worden war.

Ihre Partei, die SPD, die für soziale Gerechtigkeit und Frieden in der Welt stand, fürchtete nun, von der CDU links überholt zu werden, denn die CDU stand nun schon seit Jahren für soziale Gerechtigkeit und Frieden in der Welt. An die Forderung der Grünen und Linken, die mehr soziale Gerechtigkeit und Frieden in der Welt verlangten, wollte sie lieber gar nicht denken.

Irgendwie lief alles aus dem Ruder. Eigentlich erst, seit *alles* sich so ähnlich geworden war. Ihre Miene verdüsterte sich.

Sie selbst hatte in den letzten Jahren immer wieder das ungestüme Engagement der wenigen individualistischen

---

[6] Eine präzisere Beschreibung der Bundeskanzlerin verweigere ich an dieser Stelle; bitte stellen Sie sich einfach *die* Bundeskanzlerin vor, die ihnen in den Sinn kommt oder die Sie gerne als Bundeskanzlerin sehen möchten.

Nachwuchspolitiker aus den eigenen Reihen, die überhaupt noch den Weg in eine Partei fanden, dämpfen müssen. Unverwechselbare Charaktere mit Ecken und Kanten waren im Politikgeschäft nicht mehr gefragt. Charaktere mit eigener Meinung sowieso nicht, und schon gar nicht, wenn sie aus der eigenen Partei kamen. Schließlich bestand die vage Möglichkeit, daß die Bevölkerung sich von einem solcherart hervorstechenden Menschen beeindrucken ließ.

Würde in einem solchen Fall der von der Partei verordnete Gleichschritt, wenn er mit einem echten Charaktertypen konfrontierte, nicht unattraktiv und operierte am Volk vorbei? Welches Bild würde von den Führern der Partei in der Öffentlichkeit entstehen, jenen verantwortlichen Funktionären, die die Mitglieder und Abgeordneten auf die sture Parteilinie eingeschworen hatten? Nein, die Zeiten der heute von allen alteingesessenen Parteien als exzentrisch abgetanen Einzelgänger war unwiderruflich vorbei.

Und trotzdem, die Politik hatte nicht nur in der Wahrnehmung des Volkes an Pepp verloren, ›Politik zu machen‹ war auch für diejenigen, die sich in diesem anspruchsvollen Feld versuchten, nicht mehr so spannend wie in den siebziger, achtziger und neunziger Jahren des letzten Jahrhunderts. Vielleicht war es ja auch nicht ganz unrichtig, wenn die Bevölkerung die Politik heutzutage mehr denn je für ein Geschäft hielt und ihre mangelnde Einflußnahme beklagte – von jenen Bürgern abgesehen, die selbst das Beklagen schon aufgegeben hatten, sich aber in besonders gut gemeinten Kampagnen engagierten, wie zum Beispiel der Pro-Resozialisierungsbewegung.

Die Frau mit der höchsten Macht im Staate seufzte. Wie sollte sich die Laune der Kanzlerin bei derart grüblerischen und kritischen Gedanken dem eigenen Politikapparat gegenüber auch bessern?

In einem Winkel ihres Gehirns formierte sich der Ansatz eines Gedankens, der etwas mit einer beunruhigenden Besorgnis zu tun hatte, daß das, was sie gerade beschäftigten, sich bereits auf einer subversiven und in ihrem Kern staatsgefährdenden Bahn bewegte, weshalb sie, hatte sie sich ja glücklicherweise und blitzschnell selbst gewarnt, die Ausformulierung dieses Gedankens schnell unterdrückte. Sie bemühte sich, ihre verschlungenen und depressiven Gedankengänge mit schärferer Logik anzureichern; Trübselige Wehmut half nicht weiter, Sachlichkeit und Nüchternheit waren gefragt.

Also: Hatten die echten Inhalte, die Seele einer politischen Bewegung, unter zu viel bürokratischer und teilweise auch selbstverliebter Geschäftigkeit gelitten, oder war der von dem Volk oder den Umständen oder sonstigen äußeren Einwirkungen ausgehende Zwang zur diversifizierten Einfachheit der Inhalte ursächlich schuld an einer Entwicklung, die zumindest zu einem Ergebnis geführt hatte: Langeweile.

Und Politikverdrossenheit. Pragmatik statt Programmatik.

Wobei die Vereinheitlichung der öffentlich propagierten Programmatik mehr als nur Schnittstellen zur stur opportunistischen Pragmatik aufwies, ja, war das nicht alles mittlerweile sogar irgendwie – identisch?

Bundeskanzlerin Leyden seufzte; sie nahm nicht wahr, daß ihre Assistentin sich leise näherte.

Irene Salzmann, die zweiunddreißigjährige Kanzlerreferentin, blond gefärbt und von moderner maskulinfemininer Ausstrahlung, räusperte sich und sagte: »Frau Bundeskanzlerin, leider muß ich Sie kurz stören. Wir haben da eine Meldung erhalten, die ... nun, so merkwürdig sie auch klingt und so unglaubwürdig sie auch ist ... Sie sollten aus politischen Gründen Kenntnis davon haben.«

»Mhm,« sagte die Kanzlerin und spielte weiter mit den Gliedern ihrer Perlenkette.

»Seit zwei Tagen läuft auf Youtube ein Video, in dem ein Mann, der sich als ... als Adolf Hitler ausgibt, sich vor der deutschen Geschichte zurückmeldet – und ähnlichen Unfug.«

Die Kanzlerin sagte: »Mhm. – Was? W*as haben Sie da gesagt?*«

»Ja, ja. Dieser unverschämte Schelm hat sogar einen Pressesprecher, unter dessen Account das Video eingestellt wurde; ein unbedeutender Journalist namens Wissmann.«

Die Kanzlerin drehte den Kopf soweit, daß ihre Referentin Gelegenheit bekam, die sich auf ihrer Stirn bildende Zornesfalte zu sehen und entsprechend zu goutieren. »Was soll der Quatsch? Haben wir keine anderen Probleme?«

»Bitte verzeihen Sie, aber das Video ist innerhalb von zwei Tagen über zwei Millionen Mal abgerufen worden.«

Die Kanzlerin erstarrte. »Auch das noch! Na gut, so etwas muß ich natürlich wissen. Der Staatsschutz ist hoffentlich schon fleißig bemüht, diesen Spinner ausfindig zu machen. Wer sich als Hitler ausgibt und auftritt, hat mit entsprechenden Strafen zu rechnen. Je früher der Kerl unschädlich gemacht wird, um so besser.« Und sie dachte an die Israelis und fügte hinzu: »Ach, Gott ...« Dabei vergaß sie ganz, die Perlen weiter zwischen ihren Fingern gleiten zu lassen. »Den Journalisten kennt man also schon? Na prima, gleich festnehmen und verhören. – Wie kann sich siebzig Jahre nach Kriegsende jemand als Hitler ausgeben? Wie verrückt ist das denn?« Dann überlegte sie kurz, und ihre Finger ließen die Perlen wieder leise klackern. Ihre Augen verengten sich, eine ganz bestimmte Befürchtung war ihr in den Sinn gekommen.

»Frau Salzmann, wissen Sie was? Wir sollten in der Sache doch behutsamer vorgehen; entweder haben wir es mit einem Geisteskranken zu tun, oder ...« Sie zog die linke Augenbraue hoch, die für diese Leistung recht berühmt war, »das ist ein ganz perfider, bösartiger Streich. Vielleicht wollen uns irgendwelche Typen, Sie wissen schon, von einer dieser neumodischen Kleinstparteien, vorführen; von wegen ›Überreaktion‹ und so ... Wir dürfen denen nicht in die Hände spielen, wir dürfen nicht irgendwie hysterisch oder so wirken, verstehen Sie? Der Staatsschutz soll die Sache überlegt angehen. *Überlegen*, in doppeltem Wortsinne, klar?«

Die Referentin war froh so tun zu können, als könne sie nicht aufschauen von ihrem Klemmbrett, auf dem sie Notizen auf Notizpapier des Kanzleramtes anfertigte. Sie nutzte die Gelegenheit und fuhr fort: »Der Journalist ist kooperationsbereit, er hat schon vor zwei Tagen ein Fax ans Kanzleramt geschickt. Es wurde aber nicht ernst genommen. Übrigens behauptet dieser ... Hitler, er hätte siebzig Jahre lang in einer ... Schlafkammer gelegen. Zusammen mit Goebbels. Der war übrigens im Hintergrund zu sehen. Ich meine, ein Mann, so zurecht gemacht wie Goebbels.« Sie mußte nun doch schlucken. »Dr. Meinecke, unser Experte für Geschichte, ist verblüfft über die ›Echtheit dieser Nazis‹ – das sind *seine* Worte.« Und sie sagte auch: »Nicht meine.«

Die Kanzlerin war sprachlos.

Erneut nutzte die Referentin die günstige Gelegenheit und sagte: »Hitler – und sicher auch dieser Goebbels – wollen *resozialisiert* werden und bieten der Bundesregierung ihre Hilfe an, bei was auch immer.« Unwillkürlich trat sie nun, nachdem sie alle frohen Botschaften losgeworden war, einen halben Schritt zurück.

Aus dem offenstehenden Mund der Kanzlerin verlautete etwas, das sich anhörte wie: »Nä, oder …?«

Frankfurt/Main, 17. Juni 2014

Müde schloß Wissmann die Tür zu seiner Wohnung auf.

Oh Mann, schnell was essen und dann erst mal schlafen.

Die vergangenen zwei Tage hatten es in sich gehabt. Kurz nachdem er von Weizsäcker in der Nähe seiner Wohnung absetzt worden war, hatte Wissmann eine elektronische Presseerklärung an den üblichen Verteiler verschickt; die über 550 E-Mail-Adressen hatte er vorsorglich zu Beginn seiner Tätigkeit bei WAHRHEIT HEUTE von seinem Arbeits-PC auf seinen Privat-PC transferiert.

Als die ersten Nachfragen von ›befreundeten Diensten‹ – er mußte über seine eigene Formulierung grinsen – bei ihm eingingen und sich die ersten Exklusivinterview-Deals anbahnten, besuchte ihn der Frankfurter Staatsschutz. Die freundlichen Beamten sagten, sie wollten mal schauen, wie er so privat wohne und wie die ›aktuelle Situation in der Beziehung zu Adolf Hitler‹ sei. Er hatte ihnen gesagt, daß sie ihn mal könnten. Den Hinweis faßten die Beamten dann so auf, ihrerseits Wissmann zeigen zu wollen, *was* sie alles konnten. Wissmann war vorläufig festgenommen worden; die Beamten sagten, es bestehe der Verdacht auf Verstoß gegen die Paragraphen 86a und 130 des Strafgesetzbuches, da er ›NS-Propaganda unter Verwendung eines verfassungsfeindlichen Symbols‹ per YouTube betreibe. Die ungebremst freundlich lächelnden Staatsschützer hatten ihm erklärt, auch die Darstellung der Figur Adolf Hitlers sei ein solches Symbol. Das hatte er bislang nicht gewußt, aber es interessierte ihn eigentlich auch nicht, da er der festen Überzeugung war, sich keiner NS-Propaganda schuldig zu machen, es hingegen aber für sein Recht hielt, das Hitler-Comeback medial zu verbreiten.

Wissmann war mittlerweile so felsenfest davon überzeugt, wirklich die Originalpersonen Hitler und Goebbels zu vertreten, daß ihm die Staatsschützer nach sechsstündigem Verhör dies zumindest als ehrliche Überzeugung abnahmen.

Nein, in Kontakt treten könne er nicht zu ›diesem Hitler‹, er müsse warten, bis sich dessen Leibwächter Weizsäcker wieder bei ihm meldete. Nein, er habe kein Wort hinzu erfunden. Nein, er wisse nicht, welche ›sonstigen Personen oder Gruppierungen‹ hinter ›dieser Hitler-Sache‹ steckten. Nein, er sei psychisch völlig normal. Und ja, er habe zunächst auch äußerste Zweifel an der ganzen Sache gehabt, diese aber mittlerweile abgelegt. Und die Beamten sollten bitte ins Protokoll aufnehmen, daß er sich lediglich als Journalist betätige, der rein zufällig in ›diese Hitler-Sache‹ hineingeschlittert sei. Er verschwieg den Vernehmern lediglich seine Kenntnis um die toten Briefkästen.

Wissmanns Anrufbeantworter war während seiner Abwesenheit mit Nachrichten bombardiert worden. Er drückte die Play-Taste und hörte, daß sein Chef, der liebe Herr Keller, erregt forderte, Wissmann solle sich sofort – *sofort!* – in der Redaktion einfinden. Wissmann war ein wenig erstaunt darüber, wie gleichgültig er diesen Anschiß aufnahm. Aber er wußte, er würde Keller nicht zurückrufen, er würde nie wieder die Büros der WAHRHEIT HEUTE betreten; er war jetzt ein Freischaffender. Die anderen Nachrichten auf dem AB wollte er sich jetzt nicht antun. Später, alles später.

Oh Mann, ist das alles anstrengend. – Aber was habe ich mir eigentlich anderes vorgestellt, wie sich die Dinge entwickeln würden, wenn ich dieses Video einstelle und mit dieser Sache an die Medien herantrete?

Wissmann schaltete den Backofen ein, schob zwei tiefgekühlte Baguettes hinein, trank einen halben Liter Cola auf ex und einen wesentlich kleiner dimensionierten magenwärmenden Weinbrand hinterher. Das Klingeln des Backofens, der sein Fünfminutenprogramm beendet hatte, und das Bimmeln der Türglocke ertönten fast gleichzeitig.

Nachdem sich Wissmann durch den Türgucker versichert hatte, nicht wieder Besuch von netten Herren zu bekommen, die nur mal schauen wollten, wie er so wohnte, ließ er seine Freundin Anna herein. »Komm bitte in die Küche, da sind grade Baguettes fertig geworden, und die verputze ich jetzt erst mal.«

Anna tat sehr besorgt um ihn. »Wo warst du denn den ganzen Tag?«

»Ach, Anna, ich könnte dich auch fragen, wieso du wieder meinen Wohnungsschlüssel versaubeutelt hast ...«

Anna blickte pikiert zur Seite. »Du kennst doch die Schwächen deiner schönen Freundin, die dich aber *wirklich* liebt. Ist das nicht wichtiger?«

»Schon gut, natürlich, setz dich.« Und Wissmann berichtete mit vollem Mund, immer wieder kurz unterbrochen vom Verspeisen seiner Mahlzeit, was er in den letzten zwei Tagen erlebt hatte. Anna unterbrach seinen Bericht lediglich durch kurze Kommentare, die in chronologischer Reihenfolge lauteten:

»Was? Ich dachte, der Hitler ist schon vor zwanzig Jahren oder so gestorben.«

»Das ist ja *geil.*«

»Wer ist denn dieser Goebbels?«

»Das klingt ja wie im Film.«

»Glaubst du, das stimmt alles?«

»Und was hast du davon?«

»Meinst du, das ist gefährlich?«

»Bringen die fünfzig Prozent viel Geld ein?«

»Was? So richtig viel Geld, meinst du?«

»Das ist ja *mordsgeil.*«

Wissmann kannte sein Freundin; sie war ›etwas oberflächlich‹, rein aufs Äußere bedacht.

»Eines sage ich dir, die Geschichte bringt mir aus dem Stand heraus den Durchbruch als Freelancer, das ist meine große Chance.«

Anna besah sich mittlerweile zum zehnten Male ihre Fingernägel und verkündete anschließend ihre Entscheidung, ohne die Argumente zu verschweigen, auf die sich dieselbe rein rational stützte: »Das Geld mußt du unbedingt an Land ziehen. – Der Lack auf zwei Nägeln schimmert nicht im gleichen Türkiston wie die anderen. Das fällt mir bei deiner

Küchenbeleuchtung wieder auf. So ein Mist. – Wäre schon affentittengeil, wenn ich alle zwei Tage zur Nagelmaniküre gehen könnte.«

***

Sechs Stunden später hatte Wissmann sich halbwegs ausgeschlafen, alle Nachrichten auf seinem AB abgehört und befriedigt festgestellt, daß sich mittlerweile ein halbes Dutzend Medienformate für exklusive Rechte an der ›Hitler-Story‹ interessierten.

Dann rief Weizsäcker an. Er sagte nur: »Hier Anton, ich interessiere mich doch nicht mehr für Ihr Motorrad, tut mir leid.«

Wissmann erwiderte »Kein Problem, danke für den Anruf«, schnappte sich Geldbörse und Schlüssel, warf sich eine Jacke über und verließ seine Wohnung. Mit fliegenden Schritten eilte er die Treppe hinunter zum Hausausgang. Spannung erfüllte ihn; sein Ziel war der tote Briefkasten Nummer 1; das ›A‹ von ›Anton‹ stand für ›1‹.

***

Sechs Stunden zuvor hatte Dimitri, dem man in seiner Organisation mit dem friedvollen Namen ›Kulturverein nach Deutschland eingewanderter Deutschrussen‹ nachsagte, einen guten Riecher für lukrative Geschäfte zu haben, mehrere wichtige Telefonate erledigt.

Auslöser dafür war das sogenannte Hitler-Video gewesen. Als er es im belustigt zuschauenden Kollegenkreis das erste Mal gesehen hatte, war ihm etwas aufgefallen, aber er wußte nicht genau zu deuten, was seine Sinne da so verdächtig anregte. Erst am nächsten Tag hatte er das YouTube-Video erneut und gleich mehrmals hintereinander gesehen. Beim dritten Durchgang hatte es gezuckt. Der Mann, der bei der Laufzeit 2.42 bis 2.46 kurz hinter diesem Hitler zu sehen war, sah genau so aus, wie einer der Burschen, die er vor über einer Woche in der Außenstelle IV einquartiert hatte, der früheren Wohn- und Arbeitsstätte dreier Mädchen, die sich gewerblich für den Kulturverein engagierten.

Man sagte Dimitri in seinen Kreisen auch nach, ein Mann schneller und radikaler Entschlüsse zu sein. Es war nicht übertrieben. Er hatte mit Sascha, dem Kopf des Kulturvereins, das Für und Wider der Wahrscheinlichkeit abgewogen, es mit dem echten Hitler oder einem grandiosen Fake zu tun zu haben. Die beiden waren übereingekommen, daß es aber, auch wenn beide Möglichkeiten bestanden, für anzustrebende internationale Verhandlungen schon genügte, daß sich potentielle Verhandlungspartner dieselbe Frage stellten – und sie ebenso wenig beantworten konnten wie Dimitri und Sascha. Die zu treffende Entscheidung lag auf der Hand.

Dank mehrfach geübter Routine zu ähnlichen Anlässen, bei denen es jedenfalls immer um gewichtige geschäftliche Aktivitäten ging, war nach Ablauf von nur sechs Stunden ein üppig mit Waffen ausgerüstetes Einsatzteam zusammengestellt, das Hitler & Co kidnappen sollte, um die ganze Nazi-Bande an den Meistbietenden zu verhökern.

Weder Dimitri noch Sascha verschwendeten auch nur einen Gedanken daran, die Frage zu erörtern, ob sich Bieter finden ließen, die eine hohe Summe für Hitlers Auslieferung zahlten. Daß dem so sein würde, war jedem der an der Aktion Beteiligten klar.

17. Juni 2014, Berlin

Kay Seiffert und seine politischen Freunde waren mittlerweile fast einhellig zu der Meinung gelangt, daß ein Attentat auf Hitler undurchführbar war. Nur die ›Rote Dori‹ wollte von ihrer Forderung nach totaler Rache an dem herausragendsten Nazi-Politiker nicht abgehen. Trivialer Grund dafür, ein Attentat generell als unmöglich einzustufen, war zunächst einmal, daß niemand den Aufenthaltsort des Objekts ihrer Begierde kannte. Ausgeprägt detektivisch denkende Genossen ließen sich dafür feiern, in scharfsinniger Logik erkannt zu haben, daß Hitlers Schlupfwinkel über den Journalisten Wissmann am ehesten ausfindig gemacht werden könne. Diesen Gedanken weitergeführt, bedeutete die nächste ernüchternde Erkenntnis, nämlich daß Wissmann schon unter staatlicher Aufsicht stand. Es gab keine großen Zweifel daran, welcher Fraktion es als erster gelingen würde, Hitler aufzuspüren: den deutschen Sicherheitskräften – was ein willkommener Anlaß war, dieselben wieder Bullenschweine und Faschisten zu nennen.

Die ersten Diskutanten verabschiedeten sich schon von dem ursprünglichen Gedanken, an ›diesem Hitler‹ ein flammendes Fanal des Gedenkens an und der Rache für Auschwitz zu entzünden. Dann klinkten sich die ersten Hobby-Revoluzzer ganz aus dem Dialog aus.

Kay war enttäuscht von seinen Gesinnungsgenossen.

Freizeitumstürzler ... Obwohl die meisten älter und erfahrener sind als ich, schrecken sie doch davor zurück, wirklich ein Zeichen zu setzen. Dabei ist es doch so einfach.

Seine Gedanken kreisten mittlerweile nicht mehr um die Person Hitler, es kam ihm auch gar nicht mehr darauf an, ob es sich bei dem YouTube-Akteur um den echten oder einen falschen Hitler handelte. *Jeder, der sich an dieser Nazi-Provokation beteiligt, macht sich schuldig – also auch dieser Journalist. Wissmann übernimmt durch seine Handlangerdienste für dieses Schwein die alleinige Verantwortung für dessen verbrecherische Taten. Wissmann ist so schuldig wie Hitler!*

Es war kein Problem, Wissmanns Adresse in Frankfurt am Main innerhalb weniger Minuten ausfindig zu machen. Zehn Minuten später hatte Kay eine Übernachtungsmöglichkeit bei einem Revoluzzer-Genossen in der Mainmetropole organisiert. Fünfzehn Minuten danach hatte er die Siebensachen zusammengepackt, die er für einen Spontantrip benötigte. Zwei Stunden später verließ er Berlin per Eisenbahn.

Hätte Kay nun darüber informiert werden können, daß er Berlin nie mehr wiedersehen würde, hätte seinen Beschluß nicht geändert. Nicht mal die Enthüllung, daß zwei Tage später, am 19. Juni, alles etwas anders als geplant ablaufen würde, hätte etwas an seinem in fanatischer Besessenheit gefaßten Beschluß ändern können.

Kay Seiffert hatte entschieden, Tobias Wissmann zu töten.

Am Himmel, zwischen Frankfurt und Köln, 18. Juni 2014

Wissmann saß in der Maschine nach Köln. Er hatte am Vorabend an der verabredeten Stelle in Frankfurt eine neue

DVD vorgefunden. Nachdem er sich, wieder zu Hause angelangt, mit dem Inhalt vertraut gemacht hatte, rief er zwei Telefonnummern an. Von den vielen an exklusiven Vermarktungsrechten interessierten Medien waren zwei übriggeblieben, die bereit waren, in Richtung einer Million Euro zu verhandeln.

Er war sich schnell einig geworden mit einem in Köln ansässigen TV-Kanal, der eine Million Euro bot, um ein Exklusivinterview mit ihm auszustrahlen. Dazu mußte er allerdings eine neue Video-Botschaft von Hitler zur Verfügung stellen. Und der Sender behielt sich vor, ein Exklusivinterview mit Hitler für die Summe von weiteren zwei Millionen Euro einzukaufen, sofern zu einem solchen Auftritt die Möglichkeit bestünde.

Es war dem TV-Kanal und Wissmann klar, daß die Staatsorgane, bekämen sie Wind von einer solchen Absicht, alles unternehmen würden, einen solchen Skandal zu vermeiden. Inoffiziell war Hitler vermutlich die derzeit meistgesuchte Person in Deutschland.

Kapitel 5
Der Erpresser

Köln, 18. Juni 2014

Wissmann fühlte sich ziemlich unwohl auf seinem Sessel, was wahrscheinlich nicht nur daran lag, daß es dem Sitzmöbel an vollendeter ergonomischer Konzeption mangelte. Flutlichtstrahler in unterschiedlicher Größe und beträchtlicher Anzahl erhitzten das Aufnahmestudio und insbesondere den Bühnenbereich. Soeben hatten sich die letzten Nachzügler des ungefähr hundertfünfzigköpfigen Studiopublikums auf ihren Plätzen eingefunden. Dem neuerdings freischaffenden Journalisten kam es so vor, als ob die meisten der Zuschauer ihn wie ein exotisches Studienobjekt begafften. Dann wurde ihm klar, daß dem wirklich so wahr.

Er wunderte sich über seine Nervosität und die Unsicherheit, die ihn in den letzten Minuten ziemlich übergangslos befallen hatte. Irgendwie fühlte er sich schuldig.

Was für ein Unsinn! Warum sollte ich mich schuldig fühlen? Ich habe einen Act in den Medien plaziert; hätte ich es nicht getan, würde jetzt ein anderer das erstklassige Honorar kassieren.

Aber dieser ›Act‹ war tatsächlich nicht so simpel, gewöhnlich, unaufgeregt zu handhaben wie es möglich gewesen wäre in Verbindung mit einem x-beliebigen Jedermann, der von den Medien als gerade ›up to date‹ verkauft wurde. Adolf Hitler war kein Jedermann. Hitler war Hitler. Ein

Dämon. Der wohl meistgehaßte Name weltweit. Eine merkwürdige Erkenntnis lenkte Wissmann von der Studiohitze und den ihn anstarrenden Gästen ab: War es nicht so, daß es eigentlich nur zwei Welt-Superstars gab, Jesus Christus und Adolf Hitler? Durfte man so etwas überhaupt denken? Jedenfalls waren diese beiden bestimmt die bekanntesten Namen weltweit …

Hätte der Sender mehr gezahlt, wenn ich ihnen Jesus Christus hätte präsentieren können, quasi erneut von den Toten wieder auferstanden? Wahrscheinlich nicht …

Hitler war Hitler, und Hitler war für Auflagen und Quoten gut.

Und ich brauche Geld, so einfach ist das, liebes Publikum.

»Noch zehn Sekunden bis Sendung. Neun, acht …« ertönte die Stimme der Regie aus dem Off. »… eins, Sendung!«

Den nach Millionen zählenden Zuschauern wurde die bekannte Melodie der 20.00 Uhr-Sendung des beliebten, verpönten, schlagzeilenträchtigen, verachteten und doch gesehenen TV-Kanals eingespielt, und die Moderatorin Elke Seidenbrand erschien auf Bildschirmen in der ganzen Republik und darüber hinaus.

»Verehrte Zuschauer, wie unser Sender bereits seit Stunden in Presse und Werbung meldet, kommen wir dem außerordentlichen öffentlichen Interesse nach und behandeln heute Abend das Thema ›Ist Adolf Hitler zurück?‹. Eine Sendung diesem Thema zu widmen, zeichnet unseren Sender noch nicht wirklich aus, ist der Name des ›Führers des Dritten Reiches‹ doch seit Tagen in aller Munde. Nein, ich verspreche Ihnen, Sie heute Abend mit brandaktuellem *Exklusivmaterial* versorgen zu können, mit dessen Herkunft und aktueller Aussagekraft kein anderer Sender konkurrieren kann. Ja, Sie haben richtig gehört: *Exklusivmaterial*, das nur uns und damit Ihnen, unseren geschätzten Zuschauern, zugänglich ist.

Zunächst rekapituliere ich die Sachlage in der ›Ermittlung H.‹, wie die polizeilichen Aktivitäten und Erkenntnisse um das Hitler-Video und die dahinter stehenden Personen inzwischen von den Ermittlern der deutschen Geheimdienste und der Kriminalpolizei etikettiert wurden. – Sehen Sie, auch das wissen *wir*, da wir über konkurrenzlos erstklassige Quellen verfügen.

Also, am 15. Juni, vor drei Tagen, wurde der Journalist Tobias Wissmann in seinem Stamm-Café von einem ihm Unbekannten angesprochen, der sich als SS-Sturmbannführer Weizsäcker vorstellte und ihn fragte, ob er als Medienagent für die Personen Adolf Hitler und Joseph Goebbels tätig werden wolle. Die beiden Top-Nazis hätten angeblich die siebzig Jahre seit Ende des Zweiten Weltkrieges, also seit 1945, in Tiefschlafvorrichtungen zugebracht, deren Entwicklung geheimer Forschungsprojekte des Dritten Reiches zu verdanken sei.

Obwohl Tobias Wissmann über dieses Angebot zunächst noch ungläubig staunte, willigte er aus Neugier dennoch ein, zu dem geheimen Unterschlupf der Herren Hitler und Goebbels geführt zu werden, um mit ihnen ein Gespräch zu führen.

Besagter SS-Sturmbahnführer Weizsäcker fuhr den Journalisten dann in die konspirative Wohnung in Frankfurt, die den Alt-Nazis als Versteck dient. Leider war es Herrn Wissmann wegen besonderer Geheimhaltungsmaßnahmen nicht möglich, die Lage der Wohnung zu erkennen. Jedenfalls sprach unser heutiger Studiogast eine Stunde lang mit einer Person, die entweder Adolf Hitler ist oder aber einen Mann darstellt, der eine oscarreife Darstellung Hitlers abgab. Ebenfalls zugegen war ein Mann, der in perfekter Weise Dr. Goebbels verkörperte.

Die erste von Hitler an Wissmann delegierte öffentlichkeitswirksame Medienmaßnahme ist sicher den meisten Zuschauern bekannt als das bei YouTube eingestellte Video mit der Botschaft Hitlers an Deutschland und die Deutschen. Es hat bis jetzt ...« Eine Stimme aus dem Off meldete »Knapp über vier Millionen Abrufe«, und Elke Seidenbrand fuhr fort »... erzielt und ist seit heute auch in einer Version mit englischen Untertiteln im Umlauf. Natürlich gab es von Seiten des Staates Interventionen bei YouTube, aber dort hält man an dem Vorrecht der Pressefreiheit fest, dieses außergewöhnliche Ereignis den Nutzern und der Öffentlichkeit nicht vorzuenthalten.

So merkwürdig und reißerisch die Angelegenheit auch vielen Bürgern scheinen mag, uns liegt eine Eidesstattliche Versicherung Tobias Wissmanns vor, das von ihm Geschilderte tatsächlich genau so erlebt und seinerseits nichts initiiert zu haben. Gleichlautende Aussagen machte er auch bei der Polizei Frankfurt, die ihn zu einer sechsstündigen Vernehmung abholte.«

Wissmann warf ein: »Es war eine Festnahme. Ich wurde vorläufig festgenommen, obwohl ich freiwillig mit zum Polizeipräsidium gefahren wäre, um meine Ausführungen zu machen.«

Elegant nutzte die Moderatorin Wissmanns ergänzende Korrektur, um ihn vorzustellen. »Ich begrüße Tobias Wissmann bei uns im Studio.«

Dezenter Beifall aus den Reihen des Studiopublikums.

»Herr Wissmann, sagen Sie: Wie fühlt man sich, wenn man von der Polizei festgenommen wird, obwohl man nichts verbrochen hat?«

Sekundenlang mußte Wissmann über die Verknüpfung der Aussagen nachdenken, die in dieser reißerisch provokanten Frage lagen, entschied sich dann aber, den Kurs seines Eine-Million-Euro-Klienten mitzutragen. »Sie dürfen mir glauben, daß es noch nie einen Grund gab, mich festzunehmen, so auch in diesem Falle nicht. Man fühlt sich schon etwas ... eingeengt, man ist eben nicht mehr frei, hinzugehen wohin und wann man will. Auch wenn mir in dieser glücklicherweise nur relativ kurzen Zeit meiner Festnahme eigentlich nichts fehlte, so genügte die Zeitspanne aber doch, um mir bewußt zu machen, was Freiheit bedeutet. Kurzum, ich habe mich nicht wohl gefühlt.« Er räusperte sich. »Die Beamten ermittelten wegen Verwendung von Nazi-Symbolen und Volksverhetzung gegen mich und tun es wohl noch immer. All das trifft aber meiner Meinung nach nicht zu, denn ich bin davon überzeugt, der Öffentlichkeit den richtigen Adolf Hitler und den richtigen Dr. Goebbels zu präsentieren. Ich betreibe jedenfalls keine Falschinformation und propagiere auch keine Nazi-Symbole, sondern vertrete nur die medialen Interessen meiner Auftraggeber.«

Elke Seidenbrand schien über den Verlauf des Gesprächs sehr zufrieden. »Für die Zuschauer, die das Hitler-Video noch nicht kennen, spielen wir es nun ein und demonstrieren damit auch, daß wir, ebenso wie Herr Wissmann der Überzeugung sind, juristisch keine Straftat zu begehen. – Band ab, bitte.«

Erneut bewunderte Wissmann, der sich seit seiner Jugend für Geschichte, insbesondere deutsche Geschichte, interessierte, die Authentizität des Hitler im Video. Er *mußte* einfach echt sein.

Wenn nicht, habe ich mich unsterblich blamiert – aber eine Menge Geld verdient.

Hitlers Botschaft war fast am Ende angelangt. »... Hiermit melde ich mich vor der deutschen Geschichte zurück. Ich bin bereit und angetreten, Ihrer neuen Zeit, verehrte Zuschauer, eine radikale Bestätigung der Legitimität der demokratisch-sozialen Idee abzuringen – und dies aufs engste verknüpft mit meinem persönlichen Schicksal. Ich wünsche dieser Video-Nachricht weiteste Verbreitung und Ihnen, wie man heute sagt, eine schöne Zeit.«

Die Moderatorin sagte: »Bevor wir nun zu dem wirklich sensationellen *Exklusivmaterial* kommen, über das nur unser Sender verfügt, verehrte Zuschauer, bitte ich kurz um die Beachtung unserer Werbepartner.«

Es folgten Werbespots für Käse, Damenstrümpfe, Lebensversicherungen, die Kampagne ›Pro-Resozialisierung‹, Autos, Käse, eine Großbank und einen Onlinedienst.

Währenddessen nahm Wissmann den Glückwunsch der Moderatorin entgegen, daß alles wunderbar laufe und er seine Sache gut mache. Sie als TV-Profi hatte natürlich seine Unsicherheit vor der Sendung bemerkt und wollte ihren einzigen Interviewpartner an diesem Abend motivieren, schließlich lief die Sendung noch geraume Zeit, und je selbstsicherer Wissmann seine Überzeugung der Echtheit Hitlers darlegte, um so eindringlicher würde die Wirkung auf die Zuschauer sein. Elke Seidenbrand wollte heute Abend alle Quotenrekorde der jüngeren Zeit schlagen.

Nach der Werbepause, die auffallend lang währte, aber irgendwie mußte der Wissmann/Hitler-Obolus schließlich amortisiert werden, setzte dezente, wenn auch leicht unheimliche Hintergrundmusik ein. Die Beleuchtung der Bühne wurde deutlich herunter gedimmt, was ein leicht diffuses Licht erzeugte.

Die Stimme der Moderatorin klang plötzlich etwas verrucht, ganz so, als würde sie sich wissentlich einem unaussprechlichen Sündenpfuhl nähern, den *jeder*, auch sie selbst, zuallererst sie selbst, bei offiziellen Anlässen glaubhaft verpönte und voller inbrünstig zur Schau gestellter Überzeugungskraft ablehnte, ja geradezu ächtete, aber insgeheim, zu besonderen intimen Anlässen, von eben diesen Personen, die nach außen hin so düpiert anständig taten, betont schamlos praktiziert wurde.

Oder entsprang dieser Gedanke nur der wilden Phantasie eines bis dato unbekannten und erfolglosen, nun aber in kometenhaftem Aufstieg mitten ins Herz der Sünde und Verdammnis vorstoßenden und bereits – durch einen einzigen simplen wenn auch diabolischen Deal – vermögenden Tobias Wissmann?

Wissmann schauderte.

Elke Seidenbrand sagte: »Verehrte Zuschauerinnen und Zuschauer, wir präsentieren Ihnen jetzt – *ex-klu-siv* – ein brandneues Video des aus dem Reich der Toten zurückgekehrten Adolf Hitler. Aber nicht nur das; bevor Hitler, die Person, über die jeder sich beeilt zu sagen, er verabscheue sie, zu uns spricht, sehen und hören wir als *zusätzliche Exklusivgabe* an alle Zuschauer, die uns treu sind, den zweiten Mann aus der geheimnisvollen Tiefschlafkammer. – Meine Damen und Herren: Es spricht Dr. Joseph Goebbels!«

Ein Trommelwirbel setzte ein; unsichtbare Lautsprecher verbreiteten einen hypnotischen Raumklang. Wissmann blickte unsicher in alle Richtungen, um den Ursprungsort der in militärische Marschmusik übergehenden Klänge bestimmen zu können, stellte seine Bemühungen aber schnell wieder sein, da ihm eine seiner zunehmenden Professionalität zuzuschreibende Eingebung einflüsterte, seine unbeholfenen Verrenkungen würden den Zuschauern Unsicherheit suggerieren.

Und dann war der ›kleine Doktor‹ zu sehen. Seine Augen wirken diabolischer als noch am Vortage auf Wissmanns PC-Bildschirm. Wissmann beschlich ein Verdacht, aber bevor er ihn hätte ausformulieren können, wobei Worte wie ›nachgeholfen‹, ›getürkt‹, ›verfremdet‹, ›bearbeitet‹ eine tragende Rolle eingenommen hätten, meldete Goebbels sich zu Wort.

»Liebe Volksgenossen und Volksgenossinnen, mehr als zwei Tage sind verstrichen, seit sich der Führer mit einer ausgesprochen versöhnlichen und reuevollen Geste an das Volk und die jetzigen Machthaber wandte. Eine Reaktion der modernen Volksvertreter ist bislang nur insoweit erfolgt, als daß der von Adolf Hitler ernannte Medienkorrespondent, ein junges und aufstrebendes Talent namens Tobias Wissmann, dem unser Vertrauen gilt, von Frankfurter Sicherheitskräften sechs Stunden lang festgehalten und verhört wurde.«

Wissmann schwitzte. Er redete sich ein, es läge an der Hitze im Studio, um sich von den wieder in ihm aufkeimenden Schuldgefühlen abzulenken.

Mein Gott, der redet, als wäre ich einer von ihnen …

»Sie fragten ihn, ob er – und somit Sie und die ganze, weite Welt – es mit dem *echten* Adolf Hitler und dem *richtigen* Dr. Goebbels zu tun hätte; sie fragten ihn, ob diese ganze

Geschichte ein *Fäik*[7] sei, eines dieser für uns *Zeitreisende*, die wir in gewisser Weise sind, merkwürdigen Worte dieser neuen Epoche im Leben des deutschen Volkes.

Ja, *wollen* sie denn nicht erkennen, daß sie es hier wirklich mit der Rückkehr eines Polit-Titanen zu tun zu haben, den sie nicht so einfach mir nichts dir nichts wegleugnen können? Ja, haben sie denn *Angst* davor, sich der wieder auferstandenen Vergangenheit der deutschen Geschichte zu stellen, Auge in Auge?

Adolf Hitler, der bei allem, was er sagt und tut, selbstverständlich auch für meine Person spricht, hat auf Treu und Glauben seiner aktuellen Nachfolgerin, der deutschen Bundeskanzlerin, angeboten, sein Schicksal vertrauensvoll in ihre Hände zu legen. Diesem unbedingten Loyalitätsbeweis des letzten Reichskanzlers des Deutschen Reiches liegt das tiefe Bedürfnis zugrunde mitzuwirken, sich einzubringen, zu gestalten den alles entscheidenden letzten Schritt in eine neue, eine bessere Welt. Eine Welt, die wir tief in unseren Herzen immer gewollt und innigst herbeigesehnt haben.

Die Stunde ist nahe, in der das demokratische System dieses Landes die einzigartige Geste der *Reue* dieses unseres Adolf Hitler mit einem gewaltigen, alles überstrahlenden Signal des Großmutes freudig *annimmt*, will es nicht die Sternstunde der göttlichen Vergebung verpassen, die eine vollzogene Resozialisierung bedeutet.

Resozialisierung für Adolf Hitler! – Und für mich.«

Goebbels ließ eine Kunstpause folgen. Wissmann war klar: Der Meister hatte nichts von seinem Handwerk verlernt.

---

[7] Fake

»Das Volk hingegen, Deutsche ebenso wie in diesem Lande lebende Ausländer, goutieren die Herzlichkeit des Führers, sehen die ohne Hintergedanken dargebotene Hand des Führers, das beweisen die astronomisch zu nennenden Abrufzahlen des *Jutub*[8]-Videos.«

Goebbels' Augen leuchteten diabolisch. Ein Lächeln stahl sich in seine verhärmten Züge.

»Die dargebotene Hand *abzulehnen* würde bedeuten, gegen das Interesse und die Bereitschaft des *Volkes* zu verstoßen, ein Fehler, den Adolf Hitler in seiner Amtszeit als *Bundeskanzler* nicht beging.«

Er erhob seine Stimme und der berühmt-berüchtigte Zeigefinger begann sein undefinierbares Werkeln in der Höhe seines Mundes, der nun zum Angriff überging.

»Und hier schließt sich der Kreis der Wahrheit. Adolf Hitler stellt sich und seine reichhaltige Erfahrung aus einem bewegten Lebenswerk der neuen Regierung uneingeschränkt und ohne Vorbedingungen zur Verfügung, ergriffen von tiefer Reue, bereit zur aufrechten Sühne, beseelt von den Hoffnungen und Sehnsüchten der kleinen Leute, von der Vorsehung in ihrer unergründlichen Weisheit erneut auf diese Welt delegiert, den großen Ideen ihrer Zeit beschleunigt zum Durchbruch zu verhelfen. Im Interesse der Menschen, *aller* Menschen – gegen die keine Regierung der Welt bestehen kann.«

Der hitzige Angriff verkehrte sich übergangslos in ein demütig-zurückgenommenes, fast heilig klingendes, ein Utopia schauendes Bangen, als er sagte:

»Liebe Zuschauer, es spricht nun der Führer, Adolf Hitler.«

---

[8] YouTube

Das Gesicht von Goebbels wurde unscharf, bis es verschwamm, und daraus hervor schälte sich das Gesicht der Moderatorin. »Liebe Zuschauer, ich hoffe, Sie haben in den letzten Minuten das atmen nicht vergessen. Puhhh.« Sie wedelte ihrem Gesicht Luft zu, ohne Rücksicht darauf zu nehmen, wie gekünstelt das wirkte. »Wir gönnen Ihnen nun eine kleine, nur eine Minute dauernde Pause, bevor tatsächlich *Adolf Hitler* spricht.«

Übergangslos ertönte Marschmusik und es marschierte eine schwarzweiße Parade-Formation der ehemaligen Deutschen Wehrmacht über den Bildschirm, die, von einem auf einem Podest stehenden jüngeren Hitler mit bekanntem Gruße abgenommen, in den Stechschritt überging.

Augeeeen rrrechts!

Vierfarbig, aber grob gekörnt und mit einem Rauschen unterlegt, das für Tondokumente aus alter Zeit typisch war, folgte der berühmte Auszug aus Hitlers Rede vor dem Reichstag vom 30. Januar 1939: »Wenn es dem internationalen Finanzjudentum inner- und außerhalb Europas gelingen sollte, die Völker noch einmal in einen Weltkrieg zu stürzen, dann wird das Ergebnis nicht die Bolschewisierung der Erde und damit der Sieg des Judentums sein, sondern *die Vernichtung der jüdischen Rasse in Europa*!«

Sofort setzte tosender, frenetischer und unüberhörbarer Beifall der Reichstagsabgeordneten ein, die sich nach Mai 1945 mehrheitlich sicher nicht mehr daran erinnern konnten, diese Äußerung überhaupt je vernommen zu haben.

Dann erklang ein Trommelwirbel, dessen Rhythmus langsamer und langsamer wurde, bis er abrupt in einem Tusch endete. Zu sehen war der Hitler des Jahres 2014.

Alt, krank, gebeugt. Erfahren, innere Glut ausstrahlend, wild entschlossen. Die Hände ineinander gefaltet. Vor sich eine kleine, blaue PEZ-Pfefferminzpackung aus den vierziger Jahren und eine gelbe Teetasse, auf deren unschuldig weißem Unterteller der gebrauchte Teebeutel lag.

Wittmann konnte sich des Gedankens nicht erwehren, es sei keine Nachlässigkeit des Hitler-Teams gewesen, die Pfefferminz-Packung und den Tee nicht zu entfernen: Dieser alte Mann sollte zwar eine starke Ausstrahlung erzeugen können, aber auch gemütlich und *sympathisch* wirken, schelmisch Süßigkeiten oder eben Pfefferminze lutschen oder vielleicht Tee aus bunten, jedenfalls auch aus gelben Tassen trinken, gemütlich, quirlig und nett, so wie viele alte Männer auf ihre Umgebung wirkten – jedenfalls die, die nicht Adolf Hitler hießen.

Hitler lächelte, sein Unterkiefer bewegte sich in einem Anflug von jugendlicher Verwegenheit zur Seite, ein Funkeln trat in seine Augen.

Mediengigant, Dämon. Sensationsmacher, lebendige Sensation. Wahnsinniger, bekennender Sünder. – Völlig egal!

Hier saß ein Unsterblicher, der durch eine aberwitzige Technologie nach einer unfaßbaren Zeitspanne, die länger gewährt hatte als seine vorherige Lebensdauer betrug, zurückkam in eine Wirklichkeit, die ihn nie vergessen hatte. Der echte Hitler? – In diesem Augenblick völlig egal!

Mörder, Triebtäter. Massenmörder, Resozialisierungsfall. – Superstar! Gestern wie heute.

Wissmann fröstelte, ihn ihm kämpften Profitdenken und pure Angst vor dem Dämon Hitler, und Adolf Hitler sagte: »Liebe Volksgenossinnen und Volksgenossen, Ablehnung zu erfahren, ist eine psychische Tortur; völlig ignoriert zu werden, kommt einem Todesurteil gleich; aber eine deutsche Regierung unter der Führerschaft von Frau Helene Leyden zu erleben, die sich als handlungs*un*fähig darstellt, ist für mich *unerträglich*.

Meine Liebe zum deutschen Volke wie zu allen anderen Völkern der Welt ist immer grenzenlos gewesen. Also kann ich es als Mann mit weitreichender staatsmännischer Erfahrung schlichtweg nicht zulassen, daß sich das neue deutsche Staatsgebilde, die Bundesrepublik Deutschland in eine immer peinlicher werdende Situation hineinmanövriert.

Liebe Frau Leyden, es ist nicht so, daß ich keine Erfahrung damit hätte, von sogenannten *Beratern, Geheimdienstchefs* und *Generälen* hintergangen, schlecht informiert und gar belogen zu werden; das alles ist mir nicht fremd. Auch weiß ich aus bitterer Erfahrung, in welch verhängnisvollem Ausmaß solch verwerfliches Handeln der obersten Führungsebenen bei dem an der Spitze stehenden Führer ... oder der Führerin zu einer falschen Sicht der Dinge führt. Die Konsequenz daraus sind oft nicht mehr rückgängig zu machende, im schlimmsten Falle *katastrophale* Fehlentscheidungen geostrategischer wie innenpolitischer Natur.« Hitler schwieg. Ein feines Lächeln bildete sich um seine Mundwinkel, nur kurz; nur zu erkennen von den Menschen, die eine feine Beobachtungsgabe hatten. Als wisse der Führer um die seinem Gesicht für wenige Sekunden anzusehende verräterische Genugtuung, die er empfand, allein bei dem Gedanken an die Wirkung dieser Videoaufzeichnung zu einem späteren Zeitpunkt, versteckte er seine Geste hinter einem unbeweglichen Gesicht.

Konzentration. Warten, Schweigen.

Die Neugier der Zuschauer schmerzhaft in ihren Leibern entbrennen lassen. *Ich rede. Und sonst keiner. Ich weiß, ihr wartet auf meine nächsten Worte, um so gebannter werdet ihr ihnen lauschen. Nehmt euch in acht, oder ihr verfallt mir wieder. Wieder und wieder. Und immerdar. Weil es euer Schicksal ist. Und meines. Amen.*

Unvermittelt setzte er seinen Monolog fort: »Eine gute Staatsführung schreitet den Volksgenossinnen und Volksgenossen stets als leuchtendes Beispiel voran, wenn es darum geht, unumgängliche und den Lebenskreislauf des Volkskörpers oder Staates berührende Entscheidungen zu treffen. Ebenso unvermeidlich ist es dabei, die Gefahr in Kauf zu nehmen, auch Fehlentscheidungen zu treffen.

Eine verantwortungsvolle und umsichtige Staatsführung respektiert den Toleranzgedanken, von dem die heutige Welt geradezu triebhaft beseelt ist, praktiziert großzügig Vergebung, wo Reue gezeigt wird, und achtet insbesondere die großen das Volk beschäftigenden Medienthemen, in meinem Falle meinen Resozialisierungswunsch.

Und wenn in der öffentlichen Debatte in allen TV-Kanälen und Zeitungen schon davon die Rede ist, *jedem* eine Chance zu geben, *jedem Dahergelaufenen*, dann darf die Bevölkerung *mit* mir erwarten, daß meine Reue zumindest zur Kenntnis genommen wird, daß sie beantwortet wird, ja, daß ich gehört werde. Aber nichts ist geschehen.«

Stille, Schweigen. Psycho-Folter, Seelen-Kick. Neue Zeiten, alte Kunst. *Meister bleibt Meister.*

»Liebe Zuschauer, bitte glauben Sie mir, als zu meiner … aktiven Zeit die anderen Staaten in Reglosigkeit verharrten, habe ich als agiler Führer die Initiative ergriffen und durch mein Handeln schlicht neue Tatsachen geschaffen.

Als Mann der Tat fällt es mir besonders schwer, *nicht* meinen Beitrag zum Gelingen des demokratischen und sozialen Weges dieses neuen Deutschland leisten zu dürfen, in welcher Form auch immer.

Wohlweislich habe ich einen Journalisten zu meinem Sprachrohr bestimmt, und so erfolgt bis auf weiteres jeder Kontakt meiner Person mit der Öffentlichkeit direkt über die Medien – unter *Ausschluß* der Bundesregierung.«

Pause, nur ganz kurz. Röte im Gesicht. Stimme um einiges lauter.

Adolf Hitler donnerte: »Ich habe es nicht gewollt! Ich habe die offene Hand gereicht! Man scheint sie nicht zu wollen! Ich werde also gezwungen, mir offenzuhalten, meine Dienste nach Ablauf einer bestimmten und *von mir* festzulegenden Zeitspanne *anderen* Regierungen anzubieten. Das bezieht sich natürlich auch auf die Übergabe der Zeitschlafkammern und deren selbst in dieser Zeit noch revolutionären Technik, die ich grundsätzlich sehr gern der Bundesrepublik Deutschland zur Verfügung stellen würde, aber dafür muß man *mich wollen.* – Ein langes Leben, gewürzt durch reichhaltige und *überdimensionale* Erfahrungen jenseits aller gewöhnlichen Pfade, hat mich aber auch gelehrt, bescheiden und gütig, verständnisvoll und großzügig zu sein. Und all das will ich nun leben; für meine Mitbürger – und auch für die deutsche Bundesregierung.

Und so reiche ich erneut *meine Hand* zum Dialog; erneut biete ich an, einen *Titanen der Weltgeschichte* zu konsultieren, ihn als das anzunehmen, was er war, ihn als den anzunehmen, der er nun ist, ihm eine zweite Chance zu geben, ein Bürger unter Bürgern zu sein. Ich danke Ihnen für Ihre geschätzte Aufmerksamkeit.«

Mehrere Sekunden war nichts zu hören. Im Studio herrschte Grabesstille. Wissmann rührte sich keinen Millimeter. In seinen Ohren war das feine Singen, das man nur hört, wenn Stille weh tut.

Dann setzte verhaltener Beifall einzelner Zuschauer ein. Es wurden mehr und mehr, und schließlich applaudierte etwa die Hälfte der Studiogäste.

Laut und tosend. Beinahe frenetisch. Entspannung und Erlösung. Gutes tun wollen.

Sie frönten lautstark dem Mann, der sich so bescheiden gegeben, verhalten gedroht, mimosenhaft geschämt, unverhohlen beschuldigt und jammernd gefleht hatte.

Mediengigant und reuiger Sünder. Sensation und Resozialisierungsfall. *Einen neuen Superstar braucht das Land.*

Ein Unsterblicher, der zurückkam in eine Wirklichkeit, die seiner eben doch vergessen hatte.

Wissmann dachte: *Wie weit kann dieser Mann eigentlich gehen? Sicher, er hat nichts mehr zu verlieren, aber wie erfolgreich kann er mit seiner Masche überhaupt sein?* Ihm wurde bewußt, nicht einen Deut Ahnung davon zu haben, welche Strategie Hitler in Wirklichkeit ausbaldowert hatte.

Elke Seidenbrand stellte ihren zweiten Gast vor. »Verehrte Zuschauer, wir begrüßen bei uns im Studio den Politologen Dr. Erich Gmeiner. – Lieber Herr Gmeiner, wie beurteilen Sie *diesen* Adolf Hitler?«

Dr. Gmeiner, ein mißmutig dreinschauender Endfünfziger mit auffallend rotem Brillengestell und einem schlechtsitzenden blaßgrauen Anzug überraschte mit seiner klugen Kommentierung nicht nur Wissmann. »Zunächst einmal will ich feststellen, daß dieser Hitler meiner Meinung nach der *echte* Hitler ist, so wie wir es auch mit dem echten Goebbels zu tun haben. Nicht nur im allgemeinen Erscheinungsbild, das bereits eine erschlagend glaubwürdige Brisanz besitzt, nein, auch in vielen kleinen Besonderheiten der Sprache, der Atmung, der Gestik und der Stimme erkenne ich die echten Hitler und Goebbels. Wie das möglich sein kann, werden uns sicher in den kommenden Monaten kriminologisch geschulte Wissenschaftler erklären können. Nehmen wir diesen Punkt also einfach als gegeben. – Übrigens würden die allseits diskutierten Straftatbestände der Verwendung von Kennzeichen des Nationalsozialismus et cetera sicher nicht vorliegen.

Sogar unabhängig von meiner Einschätzung, dieser Hitler sei der echte, hat besagter Mann die Bundesregierung in Zugzwang versetzt. Die Kanzlerin muß handeln. Entweder es gelingt ihr, Hitler und Goebbels aufzuspüren und festzunehmen, oder – sie wird sich international blamieren.

Nehmen wir einmal an, eine Festnahme gelingt. Was dann? Nach welchem Recht soll den beiden der Prozeß gemacht werden? Es existiert kein Militärtribunal der Alliierten mehr, wohl aber der Internationale Strafgerichtshof in Den Haag. Wird Den Haag Hitler und Goebbels überhaupt anfordern? Werden nicht andere Staaten auf eine Auslieferung drängen? Und – bitte verzeihen Sie mir die Überlegung, aber sie ist sachlich notwendig – welcher Verbrechen wollte die Bundesrepublik die beiden Nazis anklagen? Zwar ist es so, daß es für NS-Verbrechen keine Verjährung gibt, aber wie viele Jahre erforderte es, eine Anklageschrift so lange nach Kriegsende zusammenzustellen? Und das für Männer, die nicht mehr die jüngsten sind beziehungsweise für einen Hitler, der bereits 1945 an einer unheilbaren Nervenkrankheit gelitten haben soll.

Verfolgen wir den Gedankengang konsequent weiter, wird die künftige anwaltliche Verteidigung Hitlers sicher anführen, dieser habe bereits 70 Jahre in so etwas wie einem Tiefschlaftank gelegen und dadurch bereits eine Strafe verbüßt. Weiterhin wird sie argumentieren, Hitler sei zu krank für eine Haft, und das vielleicht entscheidendste Argument wird sein: Hitler bereut und fordert die Anwendung des neuen großzügigen Resozialisierungsgesetzes ein. Mit welcher Begründung wird man es ihm verwehren können? Weil er Hitler ist? Erste Umfragen in der Bevölkerung zeigen, daß bereits 18 Prozent der Bürger der Meinung sind, man solle auch einem Hitler eine Resozialisierungschance zukommen lassen. Wissen Sie, das ist das Problem: Wenn alle Menschen gleich sein sollen, was sich ja in immer absurderen politischen Forderungen und auch bereits in teilweise nicht minder abwegigen Gesetzen niederschlägt, dürfen die gleichen guten Gleichheits-Menschen niemanden ausschließen. Das Problem ist also … vielleicht ein typisches Problem der *Macht*, nämlich die eigenen Spielregeln selbst dann einzuhalten, wenn sich ein typisch deutsches Trauma einstellt, in dem Fall sogar *das* deutsche Trauma: Adolf Hitler.«

Dr. Gmeiner holte Luft. »Natürlich sind alle diese Fragen auch im Zusammenhang mit Dr. Goebbels von Relevanz. Wir sind uns aber sicher einig, daß es im wesentlichen um die Art der Behandlung der Person Adolf Hitler geht; alles was Hitler betrifft und zu seiner Person entschieden wird, ist automatisch auch das Schicksal von Dr. Goebbels.

Lassen Sie mich noch betonen, in welcher bemerkenswerten, psychologisch geschickten Weise Hitler und Goebbels ihre Argumente vorbringen. Gleichgültig, ob man ihnen zustimmt oder nicht: Die Psychologie der Propaganda sorgt dafür, daß mit jedem Tag, der vergeht, und an dem sich die Bundesregierung nicht in einer akzeptablen, den schwierigen Vorgang adäquat würdigenden Weise äußert, in der Bevölkerung die Stimmungswerte für eine Hitler-Resozialisierung ansteigen. Und Hitler *weiß* das.«

Elke Seidenbrand hatte andächtig zugehört, dennoch schoß sie wie aus der Pistole eine Frage an Wissmann ab. »Weiß das die Bundeskanzlerin, Herr Wissmann? Was meinen Sie?«

Wissmann sagte: »Wie ich eingangs schilderte, habe ich es nur bis zum Kontakt mit Staatsschutzbeamten geschafft. Was die Bundeskanzlerin weiß oder denkt, entzieht sich meiner Kenntnis. Jedenfalls finde ich die Ausführungen des Herrn Gmeiner sehr interessant, auch und gerade die Bedenken, die er im Zusammenhang mit einer strafrechtlichen Verfolgung meiner Klienten äußerte.«

Wieder setzte die Moderatorin sofort nach. »Hatten Sie zu keinem Zeitpunkt moralische Bedenken, für *solche* Klienten tätig zu werden und – zumindest indirekt – ihre Aussagen zu propagieren?«

»Sie vielleicht?« gab Wissmann ebenso schlagfertig zurück.

Seidenbrand überging die so spontane wie unangenehme Antwort sofort – so wie es professionelle Pressevertreter auszeichnet. Sie ging sofort in die Gegenoffensive. »Sie erhalten für Ihre Dienste von unserem Sender ein beträchtliches Honorar, was werden Sie mit dem schnell verdienten Geld anfangen?«

Wissmann dachte an die Nagelprobleme seiner Freundin und antwortete: »Nichts besonderes, ich versuche so wie jeder andere Mensch, dessen Erwerbsleben erst vor kurzem begonnen hat, meinen Weg zu finden. Ich denke zunächst einmal weniger über die Höhe meines Einkommens nach als über die weiteren Aufgaben, die meine Klienten, die Herren Hitler und Goebbels, für mich bereit halten.«

Die Moderatorin setzte einen wissenden Schmollmund auf, schaute auf die Stichwortkarte, die sie in der Hand hielt, und fragte: »Werden Sie nicht observiert? Sicher versuchen die Ermittlungsbehörden doch, über Sie an Ihre Klienten heranzukommen ...«

Wissmann gönnte sich das leicht überlegen wirkende Lächeln, welches der voreiligen Jugend vorbehalten ist. »Herr Weizsäcker, mein Ansprechpartner bei Herrn Hitler, wird sich, so denke ich, gewisser geheimdienstlicher Techniken bedienen, die ihm eine sichere Kommunikation ermöglichen helfen.«

»Verehrte Zuschauer, wir verabschieden uns für eine kurze Werbepause, danach folgt in unserem Themenabend ›Ermittlungssache H.‹ die spannende Reportage ›Resozialisierungsgesetz – Segen oder Fluch? Entstehung und Auswirkungen‹, moderiert von meiner lieben Kollegin Sabrina Weitersberg.«

Zufrieden lehnte Wissmann sich zurück, er hatte längst verdrängt, in einem nicht allzu bequemen Sessel zu sitzen.

Geschafft. Alles läuft bestens. Ich hätte vor der Sendung nicht nervös zu sein brauchen.

In einem Punkt irrte sich Tobias Wissmann. Die Verschleierungstechniken Weizsäckers waren für das Jahr 2014 nicht effizient genug.

Bonn, 18. Juni 2014

Therese-die-sich-ihres-Vornamens-schämte (was einem Beobachter der Szenerie nicht verborgen geblieben wäre, weshalb er sich bemüht hätte, die Nennung des verschmähten Vornamens durch geschicktes Formulieren zu umgehen, was allerdings vom Autor nicht respektiert wird) saß abends mit ihren Freundinnen, lauter erlesenen Personen aus der neuen bürgerlichen Mitte, und alle organisiert in der ›Initiative Resoz/Verband Bundesstadt Bonn‹, in ihrem Stammlokal zusammen.

Erregtes Gezwitscher erklang, unterbrochen von lauten Zwischenrufen, die sonst gar nicht den gediegen gebildeten Gepflogenheiten der anwesenden Frauen entsprachen, aber so sehr waren die Gemüter erregt bei der Behandlung der Frage, wie die Initiative Bonn den Fall Hitler bewerten sollte. Übrigens würde unser imaginärer Beobachter unter den Anwesenden auch einen Vertreter des männlichen Geschlechts entdeckt haben: *den* Jeremy. Aber da Jeremy sich so gab wie ein weibliches Wesen und auch so aussah, hätte er trotz seiner feinen Beobachtungsgabe eine Enthüllung der wahren Geschlechtszugehörigkeit Jeremys verschmäht – was sogar der Autor respektiert.

Es herrschte bei all dem lauten und sicher wohlgemeintem Getöse in der Seele jeder Frau ein im ersten Augenblick merkwürdig zu nennender Zwiespalt vor, ausgelöst von der gewaltigen Belastung, die das spezielle Thema bedeutete, und mit einem Wort ausgedrückt werden konnte: *Angst!*

Die Kämpferinnen für eine bessere Welt, die sich in den letzten Jahren weitgehend von der parlamentarischen Einflußnahme verabschiedet hatten, wobei die APO der sechziger und siebziger Jahre eine gewisse Vorbildfunktion einnahm, waren von Angst erfüllt, etwas zu verpassen, sich nicht oder zu spät für *etwas Richtiges* oder gar *das eine und einzige Richtige* zu entscheiden; und als wäre es nicht schon schlimm genug, setzte ihnen darüber hinaus zu, sich möglicherweise nicht *engagiert* und *entschieden* genug *einzusetzen* für das Absolute: eine schönere, bessere, gerechtere, fairere – was immer darunter verstanden werden konnte –, lebenswertere, humanere, chancenausgewogenere, friedvollere, verständnisvollere *Schöne Welt*. Und jetzt war der Führer da!

Ein unsichtbarer Beobachter, dessen durch die Beobachtung des Lebens geschulte feine Empfangsantennen sich möglicherweise gar spezialisiert hätten auf die Beobachtung von Menschen und die Zuordnung bestimmter charakterlicher Wesenszüge zu bestimmten Typen, hätte zu folgender Analyse gelangen können: Menschen, die, getrieben von der Angst, etwas zu verpassen, sich zu Bekenntnissen hinreißen ließen, waren dennoch (oder vielmehr genau deswegen) nicht befähigt, in kritischen Situationen – seien es auch lediglich insoweit theoretische, als daß sie das reale Leben des Einzelnen nicht wirklich tangierten – echte Entscheidungen zu treffen. Aus der Vielzahl der Gründe für diese Unfähigkeit sticht dieselbe, bereits erwähnte Charaktereigenschaft auffällig hervor: Angst; die Angst, etwas Gutes zu spät oder gar nicht zu tun, war die gleiche Angst, eine Entscheidung für oder gegen etwas oder jemanden zu treffen – schließlich konnte man sich ja falsch entscheiden! Und falsche Entscheidungen beschädigten in einem häufig nicht wieder gutzumachenden Ausmaß alle guten Absichten, die einen überhaupt veranlaßt hatten, ein Bekenntnis abzugeben. Ein Teufelskreis.

Der Resozialisierungsgedanke war für Therese und ihre Freundinnen das Non-Plus-Ultra eines zukünftigen Engagements *für das Gute* schlechthin, nachdem die Agenda der noch abzuarbeitenden Forderungen der moralisch-modern-bürgerlichen und überlegen moralisierenden APO-Aktivistinnen durch eine Vielzahl von Erfolgen deutlich zusammengeschrumpft war; als Erfolge, da mittlerweile offizielle Regierungs- und Gesellschaftspolitik, waren bereits zu vermelden: Anti-Atomkraft, Gendering, Frauenquoten, Umverteilung des Einkommens, Abkehr vom Leistungsprinzip, Ächtung aller Ansichten, die nicht mindestens Mitte-Links verortet werden konnten und dergleichen mehr. Nachdem die Gesellschaft bereits – und das realpolitisch – ausgehend von der früheren APO dramatisch umgebaut worden war, blieb als drastische neue Forderung die vorgezogene zwangsweise Wiedereingliederung von Straftätern in die Gesellschaft – bis hin zur weiter verschärften Forderung nach völliger Straffreiheit für jegliche Rechtsverstöße und kriminelle Handlungen.

Die meisten von Thereses Freundinnen waren der Meinung, Kriminalität könne am besten damit bekämpft werden, indem man sie nicht unreflektiert als etwas *Negatives* brandmarke; schließlich seien kriminelle Handlungen fast immer ein Aufschrei nach mehr Beachtung, mehr Anteilnahme – nach mehr Liebe! Das jedenfalls bewiesen einige Gutachten einschlägig bekannter und den Resoz-Gedanken unterstützender Sozialwissenschaftler, und Beweise waren immer gut, das fand auch Therese. Dennoch, in ihr nagte ein nicht unwesentlicher Restzweifel, ob diese Gutachten wirklich die volle Wahrheit darstellten. Zwar war auch sie der Ansicht, ein deutliches Mehr an Liebe unter den Menschen beseitige die meisten Probleme, aber was war, wenn Menschen einfach nur *böse* waren? Die Existenz des Bösen an sich bejahte jedenfalls eine *andere* Gruppe Wissenschaftler, und auch die Kirche predigte von solcherlei Übel – obwohl Therese sich natürlich im Kreise der ihren gern dahingehend äußerte, die konfessionellen Beschränkungen respektive Beschränktheit gänzlich abgelegt zu haben, log sie in diesem Punkt schlichtweg.

Es gab also Gutachten, in denen Bezug genommen wurde auf die Vererbungslehre, vergleichende soziologische Forschung und allerlei weitere Merkwürdigkeiten, und die zu Aussagen kamen, die Therese, wie bereits festgestellt, äußerst unangenehm waren. Aber dennoch: Auch wenn nach übereinkommender Meinung der Disputantinnen an ihrem Bonner Stammtisch die Täter *mindestens* so viel Aufmerksamkeit verdienten wie die Opfer (zur Vermeidung weiterer Taten sogar *mehr* Aufmerksamkeit benötigten, denn schließlich war nach den Gesetzen des Zufalls und der Statistik ein Opfer eher nur *einmalig* ein Opfer, während ein Täter sich viel eher zu einem Mehrfach- und Zigfachtäter entwickeln konnte), was war mit den Tätern, die – man wagte kaum, es vor Ort auszusprechen – einfach weiter und weiter machten mit ihrem Treiben? Trotz Resozialisierung?!

Die heftige Aussprache der Initiativmitglieder führte, wie so manches Mal zuvor, aber damals noch ohne den aktuellen Bezug, in die Tiefen einer Grundsatzdiskussion, ab welcher Grenze Täter *wirklich* eine Grenze überschritten hätten, die nach Sanktionen verlange. Aber da entscheidungsschwache Menschen eben auch keine *richtigen* Grenzen ziehen oder gar verteidigen können, erzielten unsere lieben guten Mitbürgerinnen trotz eifrigen Bemühens keinen Fortschritt in Richtung einer Lösung des Problems.

Und nun war der Führer da.

Also, konnte es eine Ausnahme von der Resozialisierung geben? Wenn ja, war *Hitler* sicher das Paradebeispiel einer exorbitanten Ausnahmepersönlichkeit. Therese wunderte sich ein wenig über sich selbst, als sie zwei Kolleginnen, die gleichzeitig lautstark aufeinander einsprachen, beinahe unter Einbringung körperlichen Einsatzes (um das Wort ›Gewalt‹ zu vermeiden) auseinanderbrachte und für *sich* das Wort beanspruchte. Bevor zu viel Stolz in ihr aufkommen konnte, der sie wahrscheinlich wieder beschämt hätte (sie durfte gar nicht darüber nachdenken), stellte sie folgenden einfach und eindeutig formulierten Antrag zur Abstimmung: ›Wer ist *für* die Anwendung der Resozialisierung auf Adolf Hitler?‹

Sieben Mitglieder der Initiativgruppe Bonn waren anwesend; vier stimmten per Akklamation für Hitler, zwei dagegen – die siebente Person, Therese, hatte nicht mitgestimmt; es fiel ihr leicht, sich herauszureden, schließlich habe sie sich ganz darauf konzentrieren müssen, die Abstimmung ohne weitere Störungen zu ermöglichen, bei soviel Gezeter, was an diesem Abend bereits vorgefallen war, und endlich konnte sie ihr Lippenbekenntnis abgeben, sie stimmte Pro-Hitler.

Wie das klang. Pro-Hitler.

Warum sich so viele Gedanken machen? Niemand konnte wissen, ob die Resozialisierung Hitlers gelingen würde, ob sie überhaupt möglich war.

Niemand, genau. Warum soll ich immer schlauer sein als alle anderen? dachte Therese, und: *Das Wichtigste ist doch schließlich, GUTES tun zu WOLLEN, das ist ein Maßstab für sich, also meinetwegen auch für einen Adolf Hitler.*

Als die Entscheidung gefällt war, die am nächsten Tag an den Landesverband gemeldet werden würde, trat in der

Runde plötzlich und unvermittelt eine merkwürdige Ruhe ein. Die Freundinnen für eine bessere Welt schauten stumm vor sich hin. Es war so, als hätte die eine die andere nicht ansehen wollen.

Therese ging es nicht so, sie schaute frei und gewagt in die Runde, sie hatte ja eine Entscheidung getroffen, und das sicher in einem für ihren IQ ausreichend begründetem Umfang.

Aber *irgendwie*, ja irgendwie war ihren Mitkämpferinnen nicht ganz wohl bei der Sache, das spürte sie genau. Verstehen konnte sie es nicht.

Kapitel 6
Der Gefangene

Frankfurt, 18. Juni 2014

Der Frankfurter Staatsschutz hatte, ausgehend von Wissmanns Angaben im Verhör, die Aufzeichnungen der Verkehrsüberwachungskameras in direkter Nähe des Cafés abgerufen, in dem der Erstkontakt zwischen Weizsäcker und Wissmann stattgefunden hatte. Weizsäcker war gut zu erkennen. Darauf folgende Recherchen des Verfassungsschutzes hatten die *mögliche* Identität des heutigen Weizsäcker mit der Person des SS-Offiziers Weizsäcker im Jahre 1945 festgestellt; ein Mann dieses Namens und der Waffengattung war im Mai 1945 spurlos verschwunden. Das besagte noch gar nichts, widersprach aber zumindest nicht der abenteuerlichen Version, die der Mann, der sich heute als Weizsäcker ausgab, dem Journalisten Wissmann aufgetischt hatte.

Dieser Version widersprach ebenfalls nicht die Tatsache, daß die ›Hitler-Gang‹ offenbar keine Vorstellung von der interaktiven und vernetzten Fahndung hatte, die im Jahr 2014 üblich war.

Das Profil des bildtechnisch einmal ermittelten Weizsäcker, wie immer er auch in Wirklichkeit heißen mochte, wurde elektronisch abgeglichen mit den Aufzeichnungen aller Verkehrsbeobachtungskameras in der Stadt Frankfurt, chronologisch Stunde für Stunde, Tag für Tag, in der Zeit rückwärtslaufend. Es gab Treffer auf Treffer: Weizsäcker war viel unterwegs gewesen, und das auch noch zu Fuß. An mehreren Tagen verschwand er in einem ganz bestimmten Appartementhaus, das nun unter scharfer Observation durch nicht weniger als zwanzig Ermittler stand.

Keiner der eingeschalteten Dienste der BRD bezweifelte, es mit überdurchschnittlich intelligenten Akteuren zu tun zu haben. Allein das Hitler-Video war erstklassig gemacht; das *war* Hitler, der dort zu sehen war. Allerdings, wenn alles doch nur ein Fake war, hätten solche grandiosen Filmemacher und Politakteure, die genau wußten, welche Verwerfungen ihre Aktion nach sich ziehen würde, auch die Möglichkeiten der modernen Bürgerverfolgung[9] gekannt und in der Ausführung ihrer Handlungen entsprechend berücksichtigt – was wiederum dafür sprach, daß man es tatsächlich mit Personen zu tun hatte, deren Technikverständnis dem des Jahres 1945 entsprach.

Am 3. Juni gab es besonders viele Treffer: Weizsäcker war an diesem Tage wie wild unterwegs gewesen. Nüchterne Beobachter (die die ermittelnden Beamten fraglos waren) der von den Kameras unverfälscht festgehaltenen Bewegungen des Beobachtungsobjektes konnten sich des Eindrucks nicht erwehren, einen Mann zu sehen, der sich ›in der Welt‹ nicht zurechtfand. Ging der Fake so weit? Konnte so etwas überhaupt möglich sein? Den routinierten Geheimdienstlern, die das gesamte Material der ›Ermittlung H.‹, wie sie nun erstklassig getarnt hieß, kannten, kam die Möglichkeit eines Fakes mindestens genauso fantastisch vor, wie die eigentliche Unmöglichkeit, es mit einer echten H.-Gang zu tun zu haben.

---

[9] Verzeihung, ich meinte natürlich: Bürgerbeschützung

18. Juni 2014, Frankfurt/Main

Kay Seiffert lud die automatische Handfeuerwaffe mit dem dreizehnschüssigen Magazin. Er befand sich in der geräumigen Wohnung seines Bekannten, mit dem er in Frankfurt und Berlin auf Demos einige wilde Aktionen gegen Bullen, Nazis und die Bourgeoisie durchlebt hatte. Den ganzen Vormittag hatte er damit zugebracht, einen ›aktiveren‹ Genossen aufzutreiben, der ihm die Waffe im Tausch für zweitausend Euro überließ. Ein Päckchen mit fünfzig Schuß Munition und ein leeres Reservemagazin gab es gratis dazu. Es mußte sich um einen großzügigen Genossen gehandelt haben.

Nachdenklich ließ Kay eine Kugel in den Lauf schnappen. Das also würde die Waffe sein, mit der er antifaschistische Weltgeschichte schreiben wollte. Er hatte schon befürchtet, sich mit seiner speziellen Besorgung beeilen zu müssen, damit ihm Wissmann nicht durch irgendeinen Zufall durch die Lappen ging.

Nachdem er die Waffe voll munitioniert hatte, führte Kay Patrone um Patrone in das Reservemagin ein.

Wer weiß schon, was einen erwartet? Vielleicht brauche ich ein gefülltes Reservemagazin … zu meiner Verteidigung.

Es trieb ihn an diesem Tag keine Eile mehr, da die Nachrichten gemeldet hatten, Wissmann werde heute abend live in einem Kölner TV-Studio in einer Exklusivsendung auftreten.

Heute kriege ich dich nicht mehr. Es ist vielleicht ganz gut, daß ich noch keinen Erkundungsgang zu deiner Wohnung starten konnte; die Polizei hätte mich wahrscheinlich katalogisiert und bei einem zweiten, für dich endgültigen Besuch vor meiner Befreiungstat aus dem Verkehr gezogen. Und heute hätte ich dich eh nicht mehr in deiner Wohnung angetroffen. Also, alles bestens. Morgen, du Nazisau, morgen bist du dran …

Kay nahm sich vor, Wissmann am 19. Juni auf gut Glück zu besuchen. Er war sich sicher, nur eine Chance zu haben.

Frankfurt/Main, 19. Juni 2014

Dimitri Kresenkov parkte den mit verspiegelten Scheiben ausgestatteten Van zweiundzwanzig Minuten vor der X-Zeit auf dem zu Hitlers Wohnblock gehörenden Besucherparkplatz. In sieben Minuten würde Sascha mit seinen beiden Brüdern in einem weiteren Van eintreffen. Zu viert würden sie, die sie solcherart Arbeit nicht zum ersten Mal verrichteten, unter kurzzeitigem Einsatz der üblichen massiven Gewalt, die Opfer auf beiden Seiten verhindern half – alte Gangsterweisheit! –, Hitler und Goebbels in ihre Gewalt bringen. Daran zweifelte Dimitri keine Sekunde.

Noch fünf Minuten.

Dimitri war so entspannt wie immer, wenn es ans Geldverdienen ging. Er hatte sich bereits vor mehr als zehn Jahren entschieden, seine besonderen Fähigkeiten – Kaltblütigkeit, planerische Solidität und die Befähigung zu rücksichtslosem Vorgehen in Extremsituationen – auf eigene Rechnung einzusetzen. Ein Leben, das wirklich *gelebt* wurde, das war es, wozu er sich vor langer Zeit entschlossen hatte; kein Leben, das darin bestand, für ein Unternehmen, das ihm nicht gehörte, für Chefs, die er womöglich nicht schätzte, und für Kunden, deren Interessen ihn sicherlich nicht interessierten, seine Knochen und sein Seelengemüt in jahrzehntelanger Fleißarbeit zu ruinieren.

Dimitri führte nach seiner Meinung ein gutes Leben, gekennzeichnet von gelegentlichen Bandenscharmützeln mit anderen freien Unternehmern aus Rumänien, Deutschland und sonstwoher. Die Meinungsverschiedenheiten mit diesen Marktteilnehmern wurden meist ausgelöst von unterschiedlichen Standpunkten, wer den Rauschmittelhandel[10], Mädchenhandel und – erst vor einem halben Jahr in seine Angebotspalette aufgenommen – den Waffenhandel kontrollierte. Mittlerweile kommandierte Dimitri sechs Leute, die, je nach Lage und Auftrag, um weitere vier bis fünf Mann verstärkt werden konnten.

Dimitri schätzte seinen quasi steuerbefreiten Status in Deutschland sehr, und auch die Tatsache, sein eigener Herr sowie Chef über eine kleine, aber feine Mitarbeiterschar zu sein.

14.00 Uhr.

Wo blieb Sascha? Er verspätete sich sonst nie. Niemals. Das war der Grund dafür gewesen, Sascha zum Gruppenleiter zu ernennen. Was war schiefgegangen?

Als Dimitri dazu ansetzen wollte, das Gelände zu sondieren, stellte er verblüfft fest, daß seine Blickrichtung auf den Wohnblock nicht viel Blickfeld zum Sondieren hergab.

---

[10] Dimitri verabscheute den Begriff ›Rauschgift‹; Gift bedeutete für ihn etwas ›irgendwie Negatives‹, das ganz so klang, als sei seine Betätigung etwas ›Ungesundes‹. – Verehrte Leser, sollten Sie in ferner Zukunft Dimitri Kresenkov begegnen und bei der Gelegenheit auf seine geschäftliche Vergangenheit zu sprechen kommen, bitte vermeiden Sie das Wort ›Rauschgift‹.

Als er die linke Hand auf den Griff der Fahrertür senkte, um sie zu öffnen und sich außerhalb des Van umzusehen, warnte ihn ein ganz bestimmtes Gefühl, das ursächlich mit verantwortlich dafür war, daß er die ersten Monate seiner bisher erfolgreichen kriminellen Laufbahn unbeschadet überstanden hatte – die wichtigste Zeit, die gefährlichste Zeit in einem Verbrecherleben, die so mancher freischaffende Marktteilnehmer nicht überlebte. Und überleben wollte er!

14.02 Uhr.

Dimitris Instinkt riet ihm dazu, den Schauplatz der geplanten Unternehmung sofort zu verlassen. Er startete den Wagen. Als er anfuhr, verspürte er leichte Nervosität in sich aufsteigen. Er verließ den Parkplatz, fuhr etwa zweihundert Meter weiter und bog dann in die winklige Nebenstraße ein, die nach weiteren zweihundert Metern direkt zur Hauptverkehrsstraße führte. So jedenfalls dachte Dimitri, als er die letzte enge Kurve der Nebenstraße ansteuerte.

Die Straßensperre bestand aus drei Einsatzfahrzeugen einer deutschen Spezialeinheit. Dimitri riß die Augen auf. Innerhalb von einer Sekunde reagierte er so, wie er es bei den russischen SpezNas gelernt hatte: Fahrzeug stoppen, Rückwärtsgang rein, unter dem Lenkrad wegducken, falls feindlicher Beschuß erfolgte. Ein Gefühl, so rein und klar wie ein naturbelassener Bergsee, sagte ihm urplötzlich: *Es ist aus, vorbei.*

Er wußte es, und ebenso wußte er, daß er sich nicht damit abfinden würde, seine lange, erfolgreiche und einträgliche Verbrecherkarriere hier und jetzt in der beschissenen Kurve einer beschissenen Nebenstraße zu beenden. *Ich war so nah dran am Geschäft meines Lebens.*

Die Reifen des Van platzten, als sie in die Sperrketten fuhren, die schwarz vermummte Männer blitzschnell hinter dem Fahrzeug ausgelegt hatten. Er riskierte einen Blick aus dem linken Seitenfenster; ein weiteres Spezialfahrzeug raste mit aufbrüllendem Motor aus einem Gebüsch hervor und setzte sich hinter die linke Hälfte seines Van. Es ging alles extrem schnell, zu schnell für Dimitri, der im wahrsten Sinne des Wortes keine Zeit mehr fand, die Situation nüchtern zu betrachten. Er zog seine Magnum 44, stieß die Fahrertür auf – und fiel, getroffen an der linken Schulter, aus dem Fahrzeug heraus. Einen Schuß hatte er nicht gehört. Bevor seine Sinne schwanden, sah er vor sich maskierte Elitepolizisten, deren Präzisionsgewehre Schalldämpfer trugen. Sein letzter Gedanke war, sich nicht dafür schämen zu müssen, von einem SEK[11] oder gar einer GSG[12]-Einheit überwältigt worden zu sein. Erst recht würde er sich nicht geschämt haben, hätte er gewußt, daß ihn die KVE[13] ausgeschaltet hatte.

14.08 Uhr.

An der Stelle, an der Dimitri Kresenkov vor wenigen Minuten schwer verwundet worden war, erinnerte nichts mehr daran, daß hier noch vor wenigen Augenblicken ein besonderes Ereignis stattgefunden hatte.

Sascha und seine Brüder, die schon eine halbe Stunde zuvor festgenommen worden waren, würde Dimitri nie wiedersehen – er würde die nächsten fünfzehn Jahre in einer anderen Haftanstalt zubringen.

---

[11] SEK: SonderEinsatzKommando der Polizei
[12] GSG: GrenzSchutzGruppe (die GSG9 erlangte legendäre Berühmtheit)
[13] KVE: KanzlerVerfügungsEinheit

Wohngemeinschaft Hitler/Goebbels/Weizsäcker, 14.03 Uhr

Hitler hatte gerade die Arbeiten an seinem Dossier ›Empfehlungen für die Verwirklichung einer totalen Demokratie – zu Händen der Frau Bundeskanzlerin Leyden‹ zufrieden mit sich selbst abgeschlossen. Er sah aus dem Wohnzimmerfenster seines Domizils, an das er sich ebenso schnell gewöhnt hatte wie an die vielen Domizile davor: Wien, München, Landsberg, Berlin, Berchtesgaden, Wolfsschanze und zuletzt den Führerbunker unter der Reichskanzlei in Berlin. Ihn hatte nie interessiert, an welchem Ort er sich befand; wichtig war einzig, einen Platz in der Weltrangliste der Mächtigen zu haben – und daß er zumindest in den Top 3 plaziert war.

Ein verdunkelter Van fuhr an einem gemischtrassigen Pärchen vorbei, sie weiß und blond, er schwarz und schwarz. Für einen Moment wollte altvertrauter Zorn in ihm aufwallen, dann aber besann er sich auf seine neue Politikformel.

Früher war alles anders, und doch ähnlich dem Heute. In Wien, zu meiner Jugendzeit, war fast ein Fünftel der Bevölkerung jüdisch. Rechne ich all die anderen Mischrassen hinzu, die Slowaken, Tschechen, Ungarn und was sich dort alles im Alltagsleben tummelte … ein Rassenchaos war das, so wie heute auch.

Er seufzte und nickte verträumt vor sich hin.

Vieles hat sich so dramatisch verändert, um dann doch wieder am Ausgangspunkt anzugelangen. Solche Erkenntnisse völlig unangestrengt nebenbei aus dem Ärmel zu schütteln, dazu ist die heutige deutsche Führung gar nicht in der Lage.

Wie sollte sie auch? Die Erfahrungen meiner Zeit fehlen ihr ja völlig. Das, was die deutsche Nachkriegspolitik in entscheidendem Maße prägte, haben die heutigen Politiker nicht erlebt, erfühlt, gekostet, gehaßt und geliebt. Ich aber, ich war dabei!

Ich war überall dort, wo die Träger des ewigen Feuers des Werdens und Vergehens das gestalteten, was unwissende Geister Geschichte nennen. Heute glauben die Menschen, Geschichte ergäbe sich aus gewissen Prozessen heraus, was einen Kern Wahrheit in sich trägt, aber entscheidend ist – auch und insbesondere für die demokratischen Systeme, und für die totalitären sowieso – die Befähigung der wenigen von der Vorsehung auserwählten Führer, die wirklich zu führen verstehen, die mental in der Lage sind, rücksichtslos jeden Widerstand zuerst in den eigenen Reihen zu brechen, dann im Staate und schließlich auf dem von dem Allmächtigen den Sterblichen hingeworfenen Tablett des großen Völkerringens.

Was wäre aus England geworden, wenn nicht dieser fanatische Churchill die Führung inne gehabt hätte? Ich hätte diese Zwergeninsel überrannt mit meinen Divisionen und sie dem Großdeutschen Reich einverleibt. Was wäre aus Amerika geworden, wenn nicht dieser verschlagene Plutokrat Roosevelt überall seine Finger im Spiel gehabt und das amerikanische Volk gegen mich aufgehetzt hätte? Nach England und Rußland wäre Amerika an der Reihe gewesen, die nationalsozialistische Herrschaft genießen zu dürfen. Bei der Gelegenheit hätten wir auch viele Juden erwischt, amerikanische und aus Europa geflohene.

Trotz dieser für Hitler typischen Gedankenspiele kam an diesem Tag keine rechte Freude in ihm auf. Verdrossen suchte er nach seiner fast aufgebrauchten PEZ-Packung, erst in der linken Manteltasche, fand sie dann in der rechten und puhlte sorgfältig und mit Bedacht ein Pfefferminz heraus. Genüßlich schmatzte er die kleine Kostbarkeit im Mund hin und her. Unbewußt straffte sich seine Haltung.

Und wieder einmal stehe ich am Anfang, aber mit dem Unterschied, daß ich diesmal weiß, wie der Sieger aussieht: die Demokratien gewinnen das große Spiel um die Weltherrschaft. Und dennoch: Sie sind immer noch so schwach wie schon zur Zeit der ersten demokratischen Regierungen in Deutschland vor fast einhundert Jahren. Sie sind mit sich selbst beschäftigt, die wirklich großen Führungspersönlichkeiten werden von dem ganzen Wischi-Waschi des öden Parteilebens nicht angezogen, und in entscheidenden Situationen fehlt ihnen der Wille zur unbedingten Macht, radikaler und rücksichtsloser Wille. – All das bringe ich mit, all das vermag ich in die Waagschale zu werfen bei meinen Verhandlungen mit der BRD-Regierung. Und, welche Ironie der Tatsache doch innewohnt, ausgerechnet der wahnsinnige Resozialisierungsparagraph, typisches Endprodukt einer seit Jahrzehnten im Humanitätsdusel gefangenen Demokratie, ausgerechnet so etwas gibt mir die Chance in die Hand, trotz der Irrtümer meiner Jugend nochmal ungeschoren davonzukommen. Und dann werde ich diesen ängstlichen Dilettanten, denen nicht die Gnade zuteil wurde, durch die Stahlgewitter meiner großen Zeit gegangen zu sein, zeigen, wie man Demokratie macht. Radikal und total, unerbittlich gegen sich selbst und die seinen und gegen alle anderen sowieso, nicht eher nachlassend in dem fanatischen Bemühen um den endgültigen Sieg, bis der letzte Widerstand gebrochen und der totale Frieden auf dem Planeten hergestellt ist.

Dilettanten alle, ha.

14.15 Uhr

Hitler drehte sich ruckartig um, als er einen lauten Knall aus dem Bereich der Wohnungstür hörte. Goebbels rief laut: »Oh Gott, oh Gott.« Weizsäcker gab einen Schrei der Verblüffung oder des Schmerzes von sich.

Dann flog die Tür des Wohnzimmers auf, und herein strömten vier, fünf ganz in schwarze Monturen gekleidete, mit Gewehren und Pistolen bewaffnete und völlig vermummte Männer. Hitler verschluckte sich fast an seinem PEZ-Pfefferminz, würgte es reflexartig wieder nach oben in seinen Mund, räusperte sich kurz und sagte zu dem Vermummten, der direkt vor ihm stehen geblieben war: »Junger Mann, kommen Sie zu meiner Unterstützung?«

19. Juni 2014, Frankfurt,
in der Nähe von Wissmanns Wohnung

Kay Seiffert war nur noch zweihundert Meter von Wissmanns Wohnung entfernt. Sie befand sich in einem Mehrparteienhaus. Er begann damit, Werbezeitungen in die Briefkästen der Häuser zu werfen. In der Nähe des Bahnhofs hatte er, einer spontanen Eingebung folgend, einen Packen der marktschreierisch aufgemachten Druckerzeugnisse dem für die Verteilung regulär bezahlten Verteiler abgeschwatzt, wobei er sich nicht besonders anstrengen brauchte.

Kay schlenderte ohne Eile die Strubbergstraße in Frankfurt-Rödelheim entlang. Er erregte dabei kein Aufsehen, da er einer bekannten Beschäftigung nachging. Gelegentlich mußte er an Häusern klingeln, deren Briefkästen hinter der

Eingangstür angebracht waren. Die Waffe und das gefüllte Reservemagazin trug er in einer Umhängetasche bei sich.

Etwa vierzig Meter vor Wissmanns Wohnanschrift fiel ihm eine dunkelblaue Opel-Mittelklasselimousine auf, besetzt mit zwei Männern mittleren Alters. Der Wagen parkte in Blickrichtung auf den Bereich, in dem auch Wissmanns Wohnung zu finden war.

An seiner Zieladresse angelangt, fand Kay zu seiner Freude außerhalb des Hauses keine Briefkästen vor. Er begutachtete die Klingelschilder.

Der Name Wissmann war dabei, und die Plazierung des Namensschildes ließ erkennen, daß die Wohnung wohl ebenerdig lag. Ein verstohlener Blick über die Schulter ließ ihn gerade noch einen kleinen Teil der Frontpartie des Opel sehen. Kays Herz schlug bis zu seinem Hals, er mußte schneller atmen, um das Blut zügiger in seinem Körper rotieren zu lassen.

Er klingelte bei Wissmann.

Nichts geschah.

Nochmal klingeln.

Wieder nichts.

Kays Herz schlug schneller, er schwitzte, Unsicherheit befiel ihn. Er mußte sich zwingen, nicht zu dem Opel hinzuschauen. *Vielleicht sind die beiden Bullen schon ausgestiegen und kommen auf mich …*

»Ja, bitte?« Eine Männerstimme.

Ein, zwei Sekunden war Kay orientierungslos.

»Wer ist denn da?«

»Die Post«, brachte Kay spontan hervor.

Ein Summton erklang, Kay öffnete die leise quietschende gläserne Haustür, ging ein paar Schritte, drehte sich hastig um

– aber niemand folgte ihm. Er legte die Werbezeitungen am Boden des Hausflurs ab, langte in die Umhängetasche, ergriff die Pistole mit der rechten Hand und steckte das Reservemagazin in die linke Jackentasche. Noch ein Blick zurück.

Niemand zu sehen.

Vier Wohnungstüren lagen vor ihm. Erste Wohnung links: Bauer. Zweite Wohnung links: Margenthal. Die gegenüberliegende Wohnung rechts: Wissmann.

Wissmann. Du Nazisau.

Ein Blick zur Haustür.

Niemand zu sehen.

Kay schluckte, ein Singen stellte sich in seinen Ohren ein. Sein Körper schüttete vermehrt Adrenalin aus. Jetzt war es soweit. Ein Fanal galt es zu setzen, Vergeltung für Auschwitz zu üben.

Kay klingelte und versuchte, wie beiläufig an dem Türspion vorbeizusehen. Die rechte Hand mit der Waffe darin versteckte er hinter seinem Rücken.

»Was wollen Sie bitte?« fragte eine Stimme hinter der Wohnungstür.

»Entschuldigen Sie bitte, ich bin der Postverteiler, kann ich bei Ihnen bitte mal kurz auf die Toilette?«

Schweigen.

Ein Blick zurück zur Haustür.

Noch immer niemand zu sehen.

»Nein, das geht leider nicht«, erklang es gedämpft aus Wissmanns Wohnung.

»Ach, die anderen Bewohner scheinen nicht zu Hause zu sein. Ich bitte Sie, es ist ein Notbedürfnis«, sagte Kay, dessen seelisches Ungleichgewicht sich zu stabilisieren begann – psychisch war für ihn die Tat bereits vollzogen.

»Nein, das geht nicht, tut mir leid. Bitte gehen Sie jetzt«, klang die männliche Stimme entschieden aus Wissmanns Wohnung. *Wissmanns Wohnung.*

Ein Blick zurück zur Haustür. Die Oberkörper halb verdeckt durch den links von der Tür nach oben führenden Treppenansatz, erspähte Kay zwei paar Beine in Herrenhosen. Mehr konnte er nicht erkennen. Mehr brauchte er nicht zu sehen.

Hinter der Wohnungstür, die direkt gegenüber der von Wissmann lag, war plötzlich eine aufgeregte Frauenstimme zu hören. Kay konnte die Worte nicht verstehen, aber ihm war klar: Der Bewohner hatte durch seinen Türspion die Waffe in Kays Hand entdeckt und redete jetzt aufgeregt auf eine andere Person ein.

Jetzt oder nie!

Kay hielt die Waffe mit beiden Händen vor sich und zielte auf das Türschloß. Ein Schuß bellte, ein zweiter, ein dritter. Dann hörte er, daß die Haustür quietschte.

Die Bullen kommen rein!

Kay legte all seine Kraft in einen kräftigen Fußtritt gegen Wissmanns Tür. Sie flog auf, aber Wissmann war nicht zu sehen!

»Halt, Polizei, stehenbleiben!«

Kay war bereits in der Wohnung. Ein Blick nach links, eine offenstehende Zimmertür gab den Blick in ein Arbeitszimmer frei. Kay trat rücklings gegen die Wohnungstür, die sich soweit wieder schloß, daß sie seinen Verfolgern die freie Sicht nahm.

Ein schepperndes Geräusch von vorn rechts. Zwei, drei schnelle Schritte in die Richtung des Geräuschs. Rechts die Küche. Wissmann stand an einem Küchenschrank, ein langes Messer in der Hand, Schrecken im Gesicht.

Die Wohnungstür flog auf. »Waffe weg!« Ein Schuß ertönte.

Wieder war Kay eine Sekunde schneller. Er huschte in die Küche, direkt vor ihm stand Wissmann, bleich und mit zitternder Hand das Messer haltend. Kay hörte die sich hinter ihm nähernden Polizisten. Er schoß einmal, zweimal, dreimal. Jeder Schuß ein Treffer, Wissmann knallte rücklings auf das Spülbecken. Als Kay von einem Schlag in den Nacken getroffen wurde, sah er noch, daß Wissmann blutüberströmt an der Küchenzeile herabrutschte.

Dann verlor er das Bewußtsein.

In den kommenden langen Jahren sollte Kay Seiffert viel Gelegenheit haben, darüber nachzudenken, daß niemand das Recht hat, andere Menschen zu töten – auch dann nicht, wenn man glaubt, es handele sich um einen Nazi.

Kapitel 7
Der Spieler

Berlin, 20. Juni 2014, vormittags

Hitler hatte schlecht geschlafen. Am Vortag waren er und seine WG-Genossen Goebbels und Weizsäcker von einem Elitekommando festgenommen worden, das offenbar im Auftrage der Bundesregierung in Aktion getreten war. Seine diesbezüglichen Fragen waren zwar ausnahmslos unbeantwortet geblieben, aber sowohl die Anzahl als auch die Selbstverständlichkeit, mit der die schwerbewaffneten und vermummten Soldaten oder Polizisten auftraten, ließen keinen anderen Schluß zu.

Gutes Menschenmaterial. Genau wie meine SS-Männer. Wie entschlossen sie zugepackt haben, ganz großartig.

Ihn fröstelte ein wenig, als sein Unterbewußtsein ihm in Erinnerung rief, zu welcher Fraktion diese Männer gehörten. Er steckte sich ein neues PEZ-Pfefferminz in den Mund und überlegte.

Aber was soll's? Jetzt, wo auch ich ein Teil des neuen demokratischen Deutschland geworden bin, sind diese Männer und ich quasi Waffenbrüder; wir kämpfen auf derselben Seite. Und diese Seite ist immer die der absoluten Macht, der einzigen Macht, die in der Lage ist, die Weltherrschaft zu erringen und die einmal eroberte Position dauerhaft zu sichern.

Er ließ seine Gedanken kurz treiben im Meer der vielfältigen Detailinformationen, die er seit seinem Wiedererwachen über den Geschichtsverlauf von 1945 bis 2014 aufgesogen hatte.

›Verlorene Siege‹ hat Feldmarschall v. Manstein seine Lebenserinnerungen betitelt. Ja, es geht nicht nur um den Sieg, viel wichtiger ist es, einen einmal errungenen Erfolg in einen dauerhaften Vorteil umzusetzen. – ›Nachhaltigkeit‹, sagt man heute dazu. ›Nachhaltigkeit‹ – als ob die heutigen Pappnasen und unentschlossenen Weichlinge in der Lage wären, die notwendige unerbittliche Härte aufzubringen, ihre Politik radikal zu verwirklichen, um den dann erreichten Zustand überhaupt einen ›nachhaltigen‹ nennen zu dürfen.

Er dachte an seine beiden Begleiter, die er seit dem Vortag nicht mehr gesehen hatte. Die drei Kampfgenossen waren nach ihrer Festnahme zuerst in gepanzerten Fahrzeugen zu einem Großflughafen gefahren worden, wo man sie – dessen gedachte Hitler sogleich mit einer Spur von befriedigter Eitelkeit – äußerst unbürokratisch, also ohne lästige Personenkontrollen und ähnliche Trivialitäten, in die sich normale Flugreisende ergeben mußten, in ein Flugzeug der Bundesluftwaffe verfrachtet hatte. Der knapp einstündige Flug endete nach Hitlers (zutreffender) Mutmaßung in Berlin, dessen Boden er mit einer Kapuze über dem Kopf – ein Anflug von Zorn überkam ihn, als er an diese entwürdigende Maßnahme dachte – betreten hatte. Nach einer kurzen Autofahrt, wohl in einem kleinen Konvoi, war er in einem Bunker gelandet – die Dutzende Stufen, die er nach dem Aussteigen aus dem Auto zurückgelegt hatte, erinnerten ihn überdeutlich an seine Aufenthalte in Bunkern in den vierziger Jahren.

Er befand sich nun in einem fensterlosen – auch dies: typisch Bunker –, fast quadratischen Raum, etwa dreißig Quadratmeter messend. Ein großer, schmuckloser Tisch aus Metall, fest verankert im Boden und umstanden von sechs

Stühlen, war das einzige Einrichtungsstück außer – *diesem furchtbaren Bild an der Wand.*

Hitler erhob sich ächzend von seinem Stuhl, den er unbewußt, wie es sich aber für Führer geziemte, von einer Tischseite an dessen Stirnseite gestellt hatte, und legte die drei, vier Schritte zu der *Monstrosität* zurück. In einem am oberen Rand von links nach rechts in einem Winkel von vielleicht zehn Prozent nach unten abfallenden, einen Meter breiten und fünfzig Zentimeter hohen Rahmen befand sich ein ziemlich grünes Bild; Grün in den unterschiedlichsten Schattierungen: mintgrün, grasgrün, hellgrün, dunkelgrün – jedenfalls Grün und Grün und Grün. Hitler biß, getrieben von der für ihn nicht untypischen leichten Unruhe, spielerisch und fast zärtlich auf seinem PEZ herum.

Abscheulich! Was soll das sein? Und da haben diese Dilettanten mich im Oktober 1907 das erste Mal in der Allgemeinen Malerschule der Wiener Kunstakademie abgelehnt, und danach noch nicht einmal mehr zur Aufnahmeprüfung zugelassen. Diese Schweine! Was für ein erfolgreiches Kunststudium hätte ich vollbracht …

Und nun das! Das Geschmiere eines Wahnsinnigen, der wohl versucht, die Menschen mit grünen Bildern erblinden zu lassen, nachdem sie durch das bloße Betrachten bereits verrückt geworden sind.

Vor ungläubigem Staunen und entrüstetem Entsetzen über dieses moderne Kunstwerk nahm Hitler nicht wahr, als die einzige Tür zu dem Raum geöffnet wurde. Direkt hinter ihm räusperte sich jemand.

In der Annahme, einer der ihn bewachenden Elitepolizisten habe den Raum betreten, sagte er ohne sich umzudrehen: »Wissen Sie, von wem diese Abscheulichkeit stammt? Ich erkenne keine Signatur darauf.« Als er keine Antwort erhielt, drehte er sich langsam um.

Vor sich sah er einen (ebenfalls grün) Uniformierten Mitte zwanzig, einen Mittfünfziger in dunkelgrauem Anzug, der trotz oder gerade wegen seines zerzausten grauen Haars sehr gebildet wirkte, eine jüngere Frau, deren Erscheinungsbild sie sofort als eine Sekretärin oder – nach Hitlers Meinung – ähnlich unwichtiges auswies und – Helene Leyden!

Der Führer beeilte sich, das bereits auf die Hälfte seiner ursprünglichen Größe reduzierte PEZ vollständig zu zerkauen; um Zeit zu gewinnen und den Gaumen von PEZ-Resten zu säubern, räusperte er sich und schluckte.

Dann erschien auf seinem Gesicht das von ihm in der Vergangenheit so häufig mit Erfolg eingesetzte, die Menschen zu gewinnen trachtende, nach seiner Meinung ›unwiderstehlich charmante‹ siegesgewisse Lächeln. Mit einer ausholenden Geste, die sich nicht bemühte, ihre offenkundige Großspurigkeit zu leugnen, führte er den rechten Arm nach vorn und bot Helene Leyden den Handschlag an.

Ha, das ist sie also, die große Verführerin der modernen Massen. Streng sieht sie wohl aus, ist sie aber nicht. Unsicherheit versucht sie zu überspielen mit diesem Ausdruck gekünstelter Strenge, die wohl Entschlossenheit suggerieren soll. Wie lächerlich.

Er sagte: »Verehrte Frau Leyden, es ist mir eine Freude, Sie endlich persönlich kennenzulernen. Bitte entschuldigen Sie die etwas bescheidenen Umstände, unter denen ich Sie empfange, aber diese unkomfortable Situation wird sich sicher kurzfristig ändern.«

Die Bundeskanzlerin wirkte nicht nur sprachlos, sie war es auch.

Irene Salzmann durchbrach die merkwürdige Stille, die plötzlich im Raum lag, und sagte: »Herr Hitler, die Frau Bundeskanzlerin haben Sie ja bereits erkannt. Mein Name ist Irene Salzmann, Kanzlerreferentin, unser Begleiter heißt Dr. Meinecke und ist Historiker, und den Polizeibeamten kennen Sie ja bereits.«

Hitler beachtete den jungen Uniformierten nicht. *Sehen alle gleich aus, wie früher meine SS.* Sein Lächeln geriet immer diabolischer, wußte er doch, daß alle im Raum Anwesenden wußten, *wer* bei diesem Erstkontakt des Ex-Reichskanzlers mit der Bundeskanzlerin einen wirklich starken Auftritt hingelegt hatte. Spontan überkam ihn wieder der alte Rausch der Macht, und selbstgefällig sagte er zu dem Polizisten: »Junger Mann, meine PEZ sind aufgebraucht, bitte besorgen Sie doch in Ihrer Kantine neue für mich. Danke.«

Die ausgestreckte Rechte hatte er wieder eingezogen. *Na warte, du Luder. Herrschaft ist auf Distanz leichter auszuüben. Meinen Händedruck mußt du dir erst noch verdienen.*

Der Uniformierte rettete, von allen Beteiligten unerwartet, geistesgegenwärtig die immer absurder werdende Situation. »Wollen Sie sich bitte setzen, Herr Hitler«, und nach einem Seitenblick auf Irene Salzmann, die fast unmerklich nickte, fügte er hinzu: »Ich werde Ihnen neue PEZ besorgen.«

Hitler beeilte sich, seinen Platz am Stirnende des Tisches einzunehmen. *So läuft das hier, liebe Frau Leyden.* In einigem Abstand, um nicht zu sagen *deutlichem* Abstand, nahmen die beiden Frauen zu seiner Rechten Platz, links von ihm der Historiker, der wesentlich näher an Hitler heranrückte und es nicht unterlassen konnte, den Mann aus der Vergangenheit verdutzt anzustieren. Hitler registrierte es in stiller Genugtuung. *Mit diesem Mann kann ich sicher her-*

vorragend in alten Zeiten schwelgen. Welche Kostbarkeit meine Person für ihn darstellen muß.

Irene Salzmann ergriff erneut das Wort. »Ich will Ihnen zunächst Ihre augenblickliche Situation erklären. Sie sind von einer Spezialeinheit, die der Bundeskanzlerin zur Verfügung steht, festgenommen worden. Übrigens wurde bei Ihrer Festnahme gerade noch Ihre Entführung durch ein russisches Verbrechersyndikat verhindert, das sie – ersten Vernehmungen nach – an den Meistbietenden verschachern wollte. Sie und Ihre beiden Begleiter sind hier in einem Berliner Regierungsbunker untergebracht. Die rechtliche Grundlage Ihrer Gefangenschaft ist vom Bundeskanzleramt mit dem Generalbundesanwalt abgestimmt worden. In Kürze wird die Bundesregierung in einer Sondersitzung entscheiden, wie weiter zu verfahren ist. Die Frau Bundeskanzlerin …« – Hitler nickte Frau Leyden jovial zu – »… will sich zusammen mit Dr. Meinecke vorab ein eigenes Urteil über … über Sie bilden.«

Hitler sagte: »Recht so, recht so, junges Fräulein. – Sagen Sie bitte, sind hier noch andere politische Gefangene untergebracht?«

Das ›junge Fräulein‹ wirkte irritiert. »Welche anderen … politischen Gefangenen sollten das sein?«

»Josef Stalin«, sagte Hitler und setze eine Mine auf, als habe er einen guten Scherz gemacht – was er ja auch hatte.

Irene Salzmann antwortete betont reserviert. »In der Bundesrepublik Deutschland gibt es keine politischen Gefangenen.«

»Schön, schön«, sagte Hitler unverhohlen grinsend und wandte sich dann der Bundeskanzlerin zu. »Liebe Kollegin, Sie haben mittlerweile Kenntnis von meinen Videonachrichten erlangt?«

Helene Leyden brauste auf, ihre ersten Worte waren Zucker auf Hitlers PEZ-verwöhntem Gaumen, denn sie sagte: »Ich bin nicht Ihre Kollegin! Ich verbitte mir das! *Sie* befinden sich in Gefangenschaft, nicht ich. Reden Sie in einem anderen Ton mit mir, oder dieses Gespräch ist sofort beendet.«

Bei Ihren letzten Worten hatte Dr. Meinecke beide Hände gehoben und machte damit eine beschwichtigende Geste, die von der Kanzlerin geflissentlich übersehen wurde. Hitler grinste innerlich. Der Historiker sagte: »Frau Bundeskanzlerin, bitte bedenken Sie die extrem außergewöhnlichen Umstände, in denen *wir alle* uns befinden. Nicht nur wir, ebenso Herr Hitler ist mit diesem Aufeinanderprallen zweier grundverschiedener Erlebniswelten sicher noch nicht optimal vertraut. Wenn ich mir erlauben darf, Frau Bundeskanzlerin, ersuche ich Sie, nicht jedes Wort auf die Goldwaage zu legen.«

Ja, die Erkenntnis um die Kostbarkeit meiner Person hatte ihn bereits übermannt, ehe er meiner überhaupt ansichtig wurde.

»Natürlich«, antwortete die Kanzlerin in leicht beleidigtem Ton, »gehen wir also ganz sachlich vor.«

Hitler nickte gutmütig, seine Stimme klang versöhnlich, als er sagte: »Einverstanden, Frau Leyden. Gestatten Sie mir die Frage, ob es möglich ist, meinen Medienreferenten, den Ihnen sicher bekannten Herrn Wissmann, an meinen Aufenthaltsort zu befördern? Ich habe einige Details mit ihm zu besprechen, schließlich ist er mein bisher einziger realer Kontakt zur Welt des Jahres 2014.«

Die Kanzlerin schluckte. Irene Salzmann besah sich ungewöhnlich interessiert ihre Schuhe. Hitler nahm Witterung auf.

In bemüht freundlichem Ton fragte er: »Haben Sie bereits festgelegt, mir einen solchen Wunsch *nicht* erfüllen zu wollen?«

Dr. Meinecke bleckte nervös seine Lippen. Es half alles nichts, einer mußte mit der Wahrheit herausrücken, also sagte er: »Herr Hitler, es gibt da ein Problem bezüglich Ihres Vertrauten, des Herrn Wissmann. Er ist leider unabkömmlich, also, es ist so ...«

»Er wurde von einem irregeleiteten jungen Aktivisten einer linksradikalen Gruppierung erschossen«, platzte es aus Irene Salzmann heraus.

Schweigen.

Hitler sprang von seinem Stuhl auf. »*Erschossen?* Sie haben zugelassen, daß mein Mitarbeiter von den Bolschewiki liquidiert wird?« Für wenige Sekunden trieb ihn ehrliche Empörung, dann übernahm der Instinkt des rücksichtslosen Machtpolitikers wieder die Oberhand. »Also *damit* habe ich in absehbarer Zeit zu rechnen. So läuft das also in Ihrer ... Demokratie.« Er stützte die Hände auf die kalte Tischplatte und sah mit funkelnden Augen verächtlich auf die Kanzlerin und ihre Referentin hinab. Leise sagte er: »So ist das also.« Er dachte: *Der erste für mich gefallene Märtyrer in diesem zweiten Leben des Adolf Hitler.*

Wieder versuchte Dr. Meinecke sich in Krisenmanagement. »Herr Hitler, ich bitte Sie, mir zu glauben, daß die Ermordung des Herrn Wissmann nicht von uns gebilligt wird oder gar in unserer Absicht lag, ganz im Gegenteil. Natürlich observierten Staatsschützer den Journalisten, aber unglückliche Umstände ermöglichten es einem verrückten jungen Idealisten, einen schändlichen Mord zu begehen. Bitte glauben Sie uns, wir bedauern dies zutiefst.«

Hitlers Menschenkennerblick musterte den Historiker und erfaßte sofort, daß dieser die Wahrheit sagte. Er atmete tief durch, setzte sich umständlich wieder auf seinen Platz und sagte dann, ohne dabei jemanden anzusehen: »Also gut, dann werden Sie ab sofort noch besser auf die Unversehrtheit meiner Person zu achten haben.«

Die Bundeskanzlerin kochte innerlich; das Eingeständnis, die Ermordung eines Hitler-Mitarbeiters nicht verhindert zu haben, war für Hitler ein psychologisch nicht zu unterschätzender Vorteil. Bemüht gefaßt versuchte sie, das Gespräch wieder in Gang zu bringen, und dabei – jetzt erst recht – dreist, weil zu offensichtlich, zu versuchen, Hitler ob seines weiteren Schicksals zu verunsichern. Sie sagte: »Also, Herr Hitler, der Generalbundesanwalt hat die Ermittlungen gegen Sie an sich gezogen. Er wird wahrscheinlich eine endlose Liste mit Anklagepunkten erstellen. – Was glauben Sie, wird mit Ihnen geschehen?«

So sehr sie auch Politprofi war, bisher war sie nicht an eine diabolische Figur wie Adolf Hitler geraten, was ihr die Antwort des Ex-Führers bewies.

Hitlers Ton wurde förmlicher, aber nicht unfreundlich. »Frau Bundeskanzlerin, bitte glauben Sie mir, es freut mich wirklich, daß Sie sich die Zeit nehmen, mich kennenzulernen. Das zeigt nur, wie ernst Sie die Existenz meiner Person nehmen. Meinen Aufenthalt und den meiner Gefährten hier in diesem Regierungsbunker sehe ich mehr als eine Art Schutzhaft vor – wie Sie es formulierten – Verbrechern an, die meiner Person potentiell Unbill zufügen wollen. Für diese großzügige Geste danke ich Ihnen aufrichtig.« Er räusperte sich. »Sehen Sie, in meinen Videobotschaften habe ich das gesagt, was mich tatsächlich bewegt. Meine Resozialisierungsbemühungen sind ernsthafter Natur. Ebenso ernsthaft biete ich Ihnen an, meine Person mit all ihren Erfahrungen …« – ein schneller Blick zu Dr. Meinecke versicherte ihm, daß der Historiker noch immer gebannt an seinen Lippen hing – »… zur schnelleren Verwirklichung einer weltumspannenden und vereinheitlichten Demokratie zu Ihrer Verfügung zu stellen – wenn Sie es wollen. In meinem Büro in der Frankfurter Wohnung sind sicher meine für Sie bestimmten ›Empfehlungen‹ von den Männern Ihrer Leibstandarte sichergestellt worden; darin steht alles, was zu tun ist. – Aber ich glaube, Sie, Frau Bundeskanzlerin, wollen mir mitteilen, wie Ihre aktuellen Überlegungen in dieser … meiner Angelegenheit beschaffen sind.«

Helene Leyden wirkte gefaßt, sie legte ihre Hände auf die Tischplatte, und erstmals sah Hitler ein mildes, aber müdes Lächeln in ihrem ansonsten so angestrengten Gesicht. »Die Bundesregierung wird in wenigen Stunden die aktuelle Lage analysieren und zu einer Entscheidung kommen. Wie die genau aussehen wird, kann ich Ihnen jetzt noch nicht sagen. Wir werden insbesondere die Anzahl und die Bedeutung der Staaten in unsere Überlegungen einbeziehen müssen, die Ihre Auslieferung verlangen.«

Hitler fragte unbeeindruckt: »Welche Staaten sind das bislang, und weshalb sollten sie das tun?« An der Unmutsfalte auf Leydens Stirn las Hitler ab, daß noch keine Auslieferungsersuchen an die Bundesregierung gestellt worden waren.

Ich kann mir auch nicht vorstellen, daß ausländische Staatsoberhäupter so hysterisch reagieren, wie diese modernen Deutschen es anscheinend geworden sind.

»Herr Hitler, um Ihre beiden wesentlichen … Argumente aufzugreifen: Glauben Sie denn *wirklich*, daß in *Ihrem* Fall eine Resozialisierung erfolgen kann? Das halte ich für ausgeschlossen.«

Hitler triumphierte. Er mußte gar nicht bewußt überlegen, was er sagen wollte, seine Intuition führte ihn, und er überließ sich ganz seinem Talent. »Ihre Haltung bestätigt mich in der Meinung, daß bereits ein nicht unerheblicher Teil der Bevölkerung mein Ansinnen auf eine reuevolle Rückkehr in die Gesellschaft wohlwollend begrüßt. Ja, ich bin fest davon überzeugt, für mich die Resozialisierung einfordern zu können. Ich sagte: einfordern, nicht erbitten.«

Die Kanzlerin lachte unsicher überheblich. »Ach, und dann wollen Sie mich also beraten, ja? Mit Ihrer Erfahrung in Sachen Massenmord und Kriegstreiberei?«

Es klopfte an der Tür, die sofort danach geöffnet wurde. Der Elitepolizist betrat wieder den Raum und reichte Hitler eine Packung PEZ.

»Danke, junger Mann, sehr aufmerksam von Ihnen.«

Die Kanzlerin komplimentierte den Uniformierten aus dem Zimmer. »Ich glaube, wir brauchen Sie hier im Augenblick nicht, bitte warten Sie draußen, vielen Dank.«

Sie will einen Zeugen loswerden. Der junge Mann hat natürlich noch keine Ahnung, wie hinter den Kulissen Politik gemacht wird. Hitler schnalzte arrogant mit der Zunge. »Frau Leyden, die deutsche Demokratie wie auch die anderen westlichen Demokratien – jedenfalls die europäischen – sind doch, Sie erlauben mir, das so deutlich zu sagen, etwas schlapp und lasch; sie kommen nicht recht voran. Alle politischen Lager, derer ja eine übergroße Menge in diesen Zeiten des überbordenden Pluralismus und Individualismus legitim zu sein scheint, wenden ihre gesamte Kraft auf, sich gegenseitig zu bekämpfen. Sie würden besser daran tun, den überwiegenden Teil ihrer Energie zur rascheren Verwirklichung des großen, des einen und einzigen Plans einzusetzen, der die Mutter sowohl der Demokratie wie jedes anderen *Regimes* ist. Die über alle denkbaren, tatsächlichen oder lediglich vorgetäuschten Unterschiede der Systeme und ihrer spezifischen Handlungen hinweg alle und alles verbindende Gemeinsamkeit ist – die Weltherrschaft!«

Er schaute die Bundeskanzlerin an, deren Miene nun Fassungslosigkeit zeigte. »Wenn ich bedenke, wie unverschämt respektlos, um nur ein einziges Beispiel zu nennen, sich in den siebziger Jahren diese … diese Stadtrandalierer der RAF, oder wie sie sich nannten, den Herrschenden gegenüber benehmen konnten, bis man sie endlich gefangen oder liquidiert hatte; beschämend! – Wie ich bereits in meinen Videos erwähnte, gilt es immer nur, die *geschichtsnotwendige Zukunft* herbeizuführen, was zwangsläufig verbunden ist mit dem Einsatz einer alles Feindliche hinwegfegenden staatlichen Gewalt, jawohl: Gewalt. Jedes Zaudern bedeutet nur, das sowieso unausweichlich Kommende sinnlos hinauszuzögern und damit zuzulassen, daß die Weiterentwicklung des Menschengeschlechts von beständigem unnötigen Leiden begleitet wird.«

Hitler lehnte sich selbstzufrieden zurück und öffnete die PEZ-Packung, die der KVE-Mann vor ihm auf den Tisch gelegt hatte. Bedächtig fummelte er das oberste Pfefferminz heraus und drehte es andächtig zwischen Zeigefinger und Daumen. »Der Allmächtige hat immer wieder Persönlichkeiten überragenden Formats auf diese Welt entsandt, Persönlichkeiten, die in der Lage sind, in fanatischer Besessenheit den großen Plan hinter der Geschichte zu *vollziehen.* Bei allem Respekt ihren Leistungen gegenüber, Frau Bundeskanzlerin, aber *ich* bin eine solche vom Allmächtigen gesandte Persönlichkeit. Als solche beanspruche ich vor der deutschen Geschichte und der Zukunft der ganzen Welt, Ihnen meine besonderen Fähigkeiten zur Verfügung zu stellen.« Er ließ eine kleine Kunstpause folgen, steckte schnell das PEZ in den Mund, kaute kurz darauf herum, und setzte wie beiläufig nach. »Mhm, übrigens sind die Probleme im Nahen Osten nicht vor mir verborgen geblieben. Deutschland genießt in der arabischen Welt immer noch einen guten Ruf – dank meiner politischen Vorarbeit. Vielleicht kann meine Person in den so schwierigen Gesprächen zwischen Arabern und Juden vermittelnd wirken. Bitte beziehen Sie auch das in Ihre Überlegungen mit ein.«

Den letzten Satz hatte er mehr zu Dr. Meinecke gesprochen, der reflexhaft zustimmend nickte. Dann beugte Hitler sich vor; seine Augen schienen die der Kanzlerin verbrennen zu wollen. Helene Leyden verspürte nun das Gefühl, von dem Dr. Meinecke des öfteren in Berichten von Menschen gelesen hatte, die dem Führer früher begegnet waren: Eine wie hypnosuggestive Ausstrahlung schien von ihm auszugehen. Selbstsicher und mit merklich erhobener Stimme sagte der frühere Reichskanzler: »Frau Leyden«, und ein drohender Ton schwang in dem mit, was nun folgte, »*Sie brauchen mich!* – Kennen Sie Ihre aktuellen Umfragewerte? Natürlich kennen sie die: Sie verschlechtern sich von Monat zu Monat; seit einem Jahr eine fast ununterbrochene Folge kleinerer und größerer politischer, parteilicher, sozialer, ökonomischer und ökologischer Krisen, die die Regierung unter Ihrer

Führung, liebe Frau Leyden, nicht in den Griff bekommt, und das ganz ohne die Patzer zu kennen, die Sie haben totschweigen lassen. Ihr Stern ist rapide im Sinken begriffen.« Er klopfte mit dem Mittelknöchel der rechten Hand auf die Tischplatte, um seinen Worten hörbaren Nachdruck zu verleihen. »Sie müssen froh sein für jede Ablenkung von der relativen Unfähigkeit Ihrer Regierung.«

Hitler erhob sich von seinem Stuhl, ohne daß es ihm bewußt war. Sein Atem ging schwerer, eine Haartolle hing ihm in die Stirn. Er ballte die rechte Hand zur Faust und redete sich weiter in Rage. »*Ich bin Ihre ultimate Waffe!* Und was aber ist nun in den letzten Tagen geschehen? *Ich*, der mißverstandene Dämon, der zurückgekehrte Mahner, der reuige Sünder; *ich*, die Endlösungswaffe des Allmächtigen, bin gekommen, um Ihre Regentschaft zu retten. In sechs Monaten steht die nächste Bundestagswahl an; ob Sie sie gewinnen oder verlieren, hängt alleinig noch davon ab, wie Sie die Affäre Adolf Hitler regeln. Ob Sie mich persönlich hassen oder lieben oder ob ich Ihnen gleichgültig bin – was gewiß nicht der Fall ist –, bedenken Sie ganz *eiskalt*, was ich für Sie und Ihre Regentschaft *wirklich* bedeute. Ich bedeute alles. *Ich* bin der Kulminationspunkt, *ich* bedeute: alles oder nichts.«

Erschöpft, aber zufrieden mit sich, ließ sich der von seinen Ausführungen und Schlußfolgerungen maßlos überzeugte Ex-Führer auf seinen Stuhl zurücksinken.

Dann fiel ihm noch etwas Wichtiges ein. »Ach, und ich fordere die Tantiemen aus den Verkäufen von *Mein Kampf*. – Ja, ja, ich lebe ja noch, und muß mir Gedanken um die leidigen pekuniären Belange meiner Zukunft machen, auch werde ich mir teure Anwälte leisten müssen, und schließlich habe ich das Buch geschrieben. Also ist es nur legitim, meine Tantiemen an allen sogenannten kommentierten Ausgaben sowie Übersetzungen in fremde Sprachen einzufordern; die Buchklubausgaben in der türkischen arabischen Welt inklusive. – Zehn Prozent vom Netto-Verkaufserlös sind in Ordnung.«

Helene Leyden sagte: »Ich will hier raus!«

Der Historiker sagte: »Verzeihen Sie bitte, aber ich möchte mich noch weiter mit Herrn Hitler über einige historische Unklarheiten ...«

Hitler neigte, belustigt auf seinem PEZ kauend, den Kopf in wohlwollender Geste in Richtung des Besuchers, der wahrscheinlich am meisten an ihm interessiert war. »Aber gern, lieber Dr. Meinecke.«

Helene Leyden erhob sich ruckartig. »Ich muß hier sofort raus!« Sie stürmte zur Tür, gefolgt von ihrer Referentin, die etwas mehr Haltung bewahrte.

Obwohl auch die etwas aufgesetzt wirkt.

Hitler entließ, seinen Stuhl bereits in Richtung des Historikers zurechtrückend, die beiden Frauen, ohne sie eines weiteren Blickes zu würdigen. »Auf Wiedersehen, die Damen.«

Berlin, zur gleichen Zeit,
in der Zelle von Dr. Joseph Goebbels

Der ›kleine Doktor‹ fühlte sich wie der einsamste Mensch auf Erden. Dieses Gefühl kannte er von früher, als der Führer ihn zwar die wichtige und Wahlkämpfe und Volksabstimmungen maßgeblich beeinflussende Propaganda-Arbeit verrichten ließ, sich aber nicht persönlich um ihn kümmerte, sondern lieber die einschlägigen Parteigrößen, Militärs und Wirtschaftsbosse mit seiner Anwesenheit – und schlechten Tischmanieren – beehrte.

Ignoriert hat er mich des öfteren, das ist wohl wahr. Göring, diese Mischpoke, hat er befördert, zum Polizeichef Preußens und dann sogar zum Chef der Luftwaffe ernannt; dieser morphiumsüchtige Vollidiot hätte in seiner Phantasieuniform einem süditalienischen Dorf-Kabarett besser gestanden als der Großdeutschen Luftwaffe. Und wie er versagt hat, dieser ›Meier‹, der ja diesen Namen annehmen wollte, sollte jemals ein feindliches Flugzeug das Reichsgebiet überfliegen. – Es sind dann ziemlich viele geworden, die sich im Großdeutschen Luftraum getummelt haben.

Ach, die alten Zeiten … – Schön waren sie aber doch; auf jeden Fall.

Goebbels' Augen leuchteten, und auf sein Gesicht verirrte sich gutgelaunt ein Lächeln. An seinem inneren Auge zogen die Bilder aus den frühen Kampftagen der nationalsozialistischen Bewegung vorbei.

Straßenkämpfe in Berlin.

Der Führer in Landsberg im Gefängnis.

Mein Gott, wie schlecht wäre das ohnehin kaum lesbare ›Mein Kampf‹ erst ausgefallen, hätte nicht Esoterik-Spinner Rudolf Hess die häufig in sich unlogischen und von des Führers Halbbildung zeugenden Monologe und Diktate überhaupt in so etwas wie eine Buchform gebracht. Hess, der Idiot, der zu den Sitzungen des inneren Kreises der Reichsführung in einem Henkelmann seinen selbstgekochten Brei mitbrachte, weil er glaubte, von anderen Personen gekochtes Essen ma-

che ihn krank. Mir war von Anfang an klar, daß er meschugge ist. Meine Güte, eine Bande von Versagern, Höflingen und Unfähigen.

Und dieser Himmler, eine unheimliche Gestalt; sicher sehr fähig in Hühnerzucht und astrologischen Fragen, deren Beantwortung niemanden interessierte, aber sehr begabt in organisatorischen Belangen und denen der ausgesucht perfiden Intrige. Eine neue Menschenrasse wollte er schaffen, die Vorstufe zum Übermenschen. Na ja, letztlich hat auch er versagt, als Befehlshaber des Ersatzheeres in dem schlimmen Jahr 1944 und bei der konsequenten Vertuschung der Judenvernichtung. Mann, oh Mann, das hätte doch niemals ans Tageslicht gelangen dürfen – wo die Volksgenossen doch nur allzu gerne die Meldungen meines Propagandaministeriums geglaubt haben, wonach die Juden im Osten neuen Siedlungsraum zugewiesen bekamen. – Haben die das eigentlich wirklich geglaubt? Kann man denn so blöd sein? Ja, ich glaube schon; der deutsche Volksgenosse glaubt das, was die Regierung, also die Partei, kundtut.

Diese dämlichen Volksgenossen. Wie schnell sie nach der militärischen Niederlage des Reiches auf den nächsten Zug aufgesprungen sind.

Eigentlich habe ich nie wirklich zu ihnen gehört. Als Kind schon, als mich die schwere Krankheit packte und ans Bett fesselte, konnte ich mich nicht mehr mit den Gleichaltrigen im sportlichen Wettstreit messen. Ich wurde zum Außenseiter, dem Mann mit dem Klumpfuß, dem Mann, der sich nur durch seine Geistesgaben als deutscher Mann beweisen konnte.

Aber dann, als wir die Macht in Händen hielten, eilten meinen – ich gestehe es mir selbst ein! – schamlos fordernden Händen die schönsten Weiber entgegen; direkt hinein in meine offenen Arme, mit gespreizten Lenden, diese Weiber, getrieben von Machtgeilheit, Geltungssucht, Wohlstandsforderungen und der Gier nach Außergewöhnlichem – sie, die sie doch fast alle so mittelmäßig waren, diese Weiber.

Ach ja, die alten Zeiten ...

Goebbels verfiel in eine stumme und teilnahmslose Gelassenheit. Sein innerstes Ich hatte wahrscheinlich erfaßt, daß er und sein Führer sich aus der augenblicklichen Situation nicht mehr herauswinden konnten.

Und dennoch: Wie oft stand ich persönlich und als nationalsozialistischer Kämpfer und überzeugter Antisemit schon vor der fast sicheren Niederlage? Mehr als einmal. Warten wir also ab, was das Schicksal für mich bereit hält. Und letztlich ist der Führer ein wahrhaftes Genie, wenn es um die Manipulation der Massen geht. Vielleicht kann er noch einmal, ein letztes Mal, alles herumreißen.

Wer weiß?

Inhalt des Dossiers
›Empfehlungen für die Verwirklichung einer
schlagkräftigen totalen Demokratie
– zu Händen Frau Bundeskanzlerin Leyden‹

Sehr geehrte Frau Bundeskanzlerin,

nachfolgende Empfehlungen stelle ich Ihnen als Zeichen meines guten Willens ohne jede Vorbedingung oder Gegenleistung zur Verfügung. Als Diener des deutschen Volkes und Staates sah ich es schon immer und zu allen Zeiten als meine Pflicht an, als oberster Gefolgsmann des

Reiches mit bestem Beispiel voranzugehen; nur so war es mir möglich, in meinen Anhängern und den Volksgenossen größte Motivation und Hingabe zu entflammen, die erforderlich sind, um ein Werk mit aller Entschiedenheit vollenden zu können.

Als erfahrener Staatsmann ist mir bewußt, daß Sie meine Worte sehr gut verstehen, sind Sie sicher oft an die Grenzen der Effizienz demokratischer Prozesse gestoßen; Grenzen, die Hindernisse auf dem Weg in die vollendete Gesellschaftsform bedeuten, die nur – so wie zu allen Zeiten – eine *total* ausgeprägte sein kann, will sie eine Chance haben, zukünftige Stürme überstehen und die nächsten eintausend Jahre Geschichte überdauern zu können.

Zunächst einmal ist es von größter Wichtigkeit, sich eiskalt darüber klar zu werden, daß eine optimale Vorbereitung und Ausgestaltung der beabsichtigten gesellschaftlichen Interaktionen eines Verwirklichungszeitraumes von mindestens sechs Jahren bedarf; erst dann darf berechtigterweise erwartet werden, daß die unterschiedlichen Gesellschaftsgruppen *aus sich selbst heraus* den Willen der obersten Führung vollziehen, und zwar – exponentiell zunehmend – *unbewußt*, wessen Werk sie eigentlich erfüllen.

Im Leben eines Volkes ist es irrelevant, welche Zeitspanne die Führung ihm gewähren muß. Auch wenn sie noch so ungeduldig über ein *optimales* Volk verfügen möchte, entscheidend ist alleinig das Ergebnis. Ich maße mir an, dies in besonderer Weise beurteilen zu können, verfüge ich schließlich über entsprechende Erfahrungen aus den Jahren 1933 bis 1939 und darüber hinaus noch der Kriegsjahre 1939 bis 1945.

Vergegenwärtigen Sie sich bitte, welche Erfolge ich vorzuweisen hatte! Und das auch noch gegen eine Welt voller

Feinde! Glücklicherweise sind Sie und Ihr Regime bereits in einer günstigeren Ausgangssituation, da Sie schon auf eine über Jahrzehnte hinweg entwickelte Staatsform zurückgreifen können. Mir ist natürlich bewußt, daß genau diese Tatsache, in Kombination mit jahrzehntelang geduldetem oder gar praktiziertem Schlendrian, es wiederum erschwert, die Zügel enger anzulegen.

Nachfolgend gebe ich Ihnen stichwortartig und jeweils kurz begründet meine dringendsten Empfehlungen zur Kenntnis:

1. Als Grundvoraussetzung für das große Werk ist allen für das Regime arbeitenden Kräften die aktuelle Politdoktrin, genauestens ausgeführt, mitzuteilen. Dies muß in eindeutigen Formulierungen erfolgen, die keine eigenmächtige Interpretation unterer Chargen ermöglichen, und diese Kräfte müssen eingeschworen werden, dem Regime treu zu folgen, andernfalls erfolgt Arbeitsplatzverlust, gesellschaftliche Ächtung und eine Zukunft als Paria. Diese Konsequenzen müssen den Funktionären mündlich vermittelt werden; das muß klar sein.
2. Menschen wollen für ›das Richtige‹ eintreten. Da aber viele Volksgenossen nicht über den Verstand verfügen, dasselbe immer und zweifelsfrei identifizieren zu können, benötigen sie zur Veranschaulichung ein Muster dessen, was ›das Gute‹ und ›das Falsche‹ ist. Als ›gut‹ sind zu propagieren: demokratisch (Schlagwort), Position der Mitte (klingt ungefährlich, das finden alle Mitläufer gut), links (im Gegensatz zu rechts). Ich empfehle die Einführung der Faustformel: ›Demokrat links von der Mitte‹; das wird die Zustimmung fast aller Volksgenossen

finden und ermöglicht zudem die Argumentation: Wer kein Demokrat links von der Mitte sein will, muß im Umkehrschluß rechts sein. Diese ›Wahrheit‹ muß die offizielle Propaganda immer und immer wieder über die Medien in die Köpfe der Menschen hineinhämmern. Bedenken Sie stets: Jedes Regime braucht einen Feind, da die einfachen Volksgenossen ohne ein klar umrissenes Feindbild sehr schnell orientierungslos werden. Dieses Verhaltensmuster dürfen wir nicht kritisieren, schließlich ist das Volk nicht dazu bestimmt zu führen. Es führen immer nur die Führer!

3. Als unterstützende Maßnahme empfehle ich dringend die öffentlichkeitswirksame Heraufbeschwörung von *unermeßlichen* Gefahren, deren angebliches Vorhandensein keinesfalls dem Regime angelastet werden können darf. Als sehr zweckdienlich scheint es mir, auf den von bereits als Probleme eingeführten Themen aufzubauen, die da heißen: Klimakollaps, Naturkatastrophen, Umweltvergiftung, Börn-aut[14], militärische Bedrohung durch den Iran, Nordkorea, Jemen und den Kongo, Kriegsangst im allgemeinen, Angst vor der Zukunft und sich selbst, Angst vor allem. Unbedingt zu vermeiden sind Schilderungen tatsächlicher Probleme und Negativentwicklungen. Es ist sicherzustellen, daß der einzelne Volksgenosse emotional genug damit beschäftigt ist, sich vor diesen in seiner Vorstellung existierenden Gefahren zu ängstigen und schützen zu müssen, statt vor dem beginnenden totalitären Kurs, den das Regime verwirklicht. Der Volksgenosse darf dies gar nicht bemerken, so kann er erst

---

[14] Burn-out

gar nicht in Versuchung kommen, dem großen Werk und damit sich selbst zu schaden.

4. Dazu ergänzend ist beständig vorzutragen, der Volksgenosse habe eine ›Wahl‹; er könne frei wählen, welche Politik er verwirklicht sehen will. Die Grundkonstruktion der Demokratie, deren Propaganda dem einzelnen Volksgenossen bereits vermittelt hat, er verfüge über eine Vielzahl an besonderen Rechten und Wertigkeiten, bietet hier hervorragende Anknüpfungspunkte, dem Wahlbürger eine gewisse Auswahl an politischen Parteien ›zur Wahl‹ zu Verfügung zu stellen. Die zunehmende Verwirklichung des totalitären Kurses des Regimes und deren Niederschlag im trivialen Alltag des Volksgenossen bedeutet zwangsläufig auch eine Angleichung der Positionen der unterschiedlichen Parteien. Dieser Punkt ist sehr wichtig und wird realisiert durch die Besetzung der jeweiligen obersten Parteifunktionen mit linientreuen Kadern; außerdem rückt innerhalb weniger Jahre Nachwuchs in die Führungsebenen auf, Nachwuchs, den wir schon ideologisiert haben, und der eine Selbstläuferfunktion ausübt.
5. Während der gesamten Laufzeit des Projekts ist es von immenser Wichtigkeit, in allen dominierten Medien die Meinung des Regimes als ›die einzig richtige‹ darzustellen. Das gelingt sehr einfach, indem ›Demokratie‹ und ›Demokrat‹ gleichgesetzt werden mit ›Freiheit‹ *und* mit einem Handeln, Denken und Fühlen des Volksgenossen *im Sinne der Meinung des Regimes*. Wer Demokrat ist und was *demokratisch* ist, bestimmen wir!
   Menschen neigen dazu, Begriffe mit bestimmten Assoziationen zu belegen; vermitteln also die dem Regime

treuen bzw. von uns unterworfenen Medien die von uns ausgewählten und vorgegebenen Begriffskombinationen *positiv*, darf das Regime von den Konsumenten der Propaganda ein reibungsloses Funktionieren erwarten. Nach einer gewissen Festsetzungsphase der gewünschten Politikformel im Hirn des Volksgenossen kann das Regime eine härtere Gangart gegen Abweichler einlegen – ohne relevante Störungen von der nun eingeschworenen Gemeinschaft des neuen Staatsvolkes befürchten zu müssen.

6. Unter ›härterer Gangart‹ sind zu verstehen: Verbot mißliebiger Presse- oder sonstiger Medienerzeugnisse unter Heranziehung der Begründung, die demokratische Grundausrichtung des Regimes sei zu verteidigen; Entlassung aller nicht willfährig linientreuen Staatsdiener; ständige Veröffentlichung von Einzelschicksalen der Personen, die mangels Linientreue in Arbeitslosigkeit, Hunger und Einsamkeit gefallen sind und sich wegen ihres ›falschen Weges‹ im Nachhinein dafür schelten. Alle genannten Maßnahmen erfolgen günstigerweise in Verbindung mit Kindern, damit habe ich sehr gute Erfahrungen gemacht; die Volksgenossen lieben Führer, die in der Propaganda als kinderlieb dargestellt werden; die Kinder und Jugendlichen lieben ihre Führer, wenn diese ihnen Lob (Ordensverleihungen) und praktische Anleitung (zu meiner Zeit: die Panzerbüchse in die Hand drücken) zukommen lassen. Eine besonders geschickte Nutzung der Kinder und Jugendlichen wäre es, zum vorgeblichen (wie ja auch – in unserem Sinne – tatsächlichen) Schutz der Jugend vor undemokratischer, ja demokratiefeindlicher Umtriebe, Verbote für

alle Medienformate auszusprechen, die dem Regime mißliebige Gegenstandpunkte verbreiten. Propagiert das Regime Jugendschutz als ›oberstes Anliegen des Staates‹, so dürften uns die Volksgenossen einen Freifahrtschein zubilligen, die gebotene Ausgrenzung von Volksschädlingen aus dem öffentlichen Meinungsbild und damit Volkskörper durchzuführen.

7. Da die BRD bereits flächendeckend über ein ausgezeichnetes Mediennetzwerk verfügt und in fast jedem Haushalt Television, Radio und Internet vorhanden sind, müssen unbedingt die maßgeblichen Entscheiderpositionen der Medienbetriebe mit linientreuen Volksgenossen besetzt werden. Wo dies nicht gelingt, sind die betroffenen Betriebe von regimetreuen Kräften aufzukaufen; die Eigentümer der Medien, die nicht auf Parteilinie oder unter unsere Kontrolle zu bringen sind, werden gezielt unter Druck gesetzt, die Politiklinie des Regimes zu propagieren, andernfalls erfolgt durch den bereits in unserer Hand befindlichen Teil der Television eine Ächtungskampagne. Wird eine Zeitung, ein Verlag, ein Sender als ›grundsätzlich abweichend von der Regimedoktrin‹ von den Volksgenossen wahrgenommen, wenden sich diese von ihm ab, da sie, als charakterloses Herdenvieh, was die meisten schließlich sind, nicht isoliert dastehen und eine unbequeme Ansicht in ihrem privaten Umfeld vertreten wollen. In diesem, bereits innerhalb weniger Jahre erreichbaren Stadium der Infiltration der sogenannten ›öffentlichen Meinung‹, die dann faktisch eine *veröffentlichte* ist, beginnt die von dem Regime vorgegebene Politikausrichtung sich schon zu verselbständigen.

Es genügen wenige Jahre konsequenter Anwendung der Maximen der Strategie der Propaganda, die Dr. Goebbels so meisterhaft beherrscht, um staunend beobachten zu können, daß sich Multiplikatoren unseres Wollens entwickeln, die nicht verstehen, daß ihre ›*persönliche* Meinung‹ überhaupt nicht von ihnen selbst begründet wurde, weil sie *nicht mehr wissen*, daß diese vielmehr von unserem Regime vorgegeben wurde. Jetzt setzt die Radikalisierungsphase ein:

8. Ist das Volk nach Ablauf von sechs Jahren auf Linie gebracht, wird der letzte noch verbliebene Widerstand zerschlagen, indem die vereinzelt noch auf freiem Fuß befindlichen Unruhestifter in psychiatrische Anstalten verbracht werden. Im Regelfalle wird der Vorwurf asozialen Verhaltens genügen, das stillschweigende Einverständnis der überwiegenden Mehrheit der Volksgenossen zu erwirken; andernfalls werden Tatbestände konstruiert, die von den mit Regimeanhängern durchsetzten Positionen in den Staatsanwaltschaften und Gerichten nicht zu hinterfragen sind. Mit Rücksichtnahme auf die unbedingte Aufrechterhaltung der Tarnung des ganzen Ausmaßes unserer Überlegungen muß weitestgehend auf direkte Liquidationen verzichtet werden. Lediglich in Ausnahmefällen besonders renitenter Demokratieverweigerer kommt die Leibstandarte der Bundeskanzlerin zum Einsatz.

Abschließend möchte ich meiner Zuversicht Ausdruck geben, in dem deutschen Volke eine optimal formbare Masse an geeignetem Menschenmaterial vorzufinden, mit deren Hilfe innerhalb von lediglich sechs Jahren die lasche

Demokratie in eine totale umwandelbar ist. Und glauben Sie mir, verehrte Frau Bundeskanzlerin, die Deutschen machen folgsam alles mit, was eine zu allem entschlossene Führung von ihnen verlangt – nur forsch genug muß sie auftreten! Ich wünsche Ihnen – und mir an Ihrer Seite – ein gutes Gelingen bei der Verwirklichung der Ziele, die einer setzt, gegen den selbst unser beider Ruhm verblaßt – ich rede von dem Allmächtigen.

In diesem Sinne verbleibe ich
Ihr
Adolf Hitler

Bonn, 20. Juni 2014, vormittags

Therese saß mit ihren besten Freundinnen Maike und Henne zusammen, um Thereses Protokoll der letzten Sitzung der Initiativgruppe Bonn zu verabschieden. Das war schnell abgehandelt, und die Damen widmeten sich der aktuellen öffentlichen Diskussion um ihr Lieblingsthema: Pro-Resoz.

Therese, Maike und Henne waren entsetzt! Ihnen wurde bewußt, daß es in der Öffentlichkeit breite Zustimmung zu einer der Anti-Resoz-Bewegung zuzurechnenden Meinung gab, die versuchte, den Fall Hitler einzig auf die Verbrechen abzustellen, die diesem teilweise sehr vehement angekreidet wurden. Die drei Damen deklamierten die typisch verschlagene Vorgehensweise von Kreisen, die Mitbürger, die einmal (oder zweimal oder x-fach) gegen die Regeln der Gesellschaft verstoßen hatten, für immer und ewig von einer weiteren Mitwirkung an ebendieser ausschließen wollten. Wie *unfair!*

Natürlich wußten die drei Streiterinnen für eine bessere Welt, daß Adolf Hitler nicht ganz ohne Grund bei vielen Menschen und Nationen, um es zurückhaltend zu formulieren, unbeliebt war. Und eben deshalb nutzten die reaktionären Anti-Resoz-Kreise genau diesen Fall Hitler, um die Resozialisierung per se als falsch und schlecht – es fiel in einzelnen Medien gar das hetzerische Wort ›wahnsinnig‹ – zu diskreditieren. Zum Glück für unsere drei Damen wußten sie aber, daß alle großen und, wie sie meinten, außerordentlich notwendigen gesellschaftlichen Umwälzungen, immer *gegen* den entschiedenen Widerstand rückständiger Kräfte durchgesetzt worden waren. Etwas mißmutig erkannten Therese, Maike und Henne, daß ihren politischen Gegenspielern nichts besseres hätte passieren können als den Resoz-Gedanken in Verbindung mit Hitler in ein Fahrwasser zu hieven, das ziemlich anrüchig wirkte. Es war klar, daß man die Einforderung der Resoz für Hitler nur artikulieren konnte, wenn man in gleichem Atemzuge den Verbrechen des Mannes breiten Raum widmete, sonst machte man sich medial schnell der Kumpanei mit dem Nazi-Führer schuldig – wie ein dem Resoz-Gedanken übelmeinender Zeitungsredakteur es formulierte.

Gar nicht mit Hitlers Verbrechen beschäftigten sich Sören Hitland und Kevin Meise, die Führer der beiden größten organisierten Neonazi-Verbindungen. Beide bestritten die Authentizität des Video-Hitlers ebenso feurig wie sie betonten, einem tatsächlich zurückgekehrten echten Adolf Hitler sofort die Führung ihrer Organisationen anzubieten; dies sei eine Frage der Ehre und im übrigen selbstverständlich: Führer sei eben Führer. Daß allerdings dieser Hitler nicht der echte Hitler sei, erkläre sich schon aus seinen merkwürdigen Äußerungen, die zwar kritisch im Detail seien, aber dennoch grundsätzlich der demokratischen Idee huldigten. Das sei von ›ihrem‹ Adolf Hitler überhaupt nicht zu erwarten.

Hitland und Meise sahen sich und ihre nationalsozialistischen Ideen gar als Opfer einer perfiden linksradikal-plutokratischen Verschwörung (an der möglicherweise auch Juden beteiligt waren; manche Neonazis meinten gar: ganz sicher), die den Zweck verfolge, die NS-Idee und ihr Vorbild, Adolf Hitler, der Lächerlichkeit in Form von Opportunismus preiszugeben.

Hitland, seit zwei Jahren im Untergrund, was vielleicht mit einem gegen ihn vorliegenden Haftbefehl in Zusammenhang stand, da er zu zwei Gerichtsverhandlungen nicht erschienen war, bei denen Anklagepunkte wie ›illegale Fortführung einer NS-Organisation‹ und ›schwere Körperverletzung in Verbindung mit Einbruchdiebstahl‹ hätten verhandelt werden sollen, wagte sich sogar soweit vor, zu postulieren, daß für den unwahrscheinlichen Fall, es mit *dem richtigen Hitler* zu tun zu haben, dieser als Volksverräter liquidiert werden müsse. – Da waren sie wieder! In Reinkultur! Die Reaktionäre, die Ewiggestrigen und ihre antiliberalen Meinungen! Das erkannten Therese, Maike und Henne sofort, waren sie doch in Gutdenk hervorragend geschult, was einen auch dazu befähigte, reaktionäre Forderungen als solche sofort zu erkennen, selbst wenn sie versteckt vorgetragen wurden.

Es gab da aber ein anderes Vorkommnis in der Neonazi-Szene, das für die hehren Anliegen Thereses noch delikater war: Aus den Reihen besagter Neonazi-Gruppierungen ›Hitland‹ und ›Meise‹ hatten sich innerhalb der letzten Tage Abspaltungen ergeben, die sich zu einer neuen Gruppierung unter der programmgebenden Bezeichnung ›Wahre Hitleristen‹ formierten.

Aus den Medien war zu entnehmen, daß der ›Führerkult‹, den Hitland und Meise in ihren jeweiligen Organisationen auf sich selbst bezogen abhielten, seit längerem von Teilen der Mitgliedschaft mißbilligt wurde. Die Abspaltungen waren schon im Gange, als der Video-Hitler aufgetaucht war und für einen Flächenbrand in der NS-Szene gesorgt hatte: Für kommenden Samstag war eine Demonstration der ›Wahren Hitleristen‹ in Berlin angekündigt, das Motto hieß: ›Freiheit für den Führer‹.

Wie peinlich. Auch für Therese.

Die drei Damen kamen nach kurzer Diskussion überein, daß die Pro-Resoz-Bewegung sich entschieden von der Forderung der Nazis nach Freilassung Hitlers distanzieren mußte. Dann wurde ihnen klar, daß sie doch dasselbe forderten, und sie beschlossen, ihren Beschluß abzuändern in die vehement vorzutragende Distanzierung und Verurteilung – ja, ›Verurteilung‹ war gut! – der ›Beweggründe der Neonazis und ihrer politischen Inhalte‹. Die drei Damen erkannten zudem, daß sie dies konkretisieren sollten, da die Beweggründe der Nazis sich eigentlich gar nicht richtig von den ihren unterschieden: Es ging in beiden Fällen um die Freiheit respektive ›relative Freiheit‹ des Herrn Hitler, des Verbrechers.

Und die politischen Inhalte der Nazis? Wie waren die denn eigentlich? Begriffen die Mitglieder der neuen Nazi-Bewegung überhaupt, welche neuen Inhalte ihr ›Führer‹ in seinen Videobotschaften formulierte? Daß er Abstand von den früheren Zielen nahm? Jedenfalls inhaltlich ...?

Mitstreiterin Henne verharrte bereits seit Minuten schweigend an ihrem Platz. Sie kaute Fingernägel, was sie immer tat, wenn es in ihrem Gehirn sehr grüblerisch zuging.

Therese und Maike kannten dieses Verhalten von Henne und warteten verständnisvoll ab, bis die Freundin bereit war, ihre Überlegungen mitzuteilen.

Schließlich sagte Henne: »Verdammter Mist. Was ist, wenn dieser Hitler sich nur auf unsere Kosten die Freiheit erkaufen will? Wenn er uns und alle Mitmenschen *anlügt*, und wenn er freigekommen ist, sich wieder ganz der alten Haß-Tiraden bedient? Was ist, wenn seine Anhänger das genau so erwarten? Ich glaube sogar, viele seiner Sympathisanten erwarten genau diese Taktik von ihm! Vielleicht stehen sie deshalb weiter zu ihm, obwohl er sich neuzeitlich gemäßigt gibt. – *Werden wir alle hinters Licht geführt?*«

Therese und Maike wollte der Rotwein nicht mehr schmecken.

Und wieder überkam Therese dieses Gefühl der Sicherheit, die verfahrene Situation retten zu können. »Wir können nur nach dem urteilen, was wir als richtig voraussetzen dürfen«, sagte sie. »Unsere Forderung nach Resozialisierung von Straftätern ist begründet, richtig und notwendig. Selbst wenn wir im Einzelfalle mit unserer Meinung ... irgendwie daneben liegen *sollten*, ändert das nichts! Wir können bei Hitler nur davon ausgehen, daß er es ehrlich meint – so wie wir auch jedem anderen zur Resozialisierung vorgesehenen Täter glauben müssen, wenn er sagt, er bereue seine Taten.«

Maike und Henne nickten zögernd.

Therese war froh, die Unsicherheit ihrer Freundinnen ihr gemeinsames Hobby betreffend, Gutes tun zu wollen, mit ihren Worten beseitigt zu haben; sie hätte es nie zugegeben, aber so langsam bekam das Thema Hitler einen ganz, ganz schalen Beigeschmack ...

Kapitel 8
Der Staatsfeind

Berlin, 20. Juni 2014, 14.00 Uhr

Der Konferenzraum in der vierten Etage des Kanzleramtes füllte sich langsam. Die meisten Minister waren schon anwesend. Ergänzt wurde die Runde durch Spitzenvertreter der vier größten Parteien und ein Dutzend Referenten aus so unterschiedlichen Bereichen wie Medienrecht, internationales Strafrecht, Koordinierung der Geheimdienste, internationale Beziehungen, deutsche Geschichte, Verfassungsrecht, Wissenschaftsausschuß und so weiter.

Helene Leyden blickte nervös auf ihre Uhr, ohne dabei die zur Schau getragene Maske der in sich ruhenden absoluten Selbstsicherheit zu vernachlässigen.

Pünktlich um 14.00 Uhr eröffnet sie die Sitzung.

»Vielen Dank für Ihr Kommen. Wir haben heute einen einzigen Tagesordnungspunkt, der vor einer Woche noch irrational erschienen wäre, heute aber in unserem Lande und auch international Verwerfungen hervorruft, die diese Sondersitzung rechtfertigen und unumgänglich machen.

Zunächst tragen meine Referentin, der Koordinator der Geheimdienste und meine Person den aktuellen Stand der ›Sache H.‹ vor, danach bitte ich die relevanten Dezernate, ihre Bewertung dazu abzugeben. Es folgt dann eine Diskussion, wie die Regierung der Bundesrepublik Deutschland auf diese Angelegenheit reagieren sollte.

Ich bitte die hinzugezogenen Vertreter der größeren Parteien, die sich gern in die Diskussion einbringen können, darum, hier und heute keine parteipolitischen Interessen zu pflegen; es geht um mehr, es geht um das Ansehen des ganzen Landes.«

Die Kanzlerreferentin Irene Salzmann erhob sich von ihrem Platz neben der Kanzlerin und schilderte, beginnend mit dem 15. Juni, dem Tag der Veröffentlichung des ersten Hitler-Videos, den eigentlich allen Anwesenden bekannten Sachstand. Sie schloß mit den Worten: »Die interne Sprachregelung ist, die Person, die sich als Adolf Hitler ausgibt, auch als denselben zu bezeichnen. Weitere Feststellungen zur Identität der Person Hitler sind im Rahmen der Sitzung zu erwarten. Jedenfalls sind mittlerweile alle Medienformate voll mit Dokumentationen, Talkshows und so weiter zum Thema Hitler. Das erste Hitler-Video wurde bis heute vormittag fast elf Millionen Mal abgerufen.« Sie nickte dem Koordinator der Geheimdienste zu und setzte sich wieder.

Thomas Sander, ein Mittfünfziger mit einem Gesicht und einer Ausstrahlung, an die sich eine Minute später niemand mehr erinnern würde, erhob sich gewichtig von seinem Stuhl, rückte sich die in grauem Gestell eingefaßte Brille zurecht und setzte den Vortrag der Vorrednerin nahtlos fort.

»Natürlich wurde vom zuständigen hessischen Landesamt für Verfassungsschutz umgehend eine Rund-um-die-Uhr-Observation für Wissmann angeordnet, die uns – auch dank der unfreiwilligen Hilfestellung der in verdeckten Operationen ungeschulten Personen – recht zügig zu der von Hitler und seinen Begleitern bewohnten Unterkunft führte. Bei der anschließenden Erweiterung der Observation auf die Hitler-Wohnung und der Vorbereitung des Zugriffs durch die KVE bemerkten die Einsatzkräfte vor Ort, daß sich noch andere Personen aus dem … Zuwanderermilieu für die Zielperson interessieren.« Der Geheimdienstkoordinator hielt in seinen Ausführungen kurz inne; er schaute nach links, möglicherweise um zu prüfen, ob von Seiten bestimmter politischer Kreise die sachlich zutreffende Formulierung ›Zuwanderermilieu‹ Entrüstung hervorrief, die in einer Debatte um die Streichung des Begriffs aus dem Protokoll hätte enden können; aber dem war nicht so. Heute nicht.

Sander fuhr fort: »Diese einschlägig bekannten und dem kriminellen Milieu zugerechneten Personenkreise wurden vor Ort ausgeschaltet, wobei es in der Nähe des Wohnblocks, in dem die Hitler-Wohnung lag, zu einer Schießerei kam, bei der einer der Konkurrenten um den Hitler-Zugriff verletzt wurde. Schließlich wurden gestern, am frühen Nachmittag, Adolf Hitler, Dr. Joseph Goebbels und ein Leibwächter namens Weizsäcker in ihrem Frankfurter Versteck festgenommen und nach Berlin geflogen.«

Wieder unterbrach Sander kurz seinen Vortrag, kam doch nun eine für die Sicherheitskräfte zumindest peinlich zu nennende Fehlleistung zur Sprache.

»Am gleichen Tag wurde Hitlers sogenannter ›Medienbeauftragter‹, der Journalist Wissmann, in seiner Wohnung ermordet. Der Täter, ein irregeleiteter junger Mann aus dem linksextremen Milieu, wurde vom Wissmann-Observationsteam festgenommen.« Sander erwähnte nicht, daß die unter vielen Bewerbern ausgesiebten, körperlich und geistig in bester Verfassung befindlichen Geheimdienstler es nicht vermocht hatten, Wissmanns Ermordung zu verhindern. Schnell schloß er seinen Vortrag mit den Worten:

»Heute vormittag fand ein erstes Gespräch der Kanzlerin mit Hitler statt. – Frau Bundeskanzlerin?«

Helene Leyden berichtete von ihrem mit Hitler geführten Gespräch, jedenfalls bezeichnete sie das Zusammentreffen so. Während sie sprach, dachte sie: *Warum war ich überhaupt bei diesem grauenvollen Menschen? Ich hätte Dr. Meinecke, diesen geschichtsverliebten Fachidioten, allein hinschicken sollen.*

Natürlich war es für sie so etwas wie ein Pflichtereignis gewesen, den berühmten Häftling persönlich gesehen und gesprochen zu haben, alles andere wäre merkwürdig gewesen. Sie, die erste Frau im Staate, durfte sich nicht scheuen, eine solche Begegnung wahrzunehmen. Auch mußte und wollte sie aus erster Hand die Eindrücke auf sich wirken lassen, die Hitler bei ihr hervorrief.

Wenn Hitler glaubte, die Kanzlerin abgekanzelt zu haben, so traf dies sicher auf einige Momente ihres Zusammentreffens zu. Aber so geschickt und gerissen er auch war und so beeindruckend wie einschüchternd seine Persönlichkeit auch gewirkt haben mochte, eines hatte er bei ihr erreicht: In der Kanzlerin griff die feste Überzeugung Raum, daß Hitler ein äußerst gefährlicher Schachspieler auf dem politischen Parkett war, ob in Gefangenschaft oder in Freiheit. Er konnte sie zu Fall bringen und wußte es. Aber er konnte auch dafür sorgen, daß sie als die Kanzlerin in die Geschichte der Bundesrepublik einging, die mit einer extremen historischen Kuriosität konfrontiert worden, aber die Situation erfolgreich und elegant gemeistert hatte. Das Problem dabei war nur: Sie mußte cleverer als Hitler sein.

Es kann doch nicht sein, daß die Bundesregierung mit all ihrer Macht und den Spezialisten, die uns zur Verfügung ste-

hen, es nicht schafft, diesen Hitler-Eklat zu bereinigen und politisch gestärkt aus dem Schlamassel hervorzugehen.

Sie schloß ihren Bericht mit den Worten: »Adolf Hitler ist ein Ungeheuer, so hinterhältig und durchtrieben, wie die Geschichtsbücher es lehren. Eine beeindruckend dämonische Person, der wir das Handwerk legen müssen, ohne uns von ihr zwingen zu lassen, in unangebrachte Aufregung zu verfallen. Die Reife unserer demokratischen Staatsform und die historische Verantwortung gegenüber der deutschen Vergangenheit erfordern von uns einen *angemessenen* Umgang mit der ›Sache H.‹ – Ich bitte nun unseren Experten für Geschichte, Herrn Dr. Meinecke, der mehrere Stunden mit Herrn Hitler verbrachte, uns eine Einschätzung seiner Identität vorzutragen.«

Der Miene des Historikers war die innere Spannung anzusehen, mit der er auf seinen Einsatz in der Runde gewartet hatte. »Verehrte Frau Bundeskanzlerin, meine Damen und Herren, ich habe insgesamt fünf Stunden mit dem Gefangenen verbracht, in denen wir ausgiebig sowohl über die großen Ereignisse der damaligen Deutschland- und Weltpolitik sprachen als auch über viele Details zu Personen und ihrer speziellen Vorgeschichten, Vorlieben, bekanntgewordenen intimen Beziehungen.« Er atmete gewichtig durch, schließlich hatte er etwas zu verkünden, was die deutsche Politik im wahrsten Sinne des Wortes *nachhaltig* verändern würde. »Mein Gutachten läßt keinen anderen Schluß als die definitive Feststellung zu, daß dieser Mann tatsächlich *der* Adolf Hitler ist, den wir aus einer leidvollen Epoche der Geschichte kennen. Auch ein erstes Zahngutachten bestätigt seine Identität – was mir als alleiniger Beweis für eine zweifelsfreie Identifizierung *dieser* Person wohl nicht ausgereicht hätte. Meine Damen und Herren, glauben Sie mir: *Er ist wieder da!*«

Gemurmel war zu hören; anscheinend verabschiedeten sich die letzten Zweifler, derer es in diesem gebildeten Kreise tatsächlich noch viele gab – versagte ein hohes Maß an Bildung doch häufig den mentalen Zugang zu einem adäquat entwickelten ›phantastischen‹ Vorstellungsvermögen –, von ihrer Meinung, es mit einem Betrüger zu tun zu haben.

Die Bundeskanzlerin musterte Dr. Meinecke befremdet. Erneut stellte sie fest, welche Begeisterung der Historiker für den leibhaftigen Hitler empfand.

Zu ihrer eigenen Beruhigung entwickelte sie den Gedanken, daß der Grund dafür wohl in der Natur der Sache lag; ein Spezialist interessierte sich nun mal, wenn er seine Berufung zum Beruf gemacht hatte, mit feurigem Eifer für Artefakte seines Fachgebiets – zumal, wenn sie lebendig daherkamen und konversationsfähig waren.

Die Kanzlerin verspürte ein undefinierbares Gefühl, doch Begriffe wie Neid oder Eifersucht passten nicht, um es zu beschreiben. Stahl ihr dieser Hitler vielleicht auch noch in *ihrer* Ära die Show? Hatte er sie nicht schon in eine Position manövriert, aus der heraus sie nur mehr reagieren konnte statt selbstbestimmt zu agieren? Genügte dafür schon die schlichte Tatsache *seiner* Anwesenheit?

Helene Leyden begriff, daß sie das Blatt wenden mußte. So wie ihr und anderen Regierungsvertretern, womöglich aus reiner Routine, das Versprechen über die Lippen gekommen war, die ›Sache H.‹ unter Berücksichtigung der innerdeutschen Befindlichkeiten und internationalen Beziehungen professionell einem Ergebnis zuzuführen, wußte sie seit ihrem Besuch in Hitlers Zelle, daß es nur zwei Alternativen gab: Entweder sie besiegte den Nimbus dieses Mannes – oder ihre Kanzlerschaft würde scheitern. Ein einziger Fehler auf dem internationalen Parkett konnte extreme Folgen nach sich ziehen. Eine unzureichende Beachtung der zwiespältigen Emotionen eines Großteils der heutigen Zeitgeistdeutschen, der den Nationalsozialismus zwar verabscheute, aber Pro-Resoz eingestellt war, konnte innenpolitisch ihre zerbrechliche Parlamentsmehrheit zum Kippen bringen.

Aber was waren eigentlich die heute gültigen typisch deutschen Befindlichkeiten?

Seit Jahrzehnten war die entschiedene Ablehnung jedweder als nationalsozialistisch, faschistisch, rassistisch oder antisemitisch definierten Position deutschtypisch. Im gleichen Zeitraum war zunächst zögerlich, dann in einer alles andere überschwappenden Welle der Wunsch hinzugekommen, möglichst viel ›Gutes‹ zu tun: Die bereitwillige Aufnahme von Ausländern ohne verbindliche Mindestanforderungen für eine allgemeine Kompatibilität zu stellen, wie etwa die Beachtung der Gesetze und Sprachkenntnisse; krasses Umweltbewußtsein bis hin zur ernsthaften Beschäftigung mit absurden Vorschlägen, deren Praktikabilität zumindest gewissenhaft geprüft und deren nicht seltene tatsächliche Umsetzung in die Praxis fanatisch vollzogen wurde. Schließlich brandaktuell die breite Pro-Resozialisierungsbewegung, deren tiefenpsychologische Triebfeder der drängende Wunsch nach Abschaffung jedweden ›Vergehens‹ sein mochte, was wahrscheinlich die Voraussetzung für eine endgültig glückliche Gesellschaft war, die letztlich das Endziel einer ›guten Gesellschaft‹ sein mußte – und, sind wir mal ehrlich –, mit weniger als der unumschränkten Weltmeisterschaft in den als wesentlich erachteten Disziplinen gab der Deutsche sich nur ungern zufrieden.

Nazi-Abscheu und Resozialisierung des Führers, zwei sich widersprechende Paradigmen moderner Politikwirklichkeit, prallten hier aufeinander. Und dennoch schloß sich der Teufelskreis an diesem Punkt der Überlegungen; es ging um genau das – und doch um viel mehr.

Gleichgültig wie egalitär sich moderne deutsche Politiker auch gaben, erfuhren die in den allerhöchsten Positionen agierenden Personen spätestens durch ihre praktische Amtserfahrung, wie *bedeutend* einige wenige Einzelpersonen de facto waren. In Wirklichkeit ging es um zwei Personen, zwei Gegenpole, die subsummiert für all die nicht eindeutigen, die teilweise absurd widersprüchlichen und dennoch *absoluten* Positionen der Gesellschaft des Jahres 2014 standen:

Adolf Hitler, der Demagoge, der von einem ›Jahrhundertruhm‹ – so negativ dieser auch sein mochte – zehren konnte und eine phantastische Rückkehr in die Gegenwart erlebte, den Bürgern sich in perfider Selbstdarstellung als Geschenk anbietend; gekommen, vergangene Geschichte lebendig werden zu lassen: Ein Jahrtausendereignis mit noch nicht absehbarer psychologischer Wirkung auf Staat, Gesellschaft und Menschen. Und damit nicht genug, an seiner Seite ein Meister der Volksmanipulation, der blind auf der Klaviatur der Psyche insbesondere der eher einfach gestrickten Volksmassen eine neue und doch alte Melodie komponierte, nach der zu tanzen sich bereits – unbewußt – erhebliche Teile der Bevölkerung hingaben, markant repräsentiert von der Pro-Resozialisierungsbewegung.

Die Bundeskanzlerin der Bundesrepublik Deutschland, die als Kind *ihrer* Zeit liberal, demokratisch, antitotalitär, sozial, die Gleichheit aller Menschen anstrebend, rechtsstaatlich und gerecht – was immer man darunter verstand – geprägt und nun in die schwere Verantwortung gestellt war, *Real*politik betreiben zu müssen (was in vielen Einzelentscheidungen eine Abkehr von manch geträumter Glückseligkeit bedeutete, aber nicht weiter wundersam war. In der Geschichte der Menschheit hatte so manche Vision nach ihrer Umsetzung in die Praxis zu etwas der ursprünglichen Absicht sehr Gegenteiligem geführt – in den schlimmsten Fällen; und das waren in der Regel jene Utopien, die die größten Ambitionen vereinten und sich selbst fanatisch unnachgiebig verwirklichen wollten).

Es gab Momente in der Geschichte, in denen ein einzelner Satz unwiderruflich das Ende einer Politikrealität markierte; nur einige wenige Worte, in denen all das kumulierte, was sich an unausgesprochenem, an mental noch nicht konsequent zu Ende Vollzogenem widerspiegelte; ein Satz, der alles veränderte und erklärte – freilich ohne eine Lösung anzubieten.

›Er ist wieder da‹, hat Dr. Meinecke gesagt. Hitler ist endgültig in unserer Wirklichkeit angekommen. Schrecklich.

Der Kanzlerin wurde erst jetzt bewußt, wie sehr sie sich danach gesehnt hatte, der von den Geheimdiensten und sonstigen kundigen Beratern ausgesprochenen Enthüllung lauschen zu dürfen, wie der *Hitler-Darsteller* der Scharlatanerie größten Maßstabs überführt wurde. *Aber nein – er ist es, er ist er, und er ist wieder da. Verfluchter Mist.*

»... Spezialisten an der Adresse in Frankfurt, die Hitler Herrn Dr. Meinecke bei dessen Besuch angab, tätig. Es liegt bereits ein erster Bericht des wissenschaftlichen Einsatzleiters vor, der Rückschlüsse zuläßt, es mit einer überragenden Technik zu tun zu haben, die ...« Professor Döbele, der Vorsitzende des Wissenschaftsausschusses der Bundesregierung sprach bereits geraume Zeit und führte lediglich das fort, was Dr. Meinecke bereits klargemacht hatte: Hitler war wieder da. »... bestätigt eher die Annahmen der aktuellen Forschung, daß Zeitschläfer nicht länger in das Ressort der Science Fiction zu verweisen sind.«

Die Kanzlerin erteilte mit einem aufmunternden Nicken ihrem Außenminister Wilfried Muffendorf, Parteiangehöriger des mitregierenden Koalitionspartners, das Wort.

Der agile Politprofi war einer der für die Republik nicht untypischen Karrieristen; als Student in die Jugendorganisation seiner Partei eingetreten, nicht ohne sich vorher ausgiebig Gedanken über die zukünftige Regierungsmöglichkeit der Mutterpartei gemacht zu haben, wählte er nach einem ausgiebigen Studium der Politikwissenschaften sowie politisch angesehener sozialer Pflichtstudienfächer als Berufseinstieg die Funktion des Landesgeschäftsführers der Partei. Innerhalb weniger Jahre rückte er in der Parteihierarchie bis in den Bundesvorstand auf, was sich, berücksichtigte man Muffendorfs überdurchschnittliche Intelligenz, als nicht so extrem schwierig gestaltet hatte, wie es sich die Masse der doch eher durchschnittlich begabten Parteimitglieder vorstellen mochte, und schließlich zog er im Alter von neununddreißig Jahren in den Bundestag ein. Sechs Jahre später war er einer der einflußreichsten und wichtigsten Politiker Deutschlands – ohne auch nur einen einzigen Tag je ›richtig‹ gearbeitet zu haben. Das Volk nannte solche Menschen ›Theoretiker‹, denen es an breiter praktischer Lebens- und Arbeitserfahrung mangelte. An der Person Muffendorf jedoch war dieses nicht ganz unberechtigte Vorurteil vorübergegangen, verstand er es doch ausgesprochen erfolgreich, seine kundgetane Meinung in des Volkes Augen angepaßt an die jeweilige aktuelle Mehrheitsmeinung verorten zu lassen – was ihm stets von Neuem große Sympathien einbrachte. Erforderlich für die Erlangung des Vertrauens der Bevölkerung waren natürlich gutes Aussehen und eine ausgesuchte Durchtriebenheit (die zu praktizieren sich das Studium der Politikwissenschaften wenigstens auszeichnete – sachlich betrachtet).

Die gewiefte Helene will mich *jetzt, bevor der Strafrechtler Stellung genommen hat, an Stelle ihrer Person zu einer Festlegung des weiteren Vorgehens in der Sache zwingen. Na warte, Helenchen, du müßtest mich doch besser kennen ...*

Muffendorf, den die Kanzlerin nicht mochte, möglicherweise war er ihr in gewisser Weise zu ähnlich, führte die Fingerspitzen seiner manikürten Hände zueinander und faltete diese dann in einer exquisit verzückenden Bewegung, die ein außerordentliches Maß an feinfühliger Eloquenz bereitwillig verriet. »Glücklicherweise«, sagte er, »hat die ›Sache H.‹ noch keine relevanten internationalen Auswirkungen. Der Kenntnisstand der ausländischen Regierungen ist bis jetzt der, daß jemand behauptet, Adolf Hitler zu sein. Mit einer solchen Provokation klarzukommen, ist natürlich eine innerdeutsche strafrechtliche Angelegenheit, deren Verfolgung den Sicherheitsorganen der Bundesrepublik obliegt. Aus meinen laufenden Gesprächen mit ausländischen Botschaftern habe ich den letzten Tagen nicht oft, und dann auch nur gut versteckt, die Frage herausgehört, ob Herr H. tatsächlich echt sein könne. Die meisten meiner Gesprächspartner schmunzeln aber über den schlechten, aber wohl gut vorbereiteten Scherz. Nicht zu übersehen ist, daß die, nun ja, gewissermaßen historisch deutschkritischen Staaten der Bundesregierung eine glückliche Hand bei der Auflösung des Falles wünschen; darunter auch solche, bei denen ich den Eindruck hatte, ein wenig Schadenfreude schwinge mit. Jedenfalls insgesamt nichts Ernstes. Lediglich der israelische Botschafter hat beiläufig das Interesse seiner Regierung an einer raschen Erledigung dieses üblen Scherzes bekundet, was nur verständlich ist.« Muffendorf schaute in die Runde. »Wenn ich den bisherigen Stand dieser Sitzung zusammenfasse, besteht die Möglichkeit, daß die Bundesregierung zu dem Resultat kommt, daß Hitler wirklich ... Hitler ist. Das würde natürlich alles verändern. Sobald sich die Bundesregierung zum Stand der Ermittlungen in der Sache H. und der vor den Medien einstweilen noch geheimgehaltenen Festnahme Hitlers und seiner Gesellen äußert – und das muß sie in den nächsten Tagen tun –, muß sie auch erläutern, was sie weiter zu tun gedenkt.« Er räusperte sich kurz und fuhr fort. »Wenn mir die Bundeskanzlerin bis zu diesem Punkt folgt ...« Muffendorf versicherte sich eines zustimmenden Nickens der Kanzlerin. »... gibt es zwei Szenarien: Sofern die Bundesregierung *offiziell* zur Ansicht gelangt, daß Hitler & Co Trickbetrüger außergewöhnlichen Formats sind, kündigt sie eine umfassende Dokumentation ihrer Scharlatanerie an und macht sie in den nächsten ein, zwei Wochen publik. Diese Zeitspanne wird genutzt, um von unseren Geheimdiensten – natürlich nur sofern die Sache H. nicht *aus sich selbst heraus* hinreichende, optimal zu präsentierende Beweismittel erbringt – auf ihre psychologische Wirkung ausgerichtete, für massentauglich befundene, auf ihre allgemeine Akzeptanz getestete und von dem einfachen Volk zu begreifende Beweismittel fabrizieren zu lassen, die dann von den Medien entsprechend *populistisch* serviert werden. Die inhaltliche Übernahme und weitere Verbreitung unserer offiziellen Erklärung durch die Medien ist sicher kein Problem, da in einem Fall wie der Sache H. von jedermann eine offizielle Dokumentation der Bundesregierung – günstigerweise in Persona des Generalbundesanwaltes – akzeptiert wird, spielen doch besondere Staatsinteressen eine gewichtige Rolle in dieser für alle Menschen leidigen Affäre. Die Medien und die Bevölkerung werden dankbar sein für eine offizielle *Interpretation* der Wirklichkeit, die die Sache H. abschließend klärt – also das bekannte Procedere, mit dem wir bereits zu anderen sensiblen Themen *Wirklichkeit erschaffende Statements* erfolgreich plaziert haben.« Muffendorf hob die Brauen. »Die Vorteile dieses Szenarios liegen auf der Hand: Der Pro-Resozialisierungsbewegung würde die Luft weggenommen, das Hitler-Anliegen weiter behandeln zu müssen, und ich glaube, dafür wären die ganz froh; es würde keine Verwicklungen in der Außenpolitik geben, das Ansehen der Bundesrepublik würde nicht weiter geschädigt werden, das Thema wäre einfach erledigt.

Nun, bis auf einen Punkt: Hitler & Co müßten wegen aller möglichen Straftaten, angefangen von ›grober Unfug‹ und so weiter – das führt sicher gleich, fachkundiger als ich es vermag, der Vertreter der Bundesanwaltschaft im Detail aus – angeklagt und verurteilt werden. Äh ... in dem Zusammenhang wäre es natürlich relevant, die *wahre* Identität der Anzuklagenden feststellen zu können, und diese dürften keine Nachnamen wie Hitler und Goebbels tragen ...«

Die Konferenzteilnehmer nickten, und Muffendorf ergriff erneut das Wort. »Die andere Möglichkeit ist, Hitler als Hitler zu bestätigen. Dann haben wir eigentlich keine Vorteile, sondern die entsprechenden Nachteile: Die Pro-Resoz-Debatte wird weitergeführt, einige ausländische Staaten werden vermutlich Hitlers Auslieferung verlangen – dem können wir uns vielleicht durch eine Übergabe an den internationalen Strafgerichtshof entziehen –, und ... es könnte eine Veränderung der Sicht *von außen* auf Deutschland stattfinden; mediale, kulturelle, soziologische Reflexe der Abneigung gegen ›Hitlerland‹ könnten entstehen. Ich glaube, wir würden erleben, daß neue psychologische Phänomene Raum gewinnen. Keins davon, will ich mutmaßen, wäre in unseren Sinne.«

Muffendorf grinste die Kanzlerin, an die er die Schwarzer-Peter-Karte der Festlegung auf *eine Wirklichkeit* (nur welche?) zurückgereicht hatte, unverschämt an.

Helene Leyden gab sich unbeeindruckt. »Kanzleramtsminister Recktenwald verfügt über aktuelle Umfragewerte.«

Recktenwald, ein unauffälliger, leicht unterdurchschnittlich großer Mann, Anfang Fünfzig, mit schmalem Schädel und so enganliegenden Ohren, fast als verfüge er über keine, war vom gesamten Erscheinungsbild einer jener typischen Macher, ohne die kein System, keine Gesellschaft, kein Staat handlungsfähig war – auch wenn in der offiziellen Doktrin Werte wie Intelligenz, Fleiß, Disziplin und praktisch-logisches Denkvermögen verpönt oder zumindest niedrigwertig angesetzt waren. Das, was er nun zu dieser Runde beitragen konnte, kam ihm selbst etwas armselig vor, aber er akzeptierte, daß in Zeiten, in denen unbedeutende Durchschnittsmenschen ohne besondere geistige Befähigung per TV-Abstimmung von unbedeutenden Durchschnittsmenschen ohne besondere geistige Befähigung zu Deutschlands Superstars, den wahrhaftigen Ikonen der Moderne, gewählt wurden, Umfragewerte als Grundlage für praktisch zu vollziehende Politikentscheidungen einen hohen Stellenwert hatten – auch wenn dies nüchtern betrachtet noch so absurd war.

»Die innenpolitische Lage wird konkurrenzlos dominiert von der Diskussion um Hitler. Selbst innerhalb der verschiedenen politischen Lager streiten sich Gegner und Befürworter einer Resozialisierung Hitlers erbittert und lautstark. Gemäßigt-humanistische und links oder gar weit links stehende Personen und Gruppierungen fordern für Hitler die Gewährung einer zweiten Chance ein, andere aus diesen Kreisen beginnen sich von dem Resoz-Gedanken, angewendet auf Hitler, zu distanzieren, während eine dritte Richtung genau *wegen* der aktuellen Diskussion zum Fall Hitler plötzlich den Resoz-Gedanken grundsätzlich ablehnt. Die Republik *wirkt* nicht nur erschüttert durch die Rückkehr Hitlers, sie *ist* es auch.«

Während Recktenwald in seinen Unterlagen ein bestimmtes Blatt suchte, dachte die Kanzlerin einen ihrer verwegenen Gedanken, für die sie sich selbst bewunderte; er hatte damit zu tun, die emotionalen Tumulte um die Hitler-Rückkehr zu nutzen, bestimmte unpopuläre Regierungsentscheidungen möglichst zügig zu treffen, durfte sie doch die berechtigte Hoffnung haben, daß die Beschlüsse und deren Folgen für die Menschen im allgemeinen Hitler-Tohuwabohu untergingen. Es ging um Kürzungen der Bundeszuschüsse für Rente und Krankenversicherungen, das Kindergeld, die

Hartz-Hilfe, die Kilometerpauschale, die Ausgaben für Schulen, Polizei und …

Irene Leyden zuckte leicht zusammen als hätte man sie mitten in herrlich verderbten unsittlichen Gedanken ertappt, als Kanzleramtsminister Recktenwald Daten von seinem hervorgekramten Blatt ablas.

»… konzentriere ich mich auf einen Vergleich der Daten vor und nach dem Attentat auf den Hitler-Journalisten Wissmann: Vor dem Attentat gab es eine breite Zustimmung in der Bevölkerung für die Resoz-Idee von 69 Prozent, davon aber nur 28 Prozent für eine Einbeziehung Hitlers in das Programm. Nach dem Attentat sind sogar 72 Prozent für Resoz, und dramatische 53 Prozent dafür, Hitler wie jeden anderen Resoz-Fall zu behandeln. Die Meinung gewechselt hat innerhalb von einem Tag etwa ein Drittel der Bevölkerung.

Meine Damen und Herren, Sie erkennen noch an einer anderen Vergleichszahl, welche Bedeutung der Hitler-Vorgang in der Bevölkerung hat. 91 Prozent messen dem Fall Hitler eine große bis sehr große Bedeutung bei, während dies nur 14 Prozent dem zu erwartenden Krieg der USA gegen den Iran zubilligen.« Recktenwald räusperte sich mißmutig; er konnte und wollte nicht verbergen, für wie irrelevant er den Fall Hitler eigentlich hielt. »Übrigens setzt eine andere Zahl dem Ganzen die Krone auf: 21 Prozent der Bevölkerung weiß nicht, wer Adolf Hitler ist. Und – bitte verzeihen Sie, wenn ich Sie mit dieser Wirklichkeit traktieren sollte: 8 Prozent meinen, Adolf Hitler sei einer der letzten deutschen Bundeskanzler vor Frau Leyden gewesen.«

Bereits bei anderen Gelegenheiten hatte Recktenwald, loyal wie er war, stets nur in kleinem Kreise, keinen Hehl daraus gemacht, wie sehr es ihn anwiderte, daß nach seiner Meinung zunehmend die Politik der von der Bevölkerung gedachten Wirklichkeit nacheilen und diese, auch wenn faktisch unsinnig oder gar absurd, durch Gesetzesbeschlüsse zur *echten* Wirklichkeit werden ließ. Mit Logik, Vernunft, Verstand, wirklich nachhaltigem Denken und wahrhaft verantwortlichen Entscheidungen hatte dies nichts mehr zu tun. Manche verantwortlichen Spitzenpolitiker hatten ihm schon vorgeworfen, nicht über das rechte Demokratieverständnis des 21. Jahrhunderts zu verfügen.

Muffendorf, der Recktenwald schräg gegenüber saß, grinste unverhohlen und sagte: »Tja, liebe Leute, aber diese cleveren 8 Prozent, die Hitler immerhin *irgendeiner* Epoche zuordnen, könnten zur nächsten Bundestagswahl wählen gehen; auch die 21 Prozent der völlig Unkundigen sind nicht zu verachten, wenn man bedenkt, daß Wahlen schon durch wenige tausend Stimmen Unterschied entschieden wurden.« Und mit einem ernsteren Gesicht konstatierte er das, was wohl *alle* Politiker sich gern sagen hörten: »Als verantwortungsvolle Politiker sind wir gezwungen, das ganze deutsche Volk zu vertreten, seine vielfältigen Interessen zu beachten und zu respektieren. Also ist eine Einbeziehung der aktuellen Meinungsdaten in die Entscheidungsfindung der Bundesregierung nicht nur legitim, sondern durchaus notwendig.«

Die Kanzlerin vernahm diese erneute Spitze gegen ihre Person nur mit halbem Ohr, mit der anderen Hälfte hörte sie merkwürdigerweise Muffendorfs Statement gesprochen von einem ihr verhaßten, momentanen Bunkerinsassen.

Solche Sprüche könnten auch von ihm *stammen.* Sie beschlich ein vager Gedanke dieser ganz bestimmten Art, den man bereitwillig wieder verdrängt, bevor er klare Konturen im Bewußtsein annimmt: Gab es so etwas wie einen Konsens des Charakters von Spitzenpolitikern? Nun, zum Glück war sich Helene Leyden sicher, selbst in einer anderen, einer wahrhaft holden Liga zu spielen.

Sie erteilte das Wort dem Generalbundesanwalt, Dr. Otto Reebschlag, der bisher unbewegt den Ausführungen gefolgt war. Übergangslos erläuterte der untersetzte und leutselig wirkende, seinen elitären Status wie beabsichtigt untertreibende, hochintelligente studierte Jurist und zudem oberste Chefankläger der BRD die juristischen Facetten der Angelegenheit H.

»Ich möchte mich bei meinen Ausführungen auf die formaljuristischen Fakten beschränken«, sagte Dr. Reebschlag, was ein erneutes Grinsen auf Muffendorfs Gesicht zwang. »Die Einleitung von Strafverfahren gegen die Personen Hitler und Goebbels müssen getrennt von den Leibwächtern gesehen werden. Wir wissen, daß zwei der Leibwächter sich vor unserem Zugriff auf die Hitlerwohnung bereits abgesetzt hatten. Soweit sich aus der Vernehmung des vorläufig festgenommenen dritten Leibwächters, des Herrn Weizsäcker, die Identität der beiden anderen hat feststellen lassen, ist nach unseren ersten Recherchen keinem der früheren Angehörigen der SS ein Verbrechen anzulasten. Die drei Männer sind in sehr jungen Jahren als Freiwillige in die Leibstandarte-SS Adolf Hitler eingerückt und erwarben sich Fronterfahrung in Rußland und der Normandie, bevor sie zum sogenannten Führerbegleitkommando abgestellt wurden. Es liegen von keiner Ermittlungsstelle Anklagepunkte gegen sie vor, so daß wir davon ausgehen müssen, daß sich keiner eines Kriegsverbrechens schuldig gemacht hat.« Reebschlag zupfte sich an der Nase. »Ich empfehle also, die Fahndung nach den Untergetauchten aus Gründen der Verhältnismäßigkeit einzustellen und den – im übrigen recht intelligenten und vernünftigen – Herrn Weizsäcker in die Freiheit zu entlassen. Ihm sollte ein Eingliederungsbeauftragter zugeteilt werden, so wie wir das auch bei Einwanderern aus Rußland praktizieren.«

Reebschlag schaute sich um. Niemand widersprach. »Die Einleitung von Strafverfahren – in einer unzähligen Anzahl von Fällen – gegen Hitler und Goebbels ist an sich eine Pflichtübung, allerdings stellt sich die Frage nach der Dauer der Ermittlungen. Und dieser Punkt scheint mir von entscheidenderer Relevanz zu sein als die Anklageerhebung selbst. Schauen Sie: Wahrscheinlich benötigen wir Jahre, bis wir eine Anklageschrift vor allem gegen die Hauptperson Hitler vorlegen können. Vielleicht sollten wir eher nach Strafgesetzparagraphen suchen, gegen die er *nicht* verstoßen hat ... Aber: Bitte glauben Sie nicht, daß es einfach ist, Hitler die *entscheidenden* Verbrechen nachzuweisen, die auch außenpolitisch von immenser Bedeutung sind! Bedenken Sie allein die Judenvernichtung. Hitler wäre mundtot zu machen und auch in weiten Teilen der Resoz-Bewegung nachhaltig diskreditierbar, wenn wir ihm die Anweisung zur oder das Wissen um die Judenvernichtung um die Ohren hauen könnten; er wäre dann ein No-go ... Wenn wir ihm den Prozeß machen, und er mit Aussicht auf Erfolg versuchen kann, viele der ihm zur Last gelegten Verbrechen auf andere abzuschieben, geben wir ihm immer und immer wieder breiten Raum zur Selbstdarstellung, was wir ihm aber im Rahmen seiner Verteidigungsrechte zubilligen müßten. – Es wird zu unerträglichen Situationen kommen; die innenpolitischen wie außenpolitischen Reaktionen und Konsequenzen will ich mir jetzt gar nicht vorstellen.

Es scheint so, als sei die bloße Existenz dieses Monstrums ein furchtbares Problem für die Menschen. Für alle Menschen. Nichtsdestotrotz muß die Bundesrepublik auch in diesem besonderen Fall natürlich mit rechtsstaatlichen Mitteln vorgehen – die der Demagoge Hitler verstehen wird vielfältig zu mißbrauchen.« Er schnaubte leicht ungehalten. »Letztlich muß die Bundesregierung entscheiden, ob wir den Fall im Lande bearbeiten wollen oder Hitler an den Internationalen Strafgerichtshof nach Den Haag … äh … abschieben.«

Reebschlag legte eine kurze Pause ein, in der niemand etwas sagte. »Reden wir doch Klartext: Behalten wir ihn in Deutschland und er stirbt vor Anklageerhebung eines natürlichen Todes – sein Gesundheitszustand ist der eines schwerwiegend chronisch Erkrankten, ohne überhaupt auf seinen Geisteszustand eingehen zu wollen –, werfen uns diverse Personen vor, nicht schnell genug gewesen zu sein, ihm ein Urteil angedeihen zu lassen oder gar die Anklageerhebung verzögert zu haben. Wir würden die absurdesten Begründungen dafür zu hören bekommen … Klagen wir ihn zu Lebzeiten an, muß ein Urteil gesprochen werden, das nur auf schuldig, schuldig und noch mal schuldig lauten kann, dann aber womöglich zugunsten einer Resozialisierungsmaßnahme ausgesetzt werden muß. Vielfältige Verwicklungen und Anfeindungen relevanter Bevölkerungsgruppen sind uns gewiß – egal wie wir uns entscheiden!«

Ein leises Stöhnen ging durch die Runde.

»Also wäre es die eleganteste Lösung«, fuhr Reebschlag fort, »Hitler und Goebbels an den Strafgerichtshof abzuschieben. Diese Option haben wir aber nur deshalb noch, weil bisher kein Staat eine Auslieferung beantragt hat. Solange wir uns in dieser Situation befinden, die sich stündlich ändern kann, sollten wir unbedingt die Entscheidung für oder gegen die Überstellung nach Den Haag treffen. Entscheiden wir nichts, wird das erste Auslieferungsersuchen eines Staates uns neuen, zusätzlichen Sachzwängen aussetzen und unsere Handlungsspielräume einschränken. Eine Überstellung nach Den Haag hätte zudem noch den Vorteil, die Bundesregierung aus der Schußlinie der Resoz-Bewegung zu holen.«

Aller Augen sahen erwartungsvoll gespannt die Bundeskanzlerin an. Sie, die oberste Instanz, verfügte über die Weisungskompetenz, die Richtlinien der Politik zu bestimmen. Im Gegensatz zu ihrer gelegentlich anzutreffenden Ruhelosigkeit und leichten Nervosität wirkte sie jetzt überlegen und gelassen, wie sie es immer in den Momenten war, auf die unmittelbar eine Entscheidung von grundsätzlicher Bedeutung folgen mußte.

Die Kanzlerin versuchte in ihren Gehirnwindungen die geeignete Kombination zu konstruieren, die ihr einerseits den außerordentlichen Vorteil erhielt, den der Ablenkungsfaktor Hitler für ihre nicht immer glückliche Politik darstellte, ihr gleichzeitig aber geeignet erschien, die drohenden innen- und außenpolitischen Spannungen zu beseitigen, ehe sie mit nachhaltiger Wucht über die Republik hereinbrachen.

Muffendorf registrierte die Stille im Sitzungssaal. Wenn er ehrlich zu sich selbst gewesen wäre, hätte er zugegeben, in solchen Augenblicken die Kanzlerin um ihre Courage zu beneiden, über die er bei weitem nicht in adäquatem Ausmaß verfügte.

Die Kanzlerin erkannte, daß sie dem alten Mann aus der Vergangenheit das gewohnte Instrumentarium nehmen mußte, um ihn in seinen manipulatorischen Möglichkeiten entscheidend einzuschränken. Sie atmete tief durch, ihr Gesicht strahlte Selbstsicherheit aus.

»Hitler kommt nicht ungeschoren davon«, sagte sie. »Es ist nur eine Frage der Vorgehensweise aufeinander abgestimmter Einzelmaßnahmen, ihn seiner gerechten Bestimmung zuzuführen. Wir brauchen einen Kronzeugen gegen ihn, um die unausweichliche strafprozessuale Auseinandersetzung psychologisch vorzubereiten. Wir müssen einigen naiveren und bildungsferneren Mitbürgern vor Augen führen, von welcher Bestie sie sich mit ihren guten Absichten haben einspannen lassen.«

Helene Leyden wußte, was zu tun war.

Berlin, 21. Juni 2014, 9.00 Uhr

Der kleine Doktor saß auf seinem spartanischen Bunkerbett und beobachtete mit übersensibilisierten Sinnen und einem ihm selbst unheimlichen Interesse, daß die Zellentür sich langsam hinter seiner Besucherin schloß. Er spürte, welche metaphorisch analoge Bedeutung dieser simple Vorgang für sein weiteres Leben haben würde.

Irene Salzmann, die rechte Hand der Bundeskanzlerin, war gerade durch die Tür entschwunden. Sie hatte ihm einen halbstündigen Besuch abgestattet.

Mein Gott, was denken diese Demokraten bloß von mir? Wie können sie nur zu einer solch falschen Einschätzung meiner Person kommen?

Der kleine Doktor war anfällig für euphorische Hochstimmung, ebenso wie für launisch-depressive Verstimmtheit. Er verehrte den Führer aufrichtig, ja, auf seine Art liebte er ihn sogar in einer innigen und ehrlichen Weise, über die andere NS-Potentaten seiner Zeit nur hämisch gelacht hätten. Goebbels war zwar ein beinharter Antisemit, aber keiner vom primitiven Schlag eines Julius Streicher und anderer dümmlicher Parteibonzen. Nicht zu Unrecht war ihm schon in den zwanziger, dreißiger und vierziger Jahren des letzten Jahrhunderts nachgesagt worden, er gehöre zu den intelligentesten Nationalsozialisten. Aber gerade weil er einen überdurchschnittlichen Intellekt besaß, mußte ihm *trotz* der Verehrung, die er für Hitler empfand, nach dem Besuch der Kanzlerberaterin klar sein, daß das Spiel verloren war.

Goebbels ließ die Schultern hängen und starrte den grauen Betonboden an. Zur Ablenkung versuchte er, ein Muster in dieser grausam unschönen Betongewalt zu entdecken, aber es gelang ihm nicht.

Dieses fast Gewißheit zu nennende Gefühl der endgültigen Niederlage hatte ihn schon kurz nach dem Erwachen aus dem Tiefschlaf wie ein wildes Tier angefallen. Doch zu dem Zeitpunkt war es ihm noch leicht gefallen, das Vorhandensein dieser ›Depression‹, wie er sie in seinem bewußten Denken katalogisierte, zu ignorieren. Dann ergab sich die Situation, daß er Hitlers neues Zehnpunkteprogramm beurteilen und redigieren sollte. Was ihm in früheren Jahrzehnten eine Ehre gewesen war, hatte die Depression erneut über seinen Körper und Geist siegen lassen: Er hatte hemmungslos geschluchzt; und das vor dem Führer!

Eine eiskalte Hand griff nach dem Herzen des kleinen Doktors als er an diesen Moment dachte; an Hitlers Augen, die ihn überlegen, entschlossen und von der Last aller menschlichen Schwächen wissend angeschaut hatten.

Auch in diesem Augenblick hatte sein Verstand erfaßt, daß das Spiel aus war. Aber erneut verwandelte – noch einmal, ein letztes Mal! – die Liebe zu Hitler ihn, den Intellektuellen, in einen abhängigen Gläubigen des allmächtigen Führers. Ein allerletztes Mal gaukelte sein bereits angeschlagenes Selbstvertrauen ihm eine erfolgversprechende Option auf eine gute oder zumindest erträgliche Zukunft vor.

Es ist genauso wie im Endkampf in Berlin Ende '45. Der Krieg ist verloren, ich aber glaube entgegen den Ergebnissen meiner eigenen nüchternen Bewertung der Situation trotzdem noch an den Endsieg, weil dieser eine Mann da *ist, dessen bloße Existenz erleben zu dürfen, bereits höchste Weihen verkörpert.*

Irene Salzmann hatte ihm anempfohlen, als Kronzeuge der Anklage gegen Hitler in einem geplanten großen Prozeß auszusagen. Weltweit sollten zumindest die wichtigsten Szenen der Verhandlungstage übertragen werden – umfangreich wegzensiert die zu erwartenden Monologe und Hetztiraden Hitlers –, um einige wenige, aber ganz bestimmte Hauptanklagepunkte zweifelsfrei dem Führer zuweisen zu können – allen voran die Entscheidung zur Vernichtung der Juden.

Es war noch unklar, ob das Schicksal Hitlers vor einem deutschen Gericht oder dem Internationalen Strafgerichtshof in Den Haag verhandelt werden würde, jedenfalls würde der Ankläger sich nicht mit einer akribisch zusammengetragen Vielzahl von Detailbelastungen aufhalten, die den Prozeß auf Jahre ausdehnen könnte; es ging um die großen, zentralen Entscheidungen nationalsozialistischer Politik

– für die Hitler endgültig und offiziell von einem Gericht die Verantwortung zugewiesen bekommen sollte; die letzte Demaskierung des Adolf Hitler.

Ich soll den Führer verraten, das *wollen sie von mir!*

Goebbels Körper durchlief ein wohliger Schauer, er lächelte. Eiskalter Fatalismus erfüllte ihn, als er mit Zeigefinger und Daumen in einer vor langer Zeit, vor siebzig Jahren, eingeübten Drehung die untere linke Backenzahnattrappe entfernte.

Die Plutokraten können mich mal kreuzweise.

Sekundenlang verharrte sein Zeigefinger über der nun schutzlos freigelegten Zyankalikapsel. Ein plötzlicher leichter Schwächeanfall verengte den Blickwinkel seiner Augen, Übelkeit stieg in ihm auf. Blitzschnell zerdrückte er die Kapsel.

Für eine Sekunde bedauerte er, niemandem mehr mitteilen zu können, wie richtig die Mediziner die Wirkung des im Körper freigesetzten Giftes beschrieben hatten. Bevor rasender Schmerz in ihm auflodern konnte, wurde er ohnmächtig. Sein Oberkörper kippte im Zeitlupentempo nach hinten auf das Zellenbett, das rechte Bein mit dem Klumpfuß stand in unnatürlich verkrümmter Position seitlich ab.

Der kleine Doktor war tot.

Bonn, 21. Juni 2014

Therese fand an diesem Abend nicht die rechte Laune, um in ihrem Buch weiterzulesen, wie moderne Frauen (und Männer!) die Gesellschaft am nachhaltigsten in eine bessere verwandeln können – etwas davon zu verstehen, wies jedenfalls die Autorin des Werkes als Selbstverständlichkeit aus. Nein, in ihrem Kopfe wirbelte so vieles durcheinander, eigentlich alles, womit Therese sich in letzter Zeit beschäftigt hatte.

Es war aber auch wirklich *irgendwie komisch*: Da hatte sich die in Thereses Nachbarschaft gelegene, von hämenden Geistern Bundeszensurstelle genannte Bundesprüfstelle vor einem Monat noch mit der Prüfung eines Antrags auf Indizierung beschäftigt. Gegenstand war eine von einem Briten verfasste 900 Seiten starke Hitler-Biographie. Vielleicht würde sich ein unsichtbarer Beobachter des Geschehens die Frage stellen, was daran bedenklich sein sollte, aber diese Frage konnte Therese beantworten. Sie selbst hatte nämlich an dem Tag, an dem die Hitler-Biographie verhandelt wurde – der Verleger hatte Widerspruch gegen die gern praktizierte Verhandlung im ›kleinen Kreis‹ eingelegt –, erstmals an einer Sitzung der BPjM im Bonner Familienministerium teilgenommen.

Beisitzerin: Therese Silkmann.

Therese erinnerte sich noch gut an den Tag ihres ersten großen Auftritts in den heiligen Hallen der Wächter über Sitte, Moral, Rechtschaffenheit und Jugendverträglichkeit. Sie war stolz darauf, einen Beitrag zu leisten, damit dieses Land so blieb wie es war, und dies nicht zuletzt durch das Vorhandensein eben des Regulatoriums Bundesprüfstelle. Wie vielleicht die meisten Deutschen vertraute Therese darauf, daß der Staat und die direkt für ihn tätigen (und in einem gewissen sozialistischen Sinne sozialisierten) Personen besondere Befähigung darin hätten, unangenehme Meinungen wegzuschließen, zu zensieren, ihnen die Verbreitungsmöglichkeit zu entziehen oder sie zu verbieten: Je nach Objekt und Schweregrad des unsozialisierten Inhalts.

Im Falle der Hitler-Biographie argumentierte der Antragsteller, ein unbekanntes Jugendamt aus einem Kaff im friesischen Elbland, daß die unbestreitbare Tatsache des großen Interesses des Autors an der Monstrosität Hitler selbigen höchst verdächtig mache – man formulierte sehr vorsichtig –, für das behandelte abartige Gedankengut ›besonders empfänglich zu sein‹. Erschwerend kam hinzu, daß an der Anzahl von insgesamt immerhin *zwei* Stellen im Buch sehr, sehr lange Monologe Hitlers abgedruckt waren, ›die seelisch besonders leicht zerrüttbare Jugendliche‹ durch ›seitenlange Gewöhnung‹ ganz entschieden ›auf die Seite Hitlers und des Nationalsozialismus ziehen *könnten*‹.

Ein imaginärer Beobachter würde nun sicher eine kurze Pause erbitten, um die letzten Sätze kurz zu verdauen und sich dann den weiteren Details widmen.

Also, diese *Fakten, Fakten, Fakten* in Verbindung mit der Person *Adolf Hitler* waren sehr gewichtige. Jedenfalls tagte das Zwölfergremium ganze vierzig Minuten zur Sache und überschritt damit die üblicherweise angesetzte halbe Stunde pro Vorgang. Es entschied mit sieben zu fünf Stimmen knapp, daß die beiden fraglichen Monologe die durch vorbildliche deutsche Schulen insoweit gefestigten Jugendlichen nicht in ausreichendem Maße und mit hinreichender Sicherheit gefährdeten, um eine Indizierung des Werkes zu rechtfertigen.

Einem Beobachter wäre vielleicht in den Sinn gekommen, daß die allseits zerrütteten deutschen Familienverhältnisse und das Leben der sich aus der Gesellschaft ausgeklinkten vielfältigen Parallelgesellschaften im Lande objektiv betrachtet ein weitaus größeres Gefährdungspotential darstellten als eine Biographie. Therese hingegen ereilten solche Gedanken ebensowenig wie die dialektisch durchaus ergründbare These, daß – nach ihrer Logik – diese (vom Staat als solche anzusehenden) Mißstände dann *ebenfalls* dem politischen Erfolg der Bundesprüfstelle zuzuschreiben wären. Aber, wie bereits festgestellt, war Therese nicht besonders intelligent, sondern leicht unterdurchschnittlich, und das in allem und jedem.

Es war schon *irgendwie komisch*, wie sich innerhalb von vier Wochen die Feindbilder geändert hatten, nur, weil er *da* war, und das gleich richtig: Adolf Hitler. Und nun vereinnahmte die Pro-Resoz-Bewegung eben diesen Hitler als Musterbeispiel für Gnade, Verzeihen, Schuldvergebung, den ganzen Großmut, den *die neue Welle*, die moderne Gesellschaft, in der Absicht, sich selbst zu schmücken, praktizieren wollte. Sicher, Hitler spaltete auch die Resoz-Bewegung in zwei Lager, die unterschiedliche Ansichten dazu entwickelten, *wie weit* man gehen dürfe – als ob es für Gnade eine Grenze gäbe! Andererseits bewirkte die außerordentliche Medienpräsenz des Zeitreisenden H., daß der Resoz-Gedanke auch den letzten, vielleicht bislang noch uninformierten oder an aktuellen gesellschaftlichen Entwicklungen eher desinteressierten Bürger erreichte.

Eine Propaganda ohnegleichen, dachte Therese wohlig, aber dann erschrak sie angesichts der Verwendung dieses als Goebbels Tätigkeitsfeld bekanntgewordenen Begriffs. *Womöglich, nein, ganz sicher, hat er dieses Wort sogar erfunden.*

Doch nun war Goebbels tot. Inwieweit sich das – nach Thereses Einschätzung – von ihm erfundene Wort weiter im Sprachgebrauch hielt, wußte sie nicht zu sagen. Die Tatsache des Todes des kleinen Doktors machte ihr und ihren Mitstreiterinnen sehr zu schaffen. Verabschiedete sich mit ihm doch ein prägnanter Fall für die Resoz aus dem Bereich der Möglichkeiten, ihn therapieren und beglücken zu können.

Aber Selbstmord ist eine freiwillige Tat. – Oder ist er nicht freiwillig aus dem Leben geschieden?

Therese wurde schwindlig, dachte sie an die wenigen verfügbaren Optionen. Es gab eigentlich nur diese beiden Szenarien: Selbstmord oder Mord, wobei ein in welchem Ausmaß auch immer ›geduldeter Selbstmord‹ einem Mord moralisch gleichkam. Und selbst im Falle eines ›normalen Selbstmordes‹ stand die Bundesregierung nicht gut da, hätte sie doch Vorsorge treffen müssen, etwas derartiges zu verhindern.

Therese wußte aus jüngsten Telefonaten mit ihren Freundinnen, daß diese zunehmend Mitleid mit Hitler empfanden. Wie mußte sich dieser einsame, alte, kranke – und reumütige! Ja, Reue nicht zu vergessen! – Mann in seiner kalten grauen Zelle vorkommen? Er hatte sicher Angst davor, ein ähnliches Ende zu finden wie Herr Goebbels; entweder aus Verzweiflung oder … Es war die besondere Eigenheit Thereses und ihrer Gefährtinnen, sich Sorgen über die Befindlichkeiten von Tätern zu machen: Für sie waren Täter die größten Opfer überhaupt. Wie konnte es – nach Thereses Logik – sonst sein, daß sich Menschen überhaupt zu Gewalttaten hinreißen ließen? Ihre Taten waren doch nur hilfloser Ausdruck von Einsamkeit, Verletzlichkeit und Perspektivlosigkeit! Die als Täter bezeichneten, abgestempelten, vergessenen, weggeschlossenen, kaltherzig geächteten Personen waren doch in Wirklichkeit die gefährdetsten Opfer der Gesellschaft, der Eltern, der Schule, der Überhaupt-Alles.

Ein unsichtbarer, analytisch begabter Beobachter der Szenerie hätte vielleicht eingewandt, daß Menschen wie Therese Gesellschaft, Schule und Überhaupt-Alles gestalteten. Aber dieser Beobachter hatte gerade anderweitig zu tun. Und Therese fühlte sich einfach nur irgendwie beschissen.

Kapitel 9
Der Verlassene

Berlin, 21. Juni 2014, 16.00 Uhr

»Diese Schweine, diese defätistischen Hunde! Ich hätte 1945 das ganze Volk liquidieren lassen sollen, dann müßte ich mich jetzt nicht derart von diesem verräterischen, demokratischen Gesocks demütigen lassen! Alle liquidieren, ohne Ausnahme!«

Der Mann, dessen Beruf korrekterweise mit ›Ex-Führer‹ anzugeben war, schnappte nach Luft. Schweiß stand auf seinem Gesicht, die Augen schienen sich bei dem Versuch abzuquälen, aus den Höhlen hervorzutreten. Sie wirkten depressiv und geschlagen von zu vielen grausamen Erfahrungen in anstrengend außergewöhnlichen Situationen, die man zutreffenderweise ›wahnsinnig‹ nennen mußte.

So empfand auch Rechtsanwalt Dr. Aryan Berger die Szene, in der er die Rolle des andächtigen Zuhörers eines Tobsuchtsanfalls des von ihm verehrten ›größten Feldherrn aller Zeiten‹ ausfüllen durfte. Ausgerechnet er, der ein bundesweit und darüber hinaus bekannter Rechtsextremist und Verteidiger etlicher Skin-Banden und neonazistischer Einzeltäter in zahllosen Prozessen gegen diese seine erlauchte Klientel war.

Adolf Hitler stützte die Hände auf die Tischkante. Offenbar hatte er während seiner unkontrollierten Gefühlsausbrüche regelmäßig mit Kreislaufproblemen zu kämpfen; einer der jüngsten und gesündesten Volksgenossen war er ja auch nicht mehr.

Der Führer befindet sich emotional – verständlicherweise – in einer außergewöhnlich angespannten Situation; wer an seiner Stelle würde anders reagieren, wenn er hört, daß er möglicherweise in akuter Lebensgefahr schwebt?

Grausame Ernüchterung wollte nach dem Hirn von Dr. Berger greifen, als sein Innerstes ihm die Antwort präsentierte, als es ihm zuwispern wollte: Ein charakterstarker, gefestigter Mensch, der um Millionen Leben gewürfelt hat, erträgt auch eine Bedrohung seines eigenen Lebens mit reifer Gelassenheit, wie Napoleon, Cäsar und ... Doch der Nazi-Anwalt ließ diese zweifelsfrei begründete Sichtweise nicht in sein bewußtes Denken vorstoßen; sie durfte es nicht.

Sein ganzes Leben hatte Berger damit zugebracht, sich Wissen über das Dritte Reich und die dreißiger und vierziger Jahre des 20. Jahrhunderts anzulesen, darunter auch viele unorthodoxe Bücher, die dem Zeitgeist nicht entsprachen; sogar solche von durchaus beachtlichem historischen Wert. Aber ab einem frühen Zeitpunkt seiner Studien hatte der spätere Jurist verlernt, Nazi-Propaganda von historisch zutreffender Beurteilung zu trennen. Selbst wenn ein aufmerksamer Beobachter seines Tuns ihm gesagt hätte, er sei in eine selbstgestellte Falle getappt, hätte er diese Aussage nicht verstanden. Getrieben von dem übergroßen Wunsch nach einem überdimensional mächtigen Deutschland und einer süchtigen Gier nach einem *Erlöser* war er, wie viele Zeitgenossen der früheren Hitler-Ära, klugen wie dummen, aufrichtigen wie verbrecherischen, politischen wie apolitischen, diesem *einen Mann* und seiner unbestreitbar suggestiven Ausstrahlung verfallen; und das rettungslos.

Inwieweit es zutraf, daß der Verstand von Dr. Berger – aus Selbstschutzgründen zur Verhinderung des Abgleitens in den Wahnsinn – es nicht mehr zulassen *konnte*, sein ganzes dreiundvierzigjähriges Leben einen Irrtum zu nennen, bedurfte der Begutachtung eines erfahrenen Psychiaters.

Der Führer indes hatte sich wieder beruhigt, wie sein Strafverteidiger erleichtert feststellte. Erst wenige Minuten zuvor hatte Dr. Berger das Subjekt der Ermittlungssache H. besucht, begeistert davon, *seinem* Führer leibhaftig gegenüber zu stehen. Hitlers Einverständnis, ihn als Verteidiger zu akzeptieren, erlangte er schnell; zwar unbeabsichtigt, aber fast noch schneller gelang es ihm, mit der Bekanntgabe der aktuellen Situation einen der ihm bislang nur aus Geschichtsbüchern der Sieger bekannten Wutanfälle Hitlers auszulösen – die Neuigkeit war der *Selbstmord* von Dr. Goebbels, den der Rechtsanwalt in einem Tonfall verkündete, der verdeutlichte, an der Glaubwürdigkeit des Selbstmords massive Zweifel zu hegen.

Hitlers Augen richteten sich fest und kalt auf seinen Verteidiger. »Diese Schweinekanzlerin hat schon zugelassen oder angeordnet, was letzen Endes beides gleichermaßen schäbig ist, daß mein Medienmanager ermordet wurde. Und nun einer meiner engsten Vertrauten seit ... seit Jahrzehnten. Ich bin mir sicher, es handelt sich zumindest bei dem Tod von Dr. Goebbels um planmäßigen Mord. Zug um Zug werden alle Zeugen beseitigt, die die Lauterkeit meiner Politik bezeugen könnten, die wissen, daß ich bei allem was ich tat, immer nur das Wohl und das Überleben des deutschen Volkes vor Augen hatte.« Ein Anflug von Wehmut schlich sich in Hitlers Gesicht. Dr. Berger bewunderte es andächtig.

Hitler spürte die Verehrung, die sein Jünger ihm entgegenbrachte. Es schmeichelte ihm.

Seine Stimmung änderte sich schlagartig. Arrogant bleckte er die Zähne, drückte das Kinn heraus – was ihn bei seiner gebeugten Haltung lächerlich aussehen ließ – und setzte sich zufrieden schnaufend auf den einzigen freien Stuhl der Zelle, die er seit dem Besuch der Kanzlerin bewohnte. Ein unbequemes Bett und eine Toilette waren die einzige sonstige Einrichtung in der fünfzehn Quadratmeter großen Zelle.

»Versalzen wir denen die Rechnung, mein Lieber.« Genüßlich entrollte Hitler seiner PEZ-Packung ein kostbares Kleinod und steckte es sich in einer selbstverzückten Geste in den Mund. »Zunächst einmal muß ich raus aus dieser jämmerlichen Zelle, die wohl für die Inhaftierung krimineller Subjekte gedacht ist statt für Personen von weltgeschichtlicher Bedeutung. Ich muß überhaupt raus aus diesem Land, hinfort aus dem Gewaltbereich dieser dilettantischen Demokratin, der auch ich sonst noch zum Opfer falle. Und was würde die Welt mehr entsetzen als der Tod meiner Person? *Meiner Person!*

Diese Resozialisierungsbewegung ist bereits in unterschiedliche Fraktionen zerfallen, die sich nun erbitterter bekämpfen als sie vor ihrer Spaltung ihre offensichtlichen Gegner bekämpften. Die Weltöffentlichkeit schaut auf Deutschland – wieder einmal – und erwartet die Antwort auf alle Fragen, die überhaupt auch nur im Ansatz prägnant und klug zu formulieren das heutige Politnik-Gesocks nicht in der Lage ist. Wie sollte es auch? Aus welchem Kampfe gingen sie gestählt hervor? Welche großen historischen Prüfungen mußten sie bestehen, diese Wichte? Natürlich, eins war schon immer so wie heute: Die Mehrzahl der Menschen braucht *Führer*, die ihnen sagen, was sie zu tun haben, wovor sie sich zu fürchten haben, was sie anzubeten haben, was ihnen ein wenig Freude bereitet. – Sie benötigen heute mehr denn je *den einen Führer*, der all die Widersprüche im Fühlen, Denken und Handeln der Masse *auflöst* – und zwar allein durch die massive Existenz *seiner Person!* Der eine Mann, der für alles und jeden steht, der eine Führer, an den der zweifelnde und der bereits verzweifelte Volksgenosse sich anlehnen und neue Hoffnung schöpfen kann, daß nämlich einer – dieser *eine* Mensch – nach dem Willen des Allmächtigen und mit Hilfe der unterstützenden Hand der Vorsehung alles zum Guten wenden wird. Keine Zweifel mehr, kein Zaudern mehr, kein Fürchten und keine Resignation. Kraftvoller Aufbruch und eiserner Wille, die innerste Essenz einer Gemeinschaft von Menschen, die in die Lage versetzt wird, Wunder zu vollbringen. *Ich bin der Heiler der Welt, der Retter der Menschheit!* Nicht weil ich es will, die Vorsehung wollte es schon immer so, sie hat mich auserwählt, den Willen des Allmächtigen zu erfüllen.«

Hitler hatte sich in Rage geredet, aber nicht wie die vergangenen Male mit Wutausbrüchen und Beschimpfungen verbunden, die ihm Hustenanfälle eingetragen hatten. Diesmal, das erste Mal seit seiner Rückkehr, war es anders. Er selbst bemerkte es so wie der andächtig lauschende Aryan Berger. Es war die kalte Entschlossenheit, die wieder Besitz von ihm ergriffen hatte, der unbedingte Wille, seine Ziele durchzusetzen.

In der nun folgenden Stille in der Zelle, in der ein Mann unbeweglich an einem Tisch stand und ein zweiter reglos auf einem Stuhl saß, schien sich wie in einer elektrostatischen Aufladung einer der beiden Männer zu regenerieren, die mentale Kraft zurückzuerlangen, die ihn tatsächlich in die Lage versetzen konnte, Berge zu versetzen. Der Grund dafür war ebenso einfach zu erkennen wie zu erklären: der Wahnsinn, gepaart mit überlegener Geisteskraft und einem sicheren intuitiven wie mathematischen Gespür für Menschen und Situationen, zeichnete den Mann aus, der es gewohnt war, Siege zu erringen und die Niederlage nicht zu akzeptieren; für den das Schicksal ganzer Völker bedeutungslos war angesichts der wahnsinnigen Visionen seines Gehirns und der überragenden Rolle, die er sich selbst in der Geschichte zumaß.

Und? Bin ich etwa nicht schon 1945 als Gigant in die Geschichtsbücher eingegangen? Als Mißverstandener, ja; als Verfemter, ja; als Bösewicht, ja; aber in welcher Dimension …

»Ich verlange – so wie zuvor ein anderer Gigant der Weltgeschichte, Napoleon Bonaparte – Asyl auf den britischen Inseln, bis die unfähige Bundeskanzlerin entschieden hat, wie sie mein Leben fürderhin sichern und meine besonderen Fähigkeiten nutzvoll für die deutschen Belange einbringen will – oder bis«, er mußte lachen, während er den Gedanken in Worte formulierte, »diese lächerliche Person ein Strafverfahren oder dergleichen Firlefanz gegen mich einleitet. Komme es, wie es kommen wolle, ein Asylbegehren in England ist unter den aktuellen Umständen die gebotene Maßnahme. Dr. Berger, veranlassen Sie das Notwendige. Ein Ultimatum an die Bundeskanzlerin und eine betont freundlich formulierte Bitte an den Großmut der Briten. – Sie können jetzt gehen.«

Adolf Hitler war wieder da.

Berlin, 23. Juni 2014

Es gab da einen englischen Premierminister und eine deutsche Bundeskanzlerin, die sich recht gut verstanden, obwohl (oder vielleicht gerade weil) sie unterschiedlichen politischen Lagern angehörten – nun ja, sagen wir: weil ihnen von der Bevölkerung unterschiedliche politische Lager zugewiesen wurden. Die demokratische Grundausrichtung des Westens in diesen Zeiten (mit einem gewissen Drall in eine bestimmte Richtung, die – unabhängig vom jeweiligen Lager – eher links von der Mitte anzusiedeln war) ließ nicht viel Spielraum für auffallende oder gar abweichlerische Meinungen. Und Meinungsverschiedenheiten plagten die beiden führenden Politiker auch nicht, sondern das ewige alte Spiel um die Macht. Der Brite war der Kanzlerin zu Dank verpflichtet, hatte diese doch drei Monate zuvor – offiziell zähneknirschend, in Wirklichkeit aber hatte sie ihrem Kollegen das Versprechen einer zukünftigen Gefälligkeit besonderer Güte abgerungen – einem äußerst streng begrenzten Militäreinsatz zugestimmt, der folgende genau fixierte Geringfügigkeiten beinhaltete: Verlegung deutscher Kampfjets ins Kampfgebiet, Abstellung von deutschen Versorgungseinheiten für britische Kampftruppen, Einsatz von deutschen Marineschnellbooten, Durchführung von Verwundetentransporten für die britische Armee, eine Fünfzig-Millionen-Euro-Zahlung für einen Munitionsbeschaffungsfonds des Netzwerkes ›Demokratischer Frühling‹, pausenlose Kampfeinsätze aller in Dienst gestellten deutschen Kampfhubschrauber, die Abstellung von dreihundert militärischen Beratern für ein (wieder einmal) sich spontan gebildet habendes ›Frühlingskomitee‹ (bestehend aus von US-Geheimdiensten ausgebildeten Terroristen), der Aufnahmeverpflichtung von einhunderttausend Flüchtlingen aus dem Kriegsgebiet in der BRD und dergleichen mehr. Kurzum: der Teilnahme der braven Bundesrepublik, dem Vorbild der gesamten (wieder mal) gut- und richtig gesinnten Welt, an einem grausamen Angriffskrieg gegen ein militärisch unterlegenes Land irgendwo im Nahen Osten; ein fremdes Land, in dem deutsche Soldaten nichts zu suchen hatten (britische womöglich auch nicht), das niemals zu einer realen Bedrohung für Deutschland oder England hätte werden können (lediglich fiktiv und in gefälschten, aber nichtsdestotrotz vehement als brandecht publizierten Militärdokumenten, in denen von Massenvernichtungswaffen, willkürlichen Säuglingstötungen und dergleichen die Rede war), und das unter dem ›Schutzschirm‹ genannten Herrschaftsschirm des ›westlichen Verteidigungsbündnisses endgültig befriedet und demokratisiert‹ werden sollte – einfach gesagt: Frau Leyden hatte bei dem Tommy etwas gut, und das forderte sie nun ein.

Nach dem fürchterlichen Desaster des Todes von Goebbels, welcher in Teilen der deutschen und internationalen Presse die eine oder andere Mordhypothese beförderte und eifrig betriebene Diskussionen rund um das morbide Thema nach sich zog, war die Kanzlerin sehr erfreut, Hitlers Wunsch nach Asyl erfüllen zu können. So konnte sie die schwere Last, die ihr die Rückkehr der verhaßtesten Unperson der Weltgeschichte einbrachte, wenigstens mit einem lieben Kollegen teilen.

Dennoch beschlich sie ein unbestimmbares Gefühl, ein leichtes Unbehagen, als sie die totale Kontrolle über Hitler an die Engländer abgab; und sie fragte sich, warum sie so empfand, jetzt, wo sie doch Zeit gewonnen und obendrein sogar Verantwortung geteilt hatte, aber sie fand keine Antwort.

Dieses merkwürdige Gefühl aber blieb.

Ärmelkanal, 24. Juni 2014

Der Seegang bei Windstärke 4 war beträchtlich. Hitler mußte sich an der Reling der Fähre festhalten, deren Seitenwände groß die Beschriftung *P&O Ferries* trugen, um nicht unsanft auf den Holzplanken zu landen. Aber er genoß diese altmodische Art der Überfahrt nach England.

Asyl in England. Wie Bonaparte. Die Großen bleiben die Großen, dachte der alte Mann in grauem Feldmantel in einem dieser ihn in letzter Zeit häufiger überkommenden wehmütigen Momente, die sich während seines Bunkeraufenthaltes in Berlin zu Stunden ausgedehnt hatten. *Alterswehmut, vielleicht ist es das,* konstatierte der Mann, der sich in seiner selbstgefälligen Bescheidenheit von seiner eigenen Propaganda zum größten Feldherrn aller Zeiten hatte hochstilisieren lassen. *Ja, ja, der kleine Doktor wußte, wie man die Volksgenossen richtig motiviert – im Gegensatz zu der operettenhaft-dilettantischen Bundeskanzlerin.*

Eine Vielzahl winziger Wassertropfen der aufspritzenden Gischt nässten sein Gesicht. Trotzig reckte er das Kinn nach vorn. Dabei kam, wie von unsichtbarer Hand gelenkt, ein zu gewissen früheren Zeiten gern im Wunschkonzert der Wehrmacht gespieltes, verträumtes Lied auf seine Lippen. Der rechte Fuß des Führers wippte im Takt, der Mund formulierte die Worte aus dem Sprachschatz des alten Größenwahns. *Fah-ren ge-gen En-geee-land.*

»Mister Hitler, bitte kommen Sie doch wieder zu uns herein«, sagte der Uniformierte mit dem leicht britischen Akzent zu dem En-geee-land-Eroberer.

Unwillig musterte Hitler General Browns indigniert-britisches Gesicht. Konnte man es ihm angesichts der altertümlichen Inszenierung verübeln, sich tatsächlich in die alten Zeiten zurückversetzt zu fühlen?

»Die britische Regierung«, sagte er, »beweist ihren vielgerühmten Großmut, mich von einem General Ihrer Majestät in die Sicherheit der britischen Inseln eskortieren zu lassen. – Von einem *Empire* ist ja nicht mehr die Rede, sind die Untertanen Ihrer Majestät schließlich die größten Verlierer des Zweiten Weltkrieges.« Lauernd sah Hitler dem General in die Augen. Der antwortete mit einer Gelassenheit, die ihn noch fuchtiger machte. »Wie kommen Sie zu der bemerkenswerten Auffassung, das britische Empire existiere nicht mehr – und sei gar Verlierer des Zweiten Weltkrieges?«

»Der größte Verlierer, habe ich gesagt; der größte Verlierer. – Vergleichen Sie doch einmal die Einflußsphäre des England von 1939 mit der heutigen. Die Krone hat rund neunzig Prozent des von ihr dominierten Territoriums verloren. – Ich habe gelesen, daß die Engländer in einer dieser modernen Fernseh-Show-Befragungen abgestimmt haben, Churchill sei der größte Engländer aller Zeiten gewesen. Wie lächerlich. Der Dank für all meine Friedensbemühungen, die ich England entgegenbrachte, war die Eröffnung des Bombenkrieges auf deutsche Städte. Der Dank der

Geschichte für soviel Vermessenheit war das Verschwinden des britischen Weltreiches.«

Das reserviert-indignierte Gesicht des Generals strahlte enorm viel Indigniertheit aus.

Hitler schnalzte mit der Zunge und dachte: *Vor dem nächsten PEZ noch meine versöhnliche Hand. Ich weiß, wie man mit diesen englischen Aristokraten umgehen muß.* »Dabei waren ganz außerordentliche Leute in Ihren Reihen zu finden«, sagte er. »Wenn ich nur an Feldmarschall Montgomery denke, der sogar meinen Wüstenfuchs Rommel in Afrika geschlagen hat.«

Die Entgegnung des Generals überraschte ihn. »Monty wurde in seinen militärischen Fähigkeiten begünstigt durch die ausbleibende Unterstützung des Oberkommandos der Wehrmacht für das Afrika-Korps, möchte ich mir dazu anzumerken erlauben.« Brown musterte den Ex-Reichskanzler mit leichtem Spott in den Augen.

Leichter Spott? Unverschämt grinst er mich an, dieser arrogante Lackaffe, der noch in keinem Schützengraben und unter Dauerbeschuß von schwerer Artillerie gelegen hat.

Der unverschämte Engländer setzte sogar noch nach. »Ein dramatischer Fehler der deutschen Führung war es auch, nicht gezielt die hervorragenden deutschen Panzerbesatzungen aus Afrika auszufliegen, die dringend an der Ostfront gebraucht wurden«.

Un-ver-schämt! Unglaublich frech ist er!

»Wissen Sie, Herr Hitler, die alten Zeiten sind vorbei. Heute sehen wir Montgomery mit anderen, objektiveren Augen. Die moderne britische Militärgeschichtsschreibung kreidet ihm sogar an, die Operation Market Garden durchgeführt zu haben, obwohl unserer Aufklärung die Anwesenheit deutscher Elitepanzertruppen im Raum Arnheim bekannt war. Die Schlacht um die Brücken von Arnheim, Nimwegen und Eindhoven hat uns schwere Verluste beschert; 8.000 der 10.000 Mann unserer 1. Airborne Divison blieben tot oder gefangen zurück.«

Hitler staunte nur über so viel Freimütigkeit. Er schluckte, rekapitulierte kurz die Ereignisse des Kampfes um die Brücken in Holland, deren Einnahme durch die Alliierten den Krieg wesentlich verkürzt hätte, schmeichelte sich selbst kurz in der Ergebung, daß seine Truppen diesen beachtlichen Sieg errungen hatten, und sagte dann: »Ja, ja, Bittrichs Panzertruppen, die zwar nach den schweren Kämpfen in der Normandie schwer angeschlagen und in Arnheim zur Auffrischung und Neuausrüstung gesammelt wurden, dezimierten die abgeschnittenen britischen Fallschirmtruppen massiv. – Sehr generös von Ihnen, die historischen Tatsachen exakt wiederzugeben.«

»Unbedingt; die in deutsche Gefangenschaft geratenen britischen Fallschirmtruppen wurden sogar in löblichster Weise von den Sanitätskräften Ihres SS-Panzerkorps umkümmert – was sich für die Divisionen Hohenstaufen und Frundsberg besonders auszahlte, kapitulierten beide SS-Panzerdivisionen schließlich 1945 vor eben dieser 1. britischen Luftlandedivision … – Herr Hitler, die Zeiten haben sich geändert. Aus den Gegnern von damals sind Freunde geworden. – Möglicherweise hat der Regimewechsel in Deutschland diese heutige Situation begünstigt …«

Warum befördern die Tommies mich in einer Fähre von Calais nach Dover? hatte sich der ›England-Eroberer‹ Hitler bereits auf dem Flug von Berlin nach Calais-Dunkerque gefragt. Seine deutschen und englischen Begleiter gaben sich sprachlos, er hatte lediglich erfahren, sein Asylgesuch sei von der britischen Regierung angenommen worden, und er müsse die Strecke Berlin-Calais per Flugzeug, dann mit einer eigens für diesen Zweck bereitgestellten Fähre von Calais nach Dover zurücklegen, um schließlich in einem Auto von Dover nach London verbracht zu werden.

»Warum befördern Sie mich dann über den Umweg Calais/ Dover nach London? Ein Direktflug ist doch in Ihren modernen Zeiten nichts Ungewöhnliches mehr; das weiß ich aus dem Weltnetz, diesem Internet«, sagte der Führer.

Die Miene des Generals wurde wieder undurchdringlich. Nach kurzem Zögern sagte er: »Ich glaube, die Königin wollte Ihnen das Gefühl schenken, wenigstens *einmal* im Leben den Kanal von Calais nach Dover überquert zu haben – nachdem das 1941 scheiterte. Sir, Sie verstehen, die Luftschlacht um England ...«

Hitler fummelte ein PEZ aus seiner Packung hervor und in seinen Mund hinein, mißmutig starrte er auf die Wellen, die auf den Schiffsrumpf knallten. Irgendwie war ihm nicht mehr nach alten Liedern zumute.

Kapitel 10
Der Eroberer

Langsam schälte sich die britische Küste aus dem nebligen Schleier. Undeutlich war der Hafen von Dover zu erkennen: Großbritanniens Tor zum europäischen Kontinent. Die von Dover bis hierher zurückgelegten zweiundzwanzig Seemeilen waren für Adolf Hitler mit gemischten Gefühlen vergangen; sein Wunsch nach Asyl war erfüllt worden, was er als wichtigen psychologischen Sieg über die deutsche Bundeskanzlerin wertete.

Nun, wenn ich ehrlich zu mir selbst bin, muß ich gestehen, den Briten mehr weltpolitisches Denken zuzubilligen als der neuen deutschen Führung, die aus Dilettanten zu bestehen scheint; unfähig, wichtige politische Entscheidungen zu fällen, harte politische Entscheidungen zu vollziehen. – Unglaublich, wie die politische Klasse in Deutschland innerhalb von nur drei Generationen heruntergekommen ist.

Aber Hitler war klar, daß diese spezielle Art der Verbringung nach Großbritannien eine Demütigung für ihn sein sollte. Grimmig blickte der Führer auf die Kreidefelsen von Dover, die jetzt gut zu erkennen waren.

Die Fähre *Pride of Dover* fuhr durch den Eastern Entrance, der Hauptein- und Ausfahrt für alle Fähren. Hitler glaubte, Personen hinter den Fenstern des Dover Port Control erkennen zu können, die von der Mole aus den Schiffsverkehr im Hafen und bis in eine Meile Entfernung koordinieren. Die Fähre dockte an ihrem Ziel an: Anleger 3.

General Browning sagte zu dem sich unbewußt an der Reling verkrampft festhaltenden Hitler: »Herr Hitler, wollen Sie mir bitte folgen?«

Trotzig kam der Ex-Führer der Aufforderung nach; er verschränkte die Hände hinter dem Rücken und stolzierte hinter dem britischen Offizier die Gangway hinunter – mußte sich dann aber doch am seitlich angebrachten Geländer festhalten. Ein leichter Schwächeanfall überkam ihn.

Nein, Adolf, nicht jetzt, nur mit eisernen Nerven kann man die blasierten Tommies beeindrucken.

Verbissen stakste er weiter voran, und bevor er sich versah, befand er sich auf dem Ausleger der Fähre, der nun in eine im Hafen fest installierte Brücke überging. Browning hatte sich an Hitlers Seite begeben, links vor dem Führer und rechts hinter ihm eskortierten zwei britische Fallschirmjäger mit angelegten Schnellfeuergewehren. Hart trommelten die Schritte der vier Männer auf dem metallischen Boden.

Übergangslos blitzte am Himmel die Sonne auf. Hitler hob leicht den Kopf und suchte in den verirrten Sonnenstrahlen so etwas wie eine Botschaft der Vorsehung. Aber da war nichts zu erkennen.

Ist es also soweit? Habe ich jetzt nur noch mich, mich ganz allein?

Wehmut überfiel den früheren Reichskanzler, doch bevor sich dieses Gefühl tiefer Traurigkeit festsetzen konnte, sah er etwas, was ihn im Schritt verharren ließ.

Unterhalb der abwärts führenden Anlegerbrücke hatten sich auf dem Hafengelände zwei große Menschenmengen versammelt; aus der einen ragten Plakate hervor, die so unangenehme Aufschriften trugen wie ›Kill Hitler‹, ›Nazi, go home‹ und ›Hitler = Murderer‹. Der Führer schluckte.

Ist das aus den toleranten Engländern geworden? Ja, ist denn die ganze Welt verrückt geworden während meiner Abwesenheit?

Dann aber erkannte er, daß diese ihm offenbar feindlich gesinnte Menschenmenge von blauweiß uniformierten britischen Polizisten sorgsam abgetrennt wurde von einer zweiten Gruppe. Was er dort an Plakataufschriften erkennen konnte, ließ ihn frohlocken: ›Resoz for Hitler too‹, ›We are all just people‹, ›Love for ALL human beings‹.

Er bemühte sich, das Transparent mit der Aufschrift ›Insane Hitler, forgive him‹ zu übersehen, war es doch irrelevant; entscheidend war die Anzahl seiner – wie er es sah – Anhänger im Vergleich zur Gruppe der ihm unfreundlich gesonnenen Demonstranten. Beide Gruppen waren in etwa gleich stark.

Wieder blitzten Sonnenstrahlen am Himmel auf, und Hitler meinte, die Vorsehung offenbare sich in diesen merkwürdigen Zeiten (im allgemeinen) und ihn so strapazierenden letzten Tagen (im besonderen) wohl eher dezent. Dankbar nickte er den Sonnenstrahlen zu.

Halbe-halbe, es ist wieder alles offen, so wie früher. – Und habe ich es nicht immer wieder gegen alle Widrigkeiten geschafft, meine Politik durchzusetzen, ja, meine Person in den Mittelpunkt des Denkens und Handelns der meisten Menschen des ganzen Erdballs zu rücken? Hah!

Er versuchte, seine Gestalt zu straffen, soweit es der leicht verkrümmte Rücken zuließ, ließ die Linke in die Tasche des grauen Führermantels gleiten und klammerte sich fest an die darin befindliche PEZ-Packung. Der Saum des Mantels wurde von einem plötzlich aufkommenden starken Wind bewegt, er flatterte so wie in den alten Zeiten die Fahnen der Parteiformationen zum krachenden Trommelschlag der Marschmusik einer neuen Zeit entgegengeeilt waren.

Vorwärts, vorwärts, schmettern die hellen Fanfaren …

Gerade als General Browning sich diskret räusperte, um Hitler zum Weitergehen zu ermuntern, setzte dieser sich in Bewegung, Richtung England, Richtung Sonne, Richtung Zukunft.

Vorwärts, vorwärts, Jugend kennt keine Gefahren …

Beide Demonstrantengruppen äußerten sich wie auf Kommando nun auch verbal. Rufe, Schreie in Richtung Hitler und die jeweilige gegnerische Menschenansammlung kamen auf, schwollen an zu einem Lärm, der es unmöglich machte, ein einzelnes Wort in all dem Gebrüll und Gekreisch zu verstehen.

Natürlich schreien sie auf, die einen wie die anderen: Sie haben mich erkannt! Ich bin gekommen! In Hitler tobte der alte Wahn, der jede rationale Überlegung beiseite wischte, wäre er noch in der Lage gewesen, so etwas unsäglich triviales wie die Realität überhaupt wahrzunehmen.

Noch bin ich ein Faktor in der Weltpolitik.

Jeder Schritt Hitlers und seiner militärischen Eskorte wurde begleitet vom Lärm der Demonstranten. Hitler versuchte, in dem Tohuwabohu so etwas wie eine Melodie zu erkennen, aber er erkannte nichts außer dem Lärm, der es war.

Ganz gleichgültig. Hauptsache, sie reagieren auf mich.

Nur noch dreißig Meter trennten ihn, der auf dem letzten Endstück der Brücke stehen blieb, von den vordersten Reihen der Demonstranten. Genau vor ihm teilten sich die Gruppen; zu seiner linken seine Gegner, zur rechten seine – wie es ihm in den Sinn kam, sie zu nennen – sozialen Fürsprecher.

Und in der Mitte der beiden so unterschiedlichen Gruppierungen erkannte er nun TV-Kameras. Genüßlich pellte er in seiner linken Manteltasche ein PEZ aus der Packung und spielte in der Tasche damit, ließ es zwischen Daumen, Zeige- und Mittelfinger hin und her gleiten. Er *spürte* durch seine Finger den leicht beißenden Geschmack des PEZ auf seiner Zunge, eines der Anzeichen für höchste Konzentration, wie er befriedigt konstatierte.

Hitler bemerkte die leichte Unruhe in der Stimme von General Browning, als dieser sagte: »Herr Hitler, bitte wenden Sie sich nach links, dort wartet ein Militärfahrzeug auf uns.«

Als Hitler einen Schritt nach vorn tat, dann noch einen, versuchte einer der beiden Fallschirmjäger, ihn am Arm zu fassen und nach links zu dirigieren.

Mit einer kraftvollen Bewegung, die niemand dem steifen, schwerkranken Greis zugetraut hätte, schüttelte er die Hand ab und ging schnell weiter nach vorn, zu den Kameras, die das Geschehen in Wort und Bild festhielten, zu den Menschen, die gekommen waren, dieses einzigartige Schauspiel live zu sehen.

Gekommen, mich zu lieben, mich zu hassen, und ja: mich zu sehen!

Hitler blieb stehen und enthob General Browning von der unangenehmen Entscheidung, ihn vor laufenden Kameras mit Gewalt in das fünfzig Meter entfernt wartende Militärfahrzeug zu verfrachten.

Der Lärm verebbte rasch, Sekunde für Sekunde wurde er leiser; schließlich herrschte Stille. Hitler breitete die Arme aus, ganz langsam hob er sie seitlich in die gleiche Position, in der sich die Arme von Jesus am Kreuze befanden, dann wandte er sich nach links und rief: »Wollt ihr euren Führer töten? Nun, hier bin ich!«

Stille. Schweigen. Ergriffenheit. Vielleicht wurden sich in diesem Moment viele Demonstranten erst bewußt, *welche* Person hier vor ihnen stand.

Adolf Hitler, Dämon. Adolf Hitler, Zeitreisender. Adolf Hitler, Superstar.

Der Führer setzte sich wieder in Bewegung, seine Arme hielt er weiterhin ausgebreitet, als er sich nach rechts wandte, in Richtung der Pro-Resoz-Demonstration, und sagte: »Und ihr, wollt ihr mich erretten, meine Hoffnungslosigkeit vertreiben durch eine neue Chance? Hier bin ich!«

Hitler sah in weltentrückte Gesichter, die teilweise verzerrt waren von übergroßem Staunen, von Ergriffenheit ob der guten Tat, die zu vollbringen sie sich der weltweiten Resoz-Bewegung angeschlossen hatten. Erste Tränen flossen, Zeugnisse tiefen Mitempfindens, Beweis übergroßer Selbstverliebtheit.

Die Arme wurden dem schwachen Körper des Führers schwer und schwerer, also senkte er sie in einer theatralischen Geste. Dann erkannte er in der ersten Reihe ›seiner‹ Demonstranten einen vielleicht zehnjährigen blonden Jungen. Langsam ging der Führer in leicht scharwenzelndem Gang auf ihn zu. Die herandrängenden TV-Teams wurden von Polizisten mit einiger Mühe daran gehindert, ihm zu nahe zu kommen.

Hinter sich vernahm der Mann aus der Vergangenheit die mit Verzagtheit durchtränkte Stimme des britischen Generals. »Keine Fragen bitte an Herrn Hitler ...« Zwei Schritte später stand der Dämon vor dem kleinen Jungen. Britische Polizisten hielten, Arm in Arm eine Kette bildend, die Demonstranten des Resoz-Blocks zurück, aus deren Reihen einige besonders engagierte gute Mitbürger nun erkennbar danach trachteten, das Opfer ihrer Begierde zu berühren. Ausgestreckte Hände. Erste Rufe. »Touch«, Touch«.

Der Führer holte sein warmgefummeltes PEZ aus der Manteltasche, wollte es in einer ersten spontanen Eingebung dem Jungen anbieten, dachte dann aber an Dresden, steckte es sich selbst in den Mund und nickte dem kleinen Engländer freundlich zu. Genauso freundlich und wohlwollend-väterlich, wie er den halbwüchsigen Hitlerjungen und den Kameras damals, im Mai 1945, in Berlin vor dem Führerbunker seine Anerkennung und Zuneigung signalisiert hatte, bevor sie mit Panzerfäusten in die Schlacht um Berlin geworfen wurden.

Der kleine Engländer sagte:

»Are you a bad German?«

Der Führer sagte:

»No, my boy, I am *the* German, I am the *Fuehrer*.« Er tätschelte die Wangen des Jungen, wandte sich um in Richtung des wartenden Militär-Pick-up und geleitete seine militärischen Begleiter dorthin statt umgekehrt.

Die Nachrichten am gleichen Tage wurden weltweit dominiert von Hitlers überraschender Ankunft in Großbritannien.

Großbritannien, 24. bis 27. Juni 2014

Falls die britische Regierung meinte, die Sensationsgier der Presse und der Menschen sei in ihrem Staat anders entwickelt als in anderen westlichen Ländern – was sie lustigerweise tatsächlich glaubte –, erlag sie einem Trugschluß. Die Ankunft des deutschen Ex-Führers verursachte in den britischen Medien einen derartigen Nachhall, daß der Premier seinen Deal mit der deutschen Bundeskanzlerin fast bereute. (Tatsächlich bereute er ihn ziemlich intensiv, aber er hatte, was nur wenige wußten, einen besonderen Grund für die Einladung an Hitler.)

Kurzum, die englische Öffentlichkeit überschlug sich in der Forderung, Hitler live erleben zu dürfen. Zu *dürfen …*

Wußte eigentlich niemand, abgesehen von besonders intim unterrichteten Insidern, mit Bestimmtheit zu sagen, ob ein sogenannter Trend von den Konsumenten, ›den Menschen draußen im Lande‹, initiiert oder von den Medien vorgegeben wurde? Stellte sich im Fall Hitler niemand diese Frage? Es war klar, daß tatsächlich alle auch nur entfernt am gesellschaftlichen Leben Teilnehmenden *nach Hitler verlangten.* Einem neutralen Beobachter wäre an dieser Stelle nicht verborgen geblieben, daß Hitlers Rechnung, so abenteuerlich sie vielleicht auch war, in den zentralen Punkten aufzugehen schien: Die Menschen wollten ihn sehen, *ihn erleben.*

Die Schlagzeilen in den einschlägigen Magazinen und TV-Sendungen klangen, als berichte man von der bevorstehenden Weltpremiere eines einzigartig besonderen Thrillers:

The Man Who Came Back
The Magician of The Past
The Return of The Immortal
Can Everyone Live Forever?
Demon's Next Blitzkrieg over Britain?

Drei Tage nach Hitlers Ankunft im Vereinigten Königreich erteilte die britische Regierung nach Absprache mit dem Königshaus ihre Zustimmung zu einer TV-Sendung am Folgetag. Ausgewählte Angehörige der britischen Gesellschaft durften Hitler live befragen. Eine sachliche wie auch hitzige Diskussion strebten die einen an, eine sachliche wie auch Emotionen freilegende Entlarvung als Massenmörder die anderen. Wieder andere forderten inbrünstig Vergebung für seine Taten und die Chance für einen Neuanfang in einem – wie absurd auch immer es klang – ›bürgerlichen Leben für Adolf Hitler‹.

Und schließlich gab es noch die große Gruppe der Menschen, die einfach nur von dem Spektakel fasziniert waren; Menschen, die eigentlich keine echte Meinung zu Hitler hatten; die, hätte man sie gefragt, wahrheitsgemäß geantwortet hätten, ihm ›irgendwie positiv‹ gegenüber eingestellt zu sein. Aus einem einzigen Grund: Er schenkte ihnen eine Show, eine ›live action‹ in einer Zeit, in der der Tumult bedeutender war als wissenschaftliche Erkenntnis, Logik, Vernunft und dergleichen uncoole Unwichtigkeiten. Und genau daraus ergab sich die größte Chance für einen begabten Magier!

Kapitel 11
Der Magier

London, 28. Juni 2014

Da saßen sie also in einem TV-Studio zusammen, vier ausgewählte Personen des Öffentlichen Lebens, wie derart besondere Menschen respekteinfordernd genannt werden. Sie gruppierten sich entlang des runden Teils eines halbmondförmigen Tisches und wirkten seltsam wohlerzogen, artig, ganz so, als flöße ihre hohe Position ihnen ein Gefühl von Erhabenheit oder das TV-Studio Respekt ein. Vielleicht besorgte dies auch eine andere, ganz bestimmte Person.

An der geraden Seite des Tisches saß mit dem erforderlichen weltmännischen Abstand zur Tischplatte Adolf Hitler, und er sah in diesem ganz bestimmten Sinne so aus, wie man landläufig jemanden ›wie aus dem Ei gepellt‹ nennt. Er trug einen einfachen, aber von einem britischen Nobelschneider eilig angefertigten deutschen Uniformrock der gleichen Art, wie er ihn in den vierziger Jahren in seinen Führerhauptquartieren bevorzugt getragen hatte. An seiner Brust heftete das EK II, das er sich in den Stellungskämpfen des Ersten Weltkrieges als Meldegänger erworben hatte.

Hitler nahm von den geladenen fünf Personen überhaupt keine Notiz. Sie interessierten ihn nicht. Er verließ sich instinktiv auf die dämonische Fähigkeit, sich publikumswirksam in Szene setzen zu können – egal, wer ihm gegenübertrat in der Absicht, sein Ansehen herabzusetzen.

Im Aufnahmeraum war kein Publikum anwesend, aber das war unwichtig, sah doch ein – wie spätere Messungen ergeben sollten – nach dreiundzwanzig Millionen zählendes Publikum zu Hause an den Bildschirmen der *Show* zu, die zu bieten man ihm versprochen hatte, und zwar von allen britischen Sendern, denn die Entertainment-Show *Hitler is back!* lief live auf allen Sendern.

Wenige Meter seitlich von Hitler stand neben einer Aufzeichnungskamera sein Anwalt, Dr. Aryan Berger. Er nickte dem Führer unsicher zu, der wiederum versuchte, die hilflose Geste zu übersehen und vor allem – sich nicht darüber zu ärgern.

Völlig überflüssige Geste eines dilettantischen Advokaten. Großer Herrgott, du hast die Nationalen dieser neuen deutschen Republik nicht gerade mit besonderer Brillanz gesegnet. – Aber wenigstens sind sie meiner Person treu geblieben.

Hitler wußte etwas, was den Zuschauern noch nicht bekannt war: Die britische Regierung hatte sich genötigt gesehen, den Stellvertretenden Premierminister zu dieser Veranstaltung zu entsenden, denn die Medien hatten ihr sehr schnell klargemacht, daß sie einen hochrangigen Regierungsvertreter schicken mußte, da von Hitler unter Umständen nicht nur heftige Attacken gegen die Politik der deutschen Bundesregierung und ihrer Kanzlerin zu erwarten seien, sondern auch das Inselreich klare Position beziehen müsse, wie der Aufenthalt des Ex-Führers in England denn nun *genau* zu bewerten sei.

Hitler hatte – natürlich – schon im Vorfeld der Sendung über seinen Anwalt massive Mordvorwürfe in Sachen Dr. Goebbels und Tobias Wissmann gegen die deutschen Behörden geäußert. Nach der verständlichen Meinung der britischen Medien, es sei politisch verheerend, vor zig Millionen Engländern solche drastischen Vorwürfe seitens der Regierung Ihrer Majestät unwidersprochen im Raume stehen und auf das Publikum wirken zu lassen. Abgesehen davon übte sich die sensationslüsterne Presse sofort selbst in Verschwörungstheorien und Mordkomplotten (waren doch solche durch regelmäßigen TV-Konsum selbst bei Journalisten schon allgegenwärtige Realität).

Die TV-Moderatorin Jane Billington setzte sich auf den einzigen Stuhl, der neben Hitlers Sitzplatz stand, allerdings in einem gewissen und vermutlich aus ›Distanzierungsgründen‹ erforderlichen Abstand von fünfzig Zentimetern.

»Verehrte Damen und Herren hier im Studio und an den Bildschirmen«, sagte sie, »ich darf davon ausgehen, daß Ihnen die Umstände der Rückkehr Adolf Hitlers soweit bekannt sind, daß Sie nicht mehr erläutert werden müssen. Nachdem es im Umfeld der Hitler-Bande«, – der Führer zuckte leicht zusammen, ergriff den vor ihm auf dem Tisch liegenden Kugelschreiber und Schreibblock und notierte sich etwas – »zu mehreren Todesfällen kam, fürchtete Herr Hitler um sein Leben und beantragte bei der britischen Regierung Asyl, das ihm, in Abstimmung mit den deutschen Regierungsstellen, bis zum Beginn einer nationalen oder internationalen Gerichtsverhandlung auch gewährt wurde.« Miss Billington lächelte. »Nun, diverse Strafrechtsexperten und Politiker beschäftigen sich bereits mit den juristischen Möglichkeiten eines zukünftigen Strafverfahrens gegen Herrn Hitler. Es sind aber noch keine Ergebnisse absehbar, weshalb wir diesen langweilig-bürokratischen Vorgang heute nicht thematisieren wollen.« Sie räusperte sich. »Diese Runde ist zusammengetreten, weil uns etwas anderes interessiert, nämlich, was der frühere deutsche Reichskanzler eigentlich den Menschen von *heute* zu sagen hat. Wir erleben ja täglich, in welch dramatischem Ausmaß Herr Hitler unsere Nachrichten- und Sondersendungen dominiert. – Wir wollen heute, hier und jetzt, den Menschen, den Politiker, den Untersuchungshäftling ...« Hitler machte sich eine weitere Notiz. »... ja, den *Mann aus der Vergangenheit* kennenlernen und erfahren, was er der Gegenwart zu sagen hat. – Ich erteile das Wort an *Adolf Hitler*.«

Der Führer wirkte hochkonzentriert, suchte mit seinem Blick die Kamera, deren rotes Licht signalisierte, daß er im Bild war, setzte ein zurückhaltend-freundliches Lächeln auf, lehnte sich leicht in seinem Stuhl zurück, und sagte: »Liebe Frau Billington, verehrte Zuschauer, ich will zunächst der britischen Regierung ausdrücklich danken für Ihre Intervention, mich aus den Klauen einer heimtückisch meuchelnden deutschen Bundesregierung errettet zu haben. Ich gehe davon aus, daß die Todesfälle Wissmann und Dr. Goebbels nicht auf Zufällen beruhen, die die deutschen Behörden nicht hätten beeinflussen oder verhindern können. Aber die ganze Wahrheit zu ergründen, wird wohl, wie so oft in der Geschichte, erst nachfolgenden Generationen gelingen; Folgegeschlechtern, die, so hoffe ich, nach dem Willen des Allmächtigen einen umfassenden Einblick in die Sachlage erhalten und somit ein objektives Urteil werden fällen können. – Heute aber übt sich die amtierende Führerin, die sich Bundeskanzlerin nennt, in Vertuschung und schamloser politischer Intrige ...«

Er wurde von dem Zwischenruf des Abgeordneten Lord Byron, Mitglied des britischen Oberhauses, unterbrochen. »Worin Sie ja besondere Erfahrung und Übung haben.«

Hitler sprach unbeirrt weiter. »Leider zeigen meine bisherigen Erfahrungen mit der deutschen Regierung ein Höchstmaß an Mißtrauen und Antipathie meiner Person gegenüber, obwohl ich mehrfach denselben Leuten meine reichhaltigen Lebenserfahrungen als Politiker und verantwortlicher Staatsmann anbot, und das einzig zum Wohle und schnelleren Ausbau der großartigen demokratischen Idee dieser Moderne, in die mich der Wille der Vorsehung verschlagen hat.«

Die bekannteste Linkspolitikerin Englands, Dorothy Wilders, sagte: »Wie sollten uns Ihre Ratschläge dabei nützlich sein? Jemand mit Ihrer Vergangenheit kann nicht Ratgeber einer modernen Demokratie sein. Das wäre ja absurd.«

Für diese Äußerungen fing sie sich einen vernichtenden Blick der prominenten Pro-Resozialisierung-Rädelsführerin Angie West ein.

Hitler lachte meckernd, stoppte dann, da er vor laufenden Kameras keinen Hustenanfall provozieren wollte, mit einer ruckartigen Kopfbewegung seinen Heiterkeitsausbruch, räusperte sich, und sagte in einem herablassend klirrenden Tonfall: »Mein liebes *Fräulein*, als Sie noch nicht geboren waren, erinnerte sich die Welt bereits meiner staatsmännischen Räson und – ich gestehe es im Rückblick ein – gewisser Fehlfolgerungen, entstanden aus meiner damaligen Weltsicht, deren Grundlagen mir einzig und allein aus dem vor achtzig Jahren herrschenden nationalistischen Zeitgeist *aufgezwungen* wurden. – Und dies geschah zu dieser Zeit in allen Ländern, will ich betonen! Auch falsche Berater und – wenn ich an so manchen führenden Nationalsozialisten zurückdenke – Dilettanten, ja, bis hin zu Verrätern habe ich zu verdanken, heute ...«

Dorothy Wilders unterbrach Hitler mit lauter Stimme: »Immer die anderen, die anderen sind an allem Schuld; sind *Sie* an nichts schuld, mein lieber Herr Hit …«

»Unterbrechen Sie mich nicht immer, Sie impertinente Person!« schrie Hitler. »Was maßen Sie sich an, eine Person meiner Bedeutung nicht ausreden zu lassen?!« Sein Atem rasselte, er spürte, daß ihn die innere Überzeugung dazu drängte, sich körperlich zu frühzeitig zu verausgaben.

Verflucht noch einmal, ich bin kein junger Mann mehr; mein Geist ist immer noch genial, aber mein Körper verfällt mehr und mehr. Ruhig bleiben …

Hitler spürte, daß alle Diskutanten ihn anschauten. Zwei Aufnahmetechniker tuschelten miteinander, auch die aufmerksamen Blicke Aryan Bergers spürte er auf sich ruhen.

Bloß nicht hinsehen, sonst rege ich mich wieder auf. Die Dummheit der Feinde schmeichelt meinem Genie, die Unfähigkeit eines Kampfgefährten jedoch erzürnt mich auf das Maßloseste. – Verflucht, bei welchem Gedankengang war ich gerade?

Sein Blick fiel auf den Notizblock, der ihm aus der Verlegenheit half. »In dieser Runde sind verleumderische Begriffe wie ›Hitler-Bande‹ und ›Untersuchungshäftling‹ im Zusammenhang mit *meiner Person* von bestimmter interessierter Seite gefallen.« Hitler versprühte einen Blitzkrieg-Blick ins Angesicht der Moderatorin, die unverständig dreinschaute.

Dumme britische Hexe!

»Das ist eine Frechheit; es gab nie eine Hitler-Bande. Es gab lediglich den Führer, Dr. Goebbels und drei Leibwächter der SS-Leibstandarte Adolf Hitler. Die genannten Personen bildeten aber zu keinem Zeitpunkt eine Bande; es *existiert* der

Zeitreisende Adolf Hitler.« Hitler hielt kurz inne, ließ dem inneren Echo seines Namens emotional freien Lauf, labte sich an dem flüchtigen Anflug von Berauschung, der ihn spontan überkam und sprach selbstzufrieden weiter. »Dieser Zeitreisende, dessen Minister für Öffentlichkeitsarbeit, wie man die Propagandaminister heute zu nennen pflegt, heimtückisch ermordet wurde, ist kein Untersuchungshäftling. Die Verwendung dieses Begriffes ist völlig irreführend, es existiert faktisch keinerlei Anklage gegen meine Person, ja, meinem Anwalt ist noch nicht einmal ein Haftbefehl vorgelegt worden.«

Der Führer erhob sich von seinem Stuhl, stützte die Hände auf dem Tisch ab und sagte in einem beschwörenden Tonfall in die eine Kamera, deren blinkendes Lämpchen von großer Aufmerksamkeit an Millionen Bildschirmen kündete: »Ich wurde einfach so, fast wahllos, von den deutschen Behörden festgenommen und tagelang widerrechtlich festgehalten, was eindeutig gegen die Spielregeln des angeblich humanistischen Systems des neuen Deutschland verstößt.« Er ließ eine Kunstpause folgen, dann, lauter: »Es ist ein Skandal, verehrte Damen und Herren an den Bildschirmen zu Hause; ein Skandal in der europäischen Rechtsgeschichte.« Hitler verschwieg, daß er auch in England unter Bewachung stand und die Villa, in die man ihn eingewiesen hatte, nicht verlassen durfte.

»Jawohl, so geht das nicht, so darf das nicht sein!« skandierte Angie West, deren wirres Erscheinungsbild dem Führer erst jetzt bewußt wurde: Ungekämmtes mittellanges blondes Haar, blaß und ungeschminkt, vielleicht ganz so, wie der Führer sich in früheren Zeiten deutsche Bauernmädchen in den vierziger Lebensjahren vorgestellt hatte; gezeichnet von einem harten, entbehrungsreichen, treudeutschen Leben und Arbeiten irgendwo in den Weiten der eroberten Ost-Reiche – um sich selbst dann einem städtischen geschminkten Gör mit nicht mehr Verstand zuzuwenden, seiner Eva Braun.

Aber Hitler konnte sich keinen Träumereien über die wenigen Liebesstunden hingeben, die er sich in seinem Leben gegönnt hatte, denn die Linkspolitikerin Dorothy Wilders ließ nicht locker. Sie ergriff jede sich bietende Chance eines raschen Duells. Erwartete sie dadurch eine Verunsicherung Angie Wests, der als extrem radikaler Gutmenschin mit Neigung zu hysterischen Bekenntnisausbrüchen bekannten Vertreterin der Pro-Resoz-Bewegung?

Dorothy Wilders lachte und sagte: »Wie lächerlich, jemand wie Sie, der scine Gegner zügig und massenweise liquidiert hat, beruft sich auf Rechtsstaatlichkeit; das ist lächerlich, unglaublich dreist und verlogen.«

Hitler gönnte sich ein überlegenes Lächeln.

Die dumme Bolschewisten-Kuh ist in meine Falle getappt. Allmächtiger, was könnten diese Anfänger von mir lernen ...

»Mein liebes linksgestricktes Fräulein, sehen Sie, wie ...« Hitler wollte ›unfähig‹ sagen, besann sich aber schnell genug und sagte: »... stark verbesserungsfähig die westlichen Gesellschaftssysteme sind? – Ja, ja, ja, Menschenrechte, Demokratie, Liberalismus, ja, das alles habe ich mittlerweile als für diese Epoche richtig und wichtig erkannt und akzeptiert. *Aber* wie steht es um die *nachhaltige* Durchsetzung dieser wunderbaren Staatsform in der Wirklichkeit? Ich will es Ihnen sagen.«

Er setzte sich hin, beugte sich unbewußt ein wenig vor, um die für einen Monolog optimale körperliche Haltung einzunehmen. »Und da sind wir bei einem der beiden Kernpunkte, die da sind: Resozialisierung aus Menschlichkeit und die Chance der Einbringung der persönlichen Fähigkeiten in die Gesellschaft. Sie dürfen mir glauben, verehrte Zuschauer, darüber verfüge ich reichhaltig. – Glauben Sie mir, die Götter lieben nur jene, die Unmögliches von ihnen fordern. Denen aber helfen sie, wenn sie im Unmöglichen standhaft bleiben. Und nun bin ich wieder da! – Ich biete Entschlossenheit, Fanatismus bei der Verwirklichung der als richtig erkannten Ziele, und das Bekenntnis zu meinen Taten! Ich bekenne mich schonungslos zu meinen Fehlern, ja, sind diese Fehler doch unvermeidliche Schritte auf meinem von dem Allmächtigen in mich hineinbefohlenen langen beschwerlichen Weg zu tieferer Erkenntnis gewesen.«

Hitler dachte kurz nach. *Ich habe die entsetzlich trivialen Gefühle und Bedürfnisse der in der Demokratie äußerst wichtigen Durchschnittsmenschen noch nicht berücksichtigt.*

Also sagte er: »Als einfacher Sohn des deutschen Volkes bitte ich um Ihre Erlaubnis, mich unkompliziert und doch prägnant ausdrücken zu dürfen: Dieses ganze Wischiwaschi der Demokraten beschädigt in dramatischem Umfang die Wehrfähigkeit unserer beider Länder, Deutschland und Großbritannien, so daß islamisch geprägte Nationalitäten, die Toleranz schon immer als Schwäche auslegten, wegen vermeintlicher Mißachtung des Propheten Mohammed gewalttätige Aktionen und Demonstrationen durchführen – wobei sich nicht unwesentliche Teile derselben bereits allgemein und in wachsendem Ausmaß gewöhnlicher Kriminalität verschrieben zu haben scheinen.« Ein kurzes Räuspern. »Ich verstehe sehr gut, daß in der westlichen Welt nach der Epoche des gewaltigen Völkerringens auf dem Schlachtfelde die Zeit der Besinnung und der Demokratie, der Menschlichkeit und des Entdeckens der Gemeinsamkeiten der Völker folgen mußte.«

Wieder hielt er inne, blitzbekriegte kurz das Gesagte, verstand es selbst nicht und entschied, einfach so weiterzumachen. *Wenn ich etwas nicht verstehe, wie sollten es dann andere verstehen?*

»Werfen wir einen Blick auf die Realität: Griechenland, Spanien, Italien und einige andere, militärisch bedeutungslose Länder, sind nicht in der Lage, die festgelegte Europapolitik mitzutragen. Also müssen diese Kandidaten entweder gezwungen werden, ihre Beiträge für die Errichtung der Einen Welt, die den ultimaten Frieden bringen wird, zu leisten, oder aber sie werden ausgeschlossen aus diesem Marsch zum größten Ruhm, der Einheit der Menschheit in Frieden und Freiheit.« Er wurde laut. »DIE HEUTIGEN FÜHRER UND FÜHRERINNEN SIND DAZU NICHT IN DER LAGE! – Dann die endlose Abfolge von Wirtschaftskrisen, Bankenversagen und zwangsläufig daraus resultierender Verunsicherung der Volksgenossen und Volksgenossinnen. Diese widerliche Tyrannei von institutionalisierten Privatpersonen, die sich Banken nennen, Geld verleihen, über das sie gar nicht verfügen, das sie teilweise sogar selbst gedruckt haben, dafür aber Zinsen nehmen, die ihnen gar nicht zustehen und sich dies vom Steuerzahler bezahlen lassen, dessen staatlich verordneter Obolus von Jahr zu Jahr ansteigt, um die Zinseszinsen für diese perfide Perversion zu zahlen, muß beendet werden. – Aber nichts geschieht.« Er hob erneut die Stimme. »ICH SEHE DIE GLEICHEN ZEICHEN WIE IN DEN ZWANZIGER JAHREN DES VERGANGENEN JAHRHUNDERTS –

MEINES JAHRHUNDERTS! Die Banken werden immer reicher und mächtiger, die Bürger und demokratisch gewählten Führer und Führerinnen immer machtloser, ausgeliefert dem unmenschlichen Diktat des Geldes, der Diktatur einer kleinen Clique.« Er holte tief Luft. »DIE BANKEN IN IHRE SCHRANKEN ZU WEISEN, SIE KONSEQUENTERWEISE ZU VERSTAATLICHEN, DAZU IST NIEMAND IN DER LAGE – AUSSER MIR!« Hitler hüstelte leise. »Liebe Mitbürger, glauben Sie mir, ich weiß, wie man so etwas macht. Und um diese und viele weitere Mißstände radikal beseitigt zu wissen, muß jede Regierung dankbar sein, mich an ihrer Seite zu haben! Und um Ihre Frage zu beantworten, junges Fräulein: Ja, es gibt heute genauso wie zu meiner Zeit von *anderen* aufgezwungene Situationen, in denen auch – nein, *insbesondere*, wegen ihrer systemimmanenten Schwäche, nämlich fehlender Durchschlagskraft – eine Demokratie mental und faktisch in der Lage sein muß, mit äußerster Härte gegen innenpolitische Gegner oder feindselige Staaten vorzugehen, wenn das große Werk der geeinten, friedlichen und demokratischen Welt gefährdet ist.«

Schweigen.

Der Führer war mit sich zufrieden.

Vom Angeklagten zum Ankläger, vom Verfemten empor zum Retter. Vielleicht kann nur ich so gewagt denken und unbeirrbar vorgehen. – Nein, ganz sicher ist es so.

Jane Billington erteilte dem Oberhaupt der Anglikanischen Kirche, dem Dekan von Westminster Abbey, durch Handzeichen das Wort.

Simon Morlar, ein Mann um die sechzig mit haarlosem Schädel und hypnotischen graublauen Augen, sagte: »Wenn ich versuche, die Maßstäbe von Herrn Hitler wertneutral zu überdenken – soweit das möglich ist –, komme ich zu einer sicheren Schlußfolgerung: Es ist unmöglich, Diskutanten aus völlig unterschiedlichen Epochen quasi gegeneinander antreten zu lassen. Eine schlußendliche Verständigung entzieht sich ... gewissermaßen dem Selbstverständnis der jeweiligen Epoche.«

Hitlers fassungsloser Blick ruhte auf dem markanten Gesicht des hohen Kirchenmannes.

Ich erkenne in dieser britischen Schwuchtel einen besonders üblen Gegner; verschlagen und scheinbar so widerwärtig GUT, daß ich ausspeien könnte.

Schweigen im Studio.

Morlars Worte zeigten Wirkung.

Ein aufmerksamer Beobachter der Szenerie hätte sich darüber wundern können, daß Hitler dem Dekan nicht ins Wort fiel, sondern den weiteren Ausführungen Morlars aufmerksam zuhörte.

»Wir können nicht entschuldigen, was nicht entschuldbar ist. Auch dann nicht, wenn es ein Argument zur Rechtfertigung gäbe, was es aber nicht gibt und nicht geben kann: den Massenmord an den Juden, die systematische Vernichtung einer Glaubensgemeinschaft; Krieg als Selbstzweck zur Stählung der Rasse; Kriegshetze gegen andere Länder; der Wille, letztlich die Welt beherrschen zu wollen; kurzum: Die Manifestation des Begriffes Totalitarismus, den heute die meisten in den westlichen Ländern lebenden Bürger nicht mehr hautnah erlebt haben, sitzt hier vor uns: Adolf Hitler.«

Hitler war eins klar: Er mußte diesen Kirchenmann innerhalb kürzester Zeit dialektisch zertrümmern, wenn er den gefährlichen Inhalt von Molars Worten nicht in einem für seine Interessen ungünstigen Sinne auf die zig Millionen Fernsehzuschauer einwirken lassen wollte.

»Ich habe keinen Krieg als Selbstzweck geführt«, erwiderte er. »Der Krieg an sich ist eine göttliche Sinnaufgabe der Menschen und der von ihnen präferierten gesellschaftlichen Systeme, egal, wie sie sich gerade nennen. Krieg haben wir damals alle geführt, ich, Stalin – denken Sie doch an Stalins Angriffe auf die baltischen Staaten und Finnland, schauen Sie mal auf einer historischen Landkarte nach, welche Länder die Russen seinerzeit okkupiert hatten. Und die westlichen Demokratien der Neuzeit doch ebenso: Falkland, Irak, Libyen, Syrien und vielerorts, ist ihnen schließlich ebenso wie mir klar, die Macht zu verlieren, wenn Sie sich nicht zur Überlegenheit der demokratischen Gesellschaften bekennen und in der Konsequenz auch um sie kämpfen!« Er schaute gelassen in die Runde. »Nun haben Sie, meine Herrschaften, aber mit den überschäumenden Konsequenzen Ihrer Wischiwaschi-Politik zu kämpfen, die Ihren Bürgern die militärische Auseinandersetzung *an sich* als verdammenswert eingeimpft hat. Folglich geben sich die Menschen auf, so wie die Herrschenden die demokratische Gesellschaftsordnung Schritt für Schritt aufgeben! Bürger und Regierung sind nicht mehr wehrfähig! Die Medien loben seit Jahrzehnten die dekadente schwuchtelige Weichheit der westlichen Welt. Das fordert die Moslems doch nur heraus, *Ihr* Territorium, guter Kirchenmann, ja, ich meine jetzt *Sie* ganz persönlich und die religiöse Organisation, der Sie vorstehen, in Besitz zu nehmen. Sie schauen ohnmächtig dabei zu. – Wie lächerlich das ist.« Er hätte gern gelacht, aber er unterließ es. »Kriegshetze! So ein Blödsinn. Ich habe 1940 ein Friedensangebot nach dem anderen an England gerichtet. Ich war sogar bereit, Frankreich wieder zu räumen und Reparationen zu zahlen. Aber England wollte den Krieg, um das Deutsche Reich als europäische Großmacht auszuschalten. Churchill hat es öffentlich als britisches Kriegsziel geäußert. ICH HABE NIEMALS KRIEG GEWOLLT! Ich bin dazu gezwungen worden. Von allen anderen Staaten bin ich immer wieder gezwungen worden, Krieg zu führen.«

Die Runde schwieg.

»Und dann die Juden, *immer die Juden* ... Es war doch *Himmler*, der hinter meinem Rücken mit der Judenvernichtung begonnen hat. So etwas Ungeheuerliches hätte ich doch nie gebilligt! Und später dann beging er den zweiten großen Verrat an meiner Person, als er mit den West-Alliierten verhandeln wollte, dieser Narr. Als ob die Amerikaner und Engländer mit jemandem außer mir verhandelt hätten. Und für diese lächerliche Hoffnung, diese Posse der Geschichte, hat Himmler Verrat geübt, Verrat *an meiner Person!*«

Erneut befiel ein Schwächeanfall den Führer, er schwitzte, mußte schneller atmen und war ein wenig in seinem Sessel zusammengesunken. Um sich abzulenken, puhlte er ein PEZ aus der Packung in der Jackentasche und steckte es sich mit zittrigen Fingern in den Mund.

Dorothy Wilders sagte in betont unbeeindrucktem, nüchternem Tonfall: »Herr Hitler, Sie sind das personifizierte Böse.«

Sonst sagte sie nichts.

Hitler spürte, daß ihre Aussage als unumstößliche Tatsache im Raume stand, unwidersprochen, fast so, als sei sie wahr. Seine Fürsprecherin, Angie West, saß zerknirscht in ihrem Sessel und erweckte nicht den Eindruck, in diesem sensiblen, ja gefährlichen Moment etwas ihren Schützling Entlastendes in die Diskussion einzubringen.

Hitler preßte das PEZ in seine linke Backe und sagte, immer noch von Erregung ergriffen, mit unüberhörbar zitternder Stimme: »Nein, ich bin der, den sich die Menschen in ihrer Vorstellung *erdacht* haben; suggeriert von den Meinungsmachern Ihrer Systeme. Sie kennen mich doch gar nicht. Sie urteilen nach historischen Oberflächlichkeiten über mich, wie es – das gestehe ich Ihnen natürlich zu – für Normalmenschen üblich ist. Ich aber bin mit einem Maßstab zu messen, der ihnen gänzlich unbekannt ist, da Sie nicht in den Dimensionen denken können, in denen sich meine Kapazität für gewöhnlich bewegt.«

Die Moderatorin Jane Billington meinte eingreifen zu müssen. »Nun, meine Damen und Herren, offenbar sind die Fronten klar, ich bitte nun die Vertreterin der Pro-Resozialisierungs-Bewegung, uns ihre Argumente mitzuteilen.« Angie West sah sehr nachdenklich aus, man konnte gut beobachten, daß sie sich einen inneren Ruck gab, dazu ansetzte etwas zu sagen, aber nicht die richtigen Worte fand.

Hitler versuchte, sich ein wenig zu entspannen, er spürte, daß seine körperlichen Kräfte ihn mehr und mehr verließen.

Nur noch ein paar Minuten durchhalten, dachte er, obwohl sich nun ein ganz merkwürdiges Gefühl in ihm ausbreitete; ein Gefühl, das er verspürt hatte, als Generalfeldmarschall Paulus 1943 mit der 6. Armee kapitulierte, als die 4. Panzerarmee 1943 die Schlacht von Kursk abbrach, als die 7. Armee 1944 im Kessel von Falaise zerstört wurde, als im Mai 1945 klar war, daß die Sowjets Berlin einnehmen würden, da keine Entlastungsangriffe von der 12. Armee Wenck und der 9. Armee Busse erfolgen konnten. Er kannte dieses Gefühl, dieses schreckliche Gefühl, das sich bisher zu den

Wendepunkten des Kriegsglücks eingestellt hatte; es war dann da, wenn die Niederlage besiegelt war.

Alles in Hitler sträubte sich gegen seine Assoziationen. Er spürte, daß die innere Not zunahm, keine Luft mehr zu bekommen.

Panikgefühle.

Er kämpfte dagegen an, gegen ›die Stimmung‹, in die er seine Furcht umzudeuten versuchte. *Ich bin doch gerade erst wieder auf die große Bühne der Weltgeschichte getreten. Es beginnt doch gerade erst wieder neu. Große Vorsehung: Gib mir die Kraft, die ich für meine nächsten, für die entscheidenden Schläge benötige!* Und ihm schien, als beruhige er sich langsam wieder.

Inzwischen hatte Angie West zwar gestenreich, aber nicht so leidenschaftlich wie man es von ihr gewohnt war, in einigen Sätzen die üblichen Argumente vorgebracht, warum man ›auch einem Hitler‹ eine neue Chance geben müsse. Angies Betonung gefiel dem Führer überhaupt nicht. Er spürte mehr als daß er den seiner Meinung nach äußerst wirren und völlig idiotischen Pseudoargumenten der Gutmenschenfrau zuhörte, daß Angie West nun, nachdem sie ›diesen Hitler‹ live erlebt hatte, nicht mehr ganz so überzeugt von einer Resozialisierungschance für ihn war.

Der Führer schluckte.

Dorothy Wilders, von Freunden und Feinden auch gerne ›die rote Dotty‹ genannt, unterbrach respektlos Angies Gestammel und verkündete laut: »Herr Hitler, Sie sind für mich und die meisten Menschen einfach ein totalitäres faschistisches Schwein!«

Bewußt spürte Hitler noch die sich explosionsartig in seinem gesamten Körper ausbreitende unbeschreiblich grausame Hitzewelle, dann war es um ihn geschehen. Er sprang auf und schrie: »NATÜRLICH BIN ICH TOTALITÄR, DAS IST ES DOCH, WAS DER DEMOKRATIE FEHLT! DESHALB BIN ICH DOCH ZURÜCKGEKEHRT!«

Er zerrte die auf die Hälfte ihrer ursprünglichen Größe zusammengeschrumpfte PEZ-Packung aus der Jackentasche hervor und warf sie in einer letzten großen Kraftanstrengung und einer grotesk theatralischen Geste, in der einstudierte wahnhafte Mimik, der künstliche Anschein des Heiligen, das bizarr kunstvolle Meisterstück eines Egomanen zu erkennen war, von sich. Seine gespielte Hochstimmung und der echte Wahn, alles brach sich Bahn, alles kam aus ihm heraus, auch die verschlafenen Jahrzehnte: Er warf die PEZ in Richtung der Politikerin und traf sie direkt über dem linken Auge. Dorothy Wilders schrie auf und riß die Hände vors Gesicht.

Hitler schrie, heiser und kraftlos: »Verdammtes dreckiges Miststück! Liquidieren muß man dich, auf der Stelle liquidieren, verfluchte Bolschewistensau.« Dann wurde ihm schwindlig, er kippte nach hinten auf seinen Sessel. Der Sessel kippte mit ihm um, und Hitler war schon ohnmächtig, bevor er auf den Boden aufschlug.

Er sah nicht mehr, daß Angie West in Tränen ausbrach, und wie häßlich sie dabei aussah. Er bekam auch nicht mehr mit, daß Jane Billington auf eine sehr förmliche Art, die normalerweise nicht die ihre war, die Sendung für beendet erklärte.

Und der Ex-Führer des Großdeutschen Reiches (und darüber hinaus) erfuhr nicht, wie innerhalb eines Tages sein Name im hochtrabenden Forderungskatalog der Pro-Resoz-Bewegung gestrichen wurde.

Es war irgendwie so, als wolle plötzlich *niemand* mehr wahrhaben, daß man ernsthaft über eine zweite Chance für Adolf Hitler nachgedacht oder gar massiv eingefordert hatte.

Bis zu diesem Tage war das erste Hitler-Video vierundsechzig Millionen Mal aufgerufen worden.

Kapitel 12
Der Geächtete

Bonn, 29. Juni 2014

Ich habe es doch geahnt! dachte Therese Silkmann. *Mein Gott, wie entsetzlich! Wie steht unsere Bewegung denn jetzt da?* Der erste und letzte England-Auftritt Hitlers war von dem britischen Sender innerhalb kürzester Zeit weltweit verkauft und ausgestrahlt worden.

Man hatte ihn überall gesehen.

Seitdem herrschte in den westlichen Ländern, in denen die Resozialisierungsbewegung ein wenn auch unterschiedlich großes, aber in keinem Fall kleines politisches Gewicht besaß, so etwas wie ein staatenübergreifendes lähmendes Schweigen, als müßten sich die Menschen in Europa erst bewußt machen, was geschehen war. Der verbale Ausbruch Hitlers war in dem Moment erfolgt, in dem er körperlich und seelisch vollends zusammenbrach; als ihm klar geworden war, daß er die Macht über seinen Körper, seinen Geist und seine Zunge verlieren würde, hatte sich noch einmal, ein letztes Mal, der Wahnsinn durchgerungen, hatte sich Bahn gebrochen, um noch einmal Klartext zu reden. Viele Menschen fragten sich seitdem, was sie eigentlich erwartet hatten – von Hitler.

Hitler war Hitler.

Und das hätte an sich von vornherein klar sein können. Aber dieser Hitler erschütterte nun die Glaubenswelt der guten Menschen, die sich mit ihrer Resoz-Idee weit vorgewagt hatten. Vielleicht zu weit? War der Resoz-Gedanke von ähnlich irrigen Hoffnungen getragen wie der irrationale Wunsch, sogar die Unperson Nummer Eins in die frohen Wünsche für eine bessere Gesellschaft einbeziehen zu wollen?

Ein unsichtbarer Beobachter dieses Bühnenstückes, dem er den Titel ›Adolf Hitler – Der totale Frieden‹ hätte geben können, würde eingewandt haben, daß der *echte* Hitler, bedächte er dies Ergebnis seines Auftritts, sich insgeheim und in einer ernsten Stunde bestimmt dafür gratulierte, den ›neuzeitlichen Unfug‹ entscheidend diskreditiert zu haben – freilich auf Kosten seiner eigenen und von ihm angestrebten Einbeziehung in ebendiesen Unfug.

Aber es war dem Führer versagt geblieben, die Reaktionen auf sein England-Gastspiel zu erfahren, da ihn niemand mit Informationen versorgte.

In seiner Zelle.

In England.

Die Stimmung der Bürger in den westlichen Ländern schlug massiv um. Hatte die Idee, die Therese und ihre Freundinnen propagierten, bislang ständig mehr Einfluß gewonnen, fielen nun Heerscharen von der Bewegung ab und entzogen der Idee als solcher ihre Sympathie.

Den Einwand unseres unsichtbaren Beobachters, es sei die Frage zu stellen, ob diese Sympathisanten nichts anders als die üblichen Mitläufer waren, hätte Therese gewiss überhört. (Geschweige denn die ergänzende Hinterfragung, inwieweit sich die Mitläufer des Führers aus alten Zeiten von denen der Pro-Resoz-Bewegung des Jahres 2014 unterschieden – falls sie sich unterschieden.)

Hitler war der Fehler! Nur Hitler! dachte Therese und floh, wie die meisten radikalen Verfechterinnen der großen Idee, in eine Ausrede, denn nichts anderes war es, die Idee an nur einem *einzigen* Beispiel gescheitert zu sehen, ansonsten aber weiterhin alles gut zu finden, an das man glaubte.

Den Hinweis unseres imaginären Beobachters, daß Menschen, die geradezu verzweifelt einer Idee – oder gar einer Utopie – anhängen, sich in der Regel nicht dazu durchringen können, ihren intensiven Einsatz (manchmal gar ein Lebenswerk) kritisch zu hinterfragen oder gar als Fehler zu verwerfen, hätte man Therese nicht vermitteln können. Erst recht nicht die Anmerkung, daß nicht ist, was nicht sein darf – unabhängig von der politischen oder religiösen Ausrichtung.

Therese und ihre Mitstreiterinnen hatten jedenfalls die Chance erhalten, all diese Gedanken in ihrem Geist zuzulassen – auch wenn es ausgerechnet der Führer war, der ihnen diese Möglichkeit schenkte. Die ernüchternde Spekulation unseres Beobachters, in welchem Umfang sie davon Gebrauch machten, sollte hier und jetzt besser verschwiegen werden.

Fest stand jedenfalls: Sich für *Adolf Hitler* stark zu machen, war ein Fehler gewesen.

Für alle anderen ...?

Nun ja.

London, 30. Juni 2014

Es gab einen britischen und einen anderen Premierminister, die sich recht gut verstanden, obwohl oder vielleicht gerade *weil* sie unterschiedlichen politischen Lagern angehörten (und das sogar tatsächlich). Ernsthafte Meinungsverschiedenheiten plagten die beiden dennoch nicht. Jedenfalls nicht aktuell. Also konnten sie sich recht entspannt dem ewigen alten Spiel um die Macht hingeben. Der Brite war dem Kollegen noch einen besonderen Gefallen schuldig, hatte dieser doch erst zwei Monate zuvor, zwar auf Druck der USA, aber immerhin, eine für die Anbahnung eines neuen Friedensprozesses besonders wichtige Resolution im Einvernehmen mit früheren Feinden unterzeichnet.

Es bestand also erneut die Hoffnung auf die Befriedung einer bestimmten Krisenregion, und Hoffnung war etwas, das die Politik gern in den Menschen weckte, und manches Mal erfüllte sie sich sogar.

Jedenfalls bot der Brite in *diesem Fall* seinem Kollegen als Ausgleich für den wichtigen Entspannungsschritt in der ewigen Krisenregion die Auslieferung Adolf Hitlers an.

Nach kurzem, eher freundschaftlichem Hin und Her, stimmte man überein, nachträglich, wenn der Führer bereits in fremden Gefilden wäre, der Presse bekanntzugeben, London sei mit einem Auslieferungsersuchen konfrontiert worden. Und nach wohlüberlegter Abwägung der Schutzrechte und Ansprüche aller Beteiligten sei die Entscheidung dann, aus einem sehr verständlichen Grunde, keine schwierige gewesen.

Der britische Premierminister war ein sehr unaufgeregter Typ, ein eher realitätsorientierter Pragmatiker als ein verbohrter Programmatiker. Relativ entspannt sah er den kommenden Tagen entgegen, hatte er sich letztlich, und das auf sehr elegante Weise, der verhaßtesten Unperson der Weltgeschichte entledigt.

Natürlich würde der Brite sich nie zu der zwar möglichen, aber indiskreten Frage äußern, inwieweit die Überlegung eines späteren Ausflugs des Führers in ein noch ferneres Land als England es war, schon *vor* dem Agreement eine Rolle gespielt hatte, das die Überstellung Hitlers nach England einleitete.

In den kommenden Tagen und Wochen jedoch sollten viele Menschen feststellen, daß ein ›merkwürdiges Gefühl‹, die Erinnerung an eine Irritation der Geschichte, nun weit, weit weg war, und die Menschen taten das, was sie am besten konnten: Sie taten so, als wäre nie etwas gewesen. Nichts Besonderes und vor allem nichts Bestimmtes.

Und das Leben lief weiter in seinem gewohnten Trott.

Kapitel 13
Der Einsame

In einer Stadt, sehr weit entfernt, 8. Juli 2014

Unschlüssig starrte der Führer auf den Stapel Papier, der vor ihm auf dem einfachen Tisch lag. Mit einer müden Kraftanstrengung nahm er einen Kugelschreiber in die Hand.

Die Zellen sind heutzutage überall gleich; nicht besonders komfortabel, aber hinreichend ausgestattet, in ihnen eine kürzere oder längere Zeit zu verbringen.

Und wieder holte ihn die Erinnerung ein.

Damals in Landsberg war es schon etwas unbequemer, die Toilette war nicht so modern wie heuer.

Er lächelte, ohne es zu bemerken.

Ja, damals … eigentlich fing damals alles an. Und dann der Prozeß gegen mich und meine Mitverschwörer; die Demokraten, diese Toren, gaben mir das ganze deutsche Volk als Publikum, dem ich meine Rechtfertigung für meinen Marsch auf die Feldherrenhalle erläutern konnte. Alle Zeitungen druckten meine Ausführungen, ja, damit begann der eigentliche Kampf um die Weltherrschaft.

Übergangslos befiel den Führer eine deprimierende Bitterkeit.

Stand mein Ende damals schon fest? Von dem Allmächtigen in die Annalen der Weltgeschichte bereits eingebrannt, und ich und alle anderen waren nur seine Marionetten, denen nicht gestattet war, eine tiefere Kenntnis über ihre Rolle zu erlangen?

Die Energie kehrte zurück in seinen ausgebrannten, drogensüchtigen Körper, der täglich drei Injektionen feinsten Morphiums benötigte und erhielt.

Marketing ist das Wichtigste überhaupt, damals wie heute. Eigentlich hat sich nicht viel geändert in der langen Zeit meiner Abwesenheit aus dem aktiven politischen Dienst. Also gut, dann beginne ich noch einmal von vorne, die ganze Welt wird dieses Mal mein Zeuge sein, wird mir gebannt lauschen, wenn ich berichte von den Titanentaten, die ich vollbrachte. – Und an den … unschönen historischen Tatsachen bin nicht ich schuldig, das war alles Himmler und seine verrückte Herrenmenschenclique. Ich bin unschuldig! Verflucht noch mal, Adolf, raff dich auf, es fehlt nur etwas mehr Schwung in der Sache und dann läuft es wieder wie geschmiert.

Entschlossen begann er mit neuerlichen Aufzeichnungen, beseelt davon, erneut die Welt für sich einzunehmen. Er begann, wie konnte es anders sein, mit folgenden Worten:

»Seit ich als junger Soldat meine bescheidenen Dienste für den Nutzen des deutschen Volkes einbringen konnte …«

Draußen wurde es langsam Nacht, in Jerusalem.

Es kam so, wie es kommen mußte – oder was hatten *Sie* gedacht?

Anmerkung des Autors

In meiner Bibliothek befindet sich die vierbändige Ausgabe des Werkes ›Hitler, Reden und Proklamationen 1932 – 1945‹ von Max Domarus, erschienen 1973 im Verlag Löwit. Im Zuge der Vorbereitungen für diesen Roman, die hauptsächlich daraus bestanden, Ideen und Fragmente zu notieren, begann ich die historischen Reden des Adolf Hitler zu studieren, wollte ich doch in meinem ›Hitler-Buch‹ nahe an der Diktion des böhmischen Gefreiten dran sein.

Mein Forschungsvorhaben, für das ich einige Tage eingeplant hatte, gab ich nach drei Stunden auf. Mir war klargeworden, mich bei der Anwendung von Hitlers tatsächlichem Redestil des (vordergründig) berechtigten Vorwurfs ausgesetzt zu sehen, ihn zu trivialisieren und ›zu verharmlosen‹.

Die Reden des echten Hitler, gehalten zu diversen Anlässen und vornehmlich vor Gliederungen der Partei, strotzen nur so vor schlechtem Deutsch, unsäglicher Langeweile und peinlichster Trivialität, die er lediglich mit ständig vorgebrachten ermüdenden Zahlen, Statistiken und Fachspezifika des jeweiligen Zuhörerkreises zu überdecken verstand. Inhaltlich beschädigte Hitler sein Pseudofachwissen schon nach wenigen Minuten massiv durch permanente Widersprüche, die eigentlich jedem durchschnittlichen ›Volksgenossen‹ hätten auffallen müssen (vermutlich ist es ihnen auch aufgefallen). Hitler, der von vielen Historikern als fleißiger und belesener Detailkenner beurteilt wird, wirkt im Nachhinein wie ein Vorgartenprediger, den kein halbwegs vernünftiger Mensch ernst nehmen konnte.

Mir blieb zur Wahrung des *historisch gerechten Anscheins* nichts anderes übrig, als Hitler so reden zu lassen, wie wir ihn, gestützt auf allseits bekannte alte Filmaufnahmen, *realisiert* haben. Dieses Bild entstand freilich nur aus spektakulären und wortarmen, doch sehr effektvollen Ausbrüchen ›des Führers‹, tatsächlich also: Ausnahmemomenten.

Ich selbst kann nach dem Schreiben dieses Buches eigentlich nicht verstehen, wie die damaligen deutschen Eliten sich diesem Scharlatan und seinen Proletenhorden so bedingungslos ergeben konnten.

September 2012
Eric Zonfeld